Sabine van den Eynden

Deadline

ARENA

© 2009 Sabine van den Eynden en Uitgeverij Arena
Omslagontwerp: HildenDesign, München
Foto voorzijde omslag: Erica Shires / zefa / Corbis
Foto achterzijde omslag: Christien Jaspars
Typografie en zetwerk: CeevanWee, Amsterdam
ISBN 978-90-8990-007-4
NUR 305

Een

Met haar laptop balancerend op haar knie zit Suzy op de vangrail naast de A2. Ze werkt aan haar artikel en kijkt tegelijk uit naar de witte redactie-auto met binnenlandcollega Lucas. Hoewel ze al een half jaar voor de krant werkt, heeft ze nog nooit met hem gepraat. Hij is het afzijdige type, iemand die het zich door zijn lange staat van dienst kan permitteren zich met niemand te bemoeien, tenzij het niet anders kan. Zoals nu. De chef heeft hem opdracht gegeven Suzy op te pikken.

Nog voor ze het kenteken kan ontcijferen, ziet ze Lucas' warrige haardos achter de voorruit. Hij stuurt kalm de vluchtstrook op en stapt uit. Zonder haar te groeten loopt hij naar de achterklep.

'Ik weet niet of er een sleepkabel in de auto ligt.'

'Dat hoeft niet, ik rij gewoon met je mee.' Suzy staat al bij het rechterportier.

'En je auto dan?'

'Dat komt later wel, ik moet om zes uur inleveren.'

Lucas kijkt op zijn horloge.

'Ja, ik weet het. Ik ben te laat.'

Ze stapt in, zet haar laptop op haar knieën en tikt verder. Lucas werpt nog een blik op haar kapotte auto en stapt dan ook maar in. Een paar minuten lang is alleen het geluid van Suzy's vingers op de toetsen hoorbaar.

'Hou je vast,' waarschuwt Lucas terwijl hij afremt voor het langzaam rijdende verkeer op de afrit. Suzy vloekt binnensmonds en weet ternauwernood te voorkomen dat de laptop van haar schoot glijdt.

'Autogordel hangt rechts van je,' grijnst Lucas terwijl ze in de file naar de A15 sukkelen. Suzy doet mokkend de gordel om en tikt verder. Snel, keurig met tien vingers en in foutloos Nederlands. Een maand geleden heeft ze een jaarcontract gekregen, ongekend in een periode van teruglopende oplages en inkrimpende redacties. Zelf vindt ze het niet meer dan verdiend: ze heeft keihard gewerkt en een paar prachtige stukken geschreven. Zoals dit artikel. Ze klapt de laptop dicht. Het is af.

'Waar ga je eigenlijk heen?' vraagt ze Lucas.

'Voetbal kijken. Betuwe Boys thuis tegen Cambuur.'

'De hele wedstrijd? Jij doet toch geen sport?'

'Het gaat om het stadion.'

'Ik moet naar de krant.'

'Kun je dat stuk niet mailen?'

'Niet met deze laptop. Breng me maar naar het station.'

'Dat gaat niet, ik heb over een half uur een afspraak.'

'Gooi me er hier dan maar uit, dan ga ik wel liften.'

Ze morrelt aan het portier.

'Doe nou even rustig. In het voetbalstadion vinden we wel een internetverbinding.'

Tevreden met deze oplossing nestelt Suzy zich in haar stoel. Ze kijkt een tijdje naar het polderlandschap: regelmatig, rustgevend, saai. Dan besluit ze dat het tijd is Lucas beter te leren kennen.

'Wat is het beste verhaal dat jij ooit hebt geschreven?'

'Dat was zo goed dat het niet geschikt was voor publicatie,' antwoordt hij droog.

Suzy's nieuwsgierigheid is meteen gewekt.

'Waarom niet?'

'Omdat de werkelijkheid soms niet geloofwaardig is.'

'Wie bepaalt dat?'

'Ik.'

Lucas kijkt naar de weg en lijkt niet van plan zijn antwoord toe te lichten. En waarom zou hij? denkt Suzy. Ze besluit het over een andere boeg te gooien.

'Ben je getrouwd?'

'Nee.'

'Waarom niet?'

'Dat gaat je niets aan.'

Dat klonk niet onvriendelijk. Maar hij lijkt het wel te menen.

'Vind jij dat collega's uit elkaars privéleven moeten blijven?'

'Mwaah.'

'Heb je iets te verbergen?'

'Nee, ik hou er alleen niet van als iemand anders de vragen stelt.'

'Dan vraag jij toch iets? Ik probeer alleen maar het gesprek op gang te houden.'

Een klein glimlachje krult rond zijn mond. Hij remt voor een kruispunt en tuurt naar de wegwijzers.

'Wat doet je vader voor de kost?'

Suzy kijkt zwijgend naar buiten. Dat hij nou uitgerekend iets over haar vader moet vragen. Als ze haar hoofd terugdraait, merkt ze dat Lucas haar vragend aankijkt.

'Mijn vader is dood.'

'O.'

Daar schrikt hij van, constateert ze tevreden. Ze doet luchtig.

'Geeft niet hoor. Het is erg lang geleden.'

Lucas concentreert zich op de weg.

'Weet je nog dat tram 5 vroeger over de Overtoom reed?

Lucas knikt.

'In 1990 hebben ze de route omgelegd. Mijn vader was een tijd niet in de stad geweest en fietste door de Paulus Potterstraat naar het Leidseplein. Iemand in een stilstaande auto gooide het portier open waardoor mijn vader van zijn fiets werd geslingerd. Precies op dat moment kwam er een tram de hoek om zeilen. Mijn vader kon niet meer wegkomen en die tram sneed keurig netjes zijn hoofd van zijn romp.'

Lucas kijkt even verbaasd naar Suzy, die strak voor zich uit blijft kijken.

'Je begrijpt, ik ga niet graag met de tram.'

Lucas knikt.

'Ooit nog iets gehoord? Van het GVB?'

'Een krans bij de begrafenis. Maar lijn 5 bleef mooi door de Paulus Potter rijden.'

Als ze bij het aftandse stadion van Betuwe Boys arriveren, is de wedstrijd nog niet begonnen. Opgewonden supporters stromen het stadion binnen, want Betuwe Boys is razend populair in deze streek: het is de enige eerste divisieclub die zeker zal promoveren naar de eredivisie. Terwijl Suzy in het journalistenhok haar stuk naar de redactie mailt, loopt Lucas naar de perstribune, waar hij tot zijn verbazing een collega van de sportredactie treft die aan een profiel over de club werkt. Lucas legt vriendelijk uit dat hij niet komt om over de wedstrijd of de spelers te schrijven, maar dat hij de chef binnenland heeft beloofd uit te zoeken wie het nieuwe stadion van Betuwe Boys gaat betalen.

'De club in elk geval niet, want die gaat nieuwe spelers aankopen,' zegt de sportcollega kortaf. Zeker pissig omdat hij dat stuk niet mag schrijven.

'De gemeente?' vraagt Lucas.

'Die durft niet na al dat gezeik over het Gelredome.'

Lucas kijkt hem vragend aan.

'De gemeente Arnhem heeft in 2003 het Gelredome gekocht omdat het anders failliet zou gaan. Om te voorkomen dat ook Vitesse failliet zou gaan, is de huur met acht ton verlaagd. En een tijdje terug heeft de gemeente Vitesse een nieuwe schuld van 12 miljoen kwijtgescholden.'

'Prettig zakendoen.'

De sportverslaggever haalt zijn schouders op. Het kan hem niets schelen.

'Wie betaalt het nieuwe stadion dan?'

'Iedereen denkt dat de clubvoorzitter het allemaal betaalt, maar daar geloof ik niks van, want het is veel te duur. Luxe appartementen, winkelcentrum, hotel. Daar zullen ze investeerders voor hebben gezocht.'

'Die aannemer bijvoorbeeld? Rob Wegman? Dat is toch een soort zelfbenoemde projectontwikkelaar?'

'Jezus man, als je het allemaal al weet, wat loop je...'

'Allemaal verhaaltjes. Ik weet niets.'

Suzy is erbij komen staan. Sportmans begint onmiddellijk te grijnzen.

'Hé.'

'Hai,' zegt Suzy afgemeten en ze wendt zich meteen tot Lucas: 'Rob Wegman zit boven in de bobobak. Dat zei een van die jongens van *de Gelderlander*.'

De sportverslaggever gaapt haar aan. Suzy vervolgt: 'Zal ik met je meelopen?' Ze kijkt Lucas nadrukkelijk aan: zeg ja!

Lucas kijkt verbaasd terug.

'Vanaf hier kun je de wedstrijd beter zien,' oppert Sportmans trouwhartig.

'Ik ben niet zo'n voetbalfan,' antwoordt Suzy bits. 'Zullen we?'

Nog steeds lijkt Lucas haar niet te begrijpen, en dat ergert Suzy. 'Ik ga koffie halen.'

Ze loopt de tribune af in de richting van de bar, nagestaard door de sportverslaggever. Haar ranke lichaam komt goed uit in de strakke spijkerbroek en het groene leren jack. Ze is geen opvallende schoonheid en ze beweegt hoekig en snel, maar ze heeft een regelmatig gezicht met een rechte neus en mooie blauwgrijze ogen die sprankelend oplichten als ze lacht. Haar donkerblonde haar heeft ze opgestoken in een rommelig knotje, waar overal plukjes uit piepen.

Als Lucas is uitgebabbeld met de sportverslaggever, gaat hij op zoek naar de vip-tribune. Zonder erbij na te denken loopt hij een trap af en een hal door en voor hij het weet staat hij tussen de supporters bij de hoofdingang waardoor hij eerder naar binnen kwam. Dan herinnert hij zich een stukje overdekte tribune met mannen in pak aan de overkant van het veld. Hij besluit om het stadion heen te lopen. Wanneer hij de hoek omgaat, ziet hij vanuit zijn ooghoek een enorme zwartglanzende personenauto de parkeerplaats opkomen en bij een zij-ingang stoppen. Twee grote kerels, die in betere tijden gewichtheffer moeten zijn geweest, stappen uit en kijken om zich heen. Lucas gaat instinctief in de schaduw van de overkapping staan en verroert zich niet. Een van de lijfwachten opent het portier. Een atletisch gebouwde man met een aapachtig gezicht en felle lichte ogen stapt uit. Lucas schrikt en drukt zich tegen de muur terwijl hij het bloed uit zijn hoofd voelt wegtrekken. De man kijkt even om zich heen. Zijn blik glijdt over Lucas, maar die heeft zijn gezicht afgewend. Pas als de man hem met veerkrachtige stappen is gepasseerd – een lijfwacht voor hem en een lijfwacht achter hem – durft Lucas weer te kijken.

Hij is oud geworden, denkt Lucas. Onvoorstelbaar dat iemand als hij oud kan worden.

Een snijdend koude sneeuwstorm raasde over Tverskaja in het uitgaansgebied van Moskou, waar het ondanks het slechte weer druk en gezellig was: hoertjes wachtten op hun klanten en uitgelaten jongeren waren in groepjes op weg naar feestjes. Een groter contrast met zijn eigen gemoedstoestand kon Lucas zich niet voorstellen, terwijl hij zich een weg baande door de sneeuw. De afgelopen maanden hadden zijn woede en verbetenheid zijn ingewanden tot een strakke knoop getrokken en hem de eetlust ontnomen. Door de voortdurende doodsangst was hij zo opgefokt dat hij nooit langer dan een uur achtereen sliep.

Hij dook een metrostation in en verborg zijn gezicht in zijn kraag terwijl hij door de ondergrondse gang liep. Die middag had hij zijn appartement voorgoed verlaten en tegen zijn buren gezegd dat ze zijn spullen mochten houden of verkopen. Ze hadden niet geprotesteerd en zijn vertrek aanvaard zoals een Rus het hele leven aanvaardt: als een onvoorspelbare reeks gebeurtenissen waarin je geen ordening moet willen aanbrengen, anders word je gek. Lucas kon ze geen ongelijk geven. In de metro keek hij op zijn horloge. Als het een beetje meezat kon hij die avond nog een vlucht naar Amsterdam krijgen. Hij bekeek de inhoud van zijn

inderhaast ingepakte tas. Foto's van vrienden; een ivoren schaak-
spel en een cassettebandje met de 13e symfonie van Sjostakovitsj.
Zijn bontmuts had hij op zijn hoofd.

Suzy is verbaasd als ze Lucas aantreft bij de hoofdingang van het
stadion; ze had hem op de vip-tribune verwacht.

'Verdwaald?' vraagt ze vrolijk.

Lucas kijkt haar aan met een blik die ze niet meteen kan peilen:
is het angst? Verdriet? Hij herstelt zich en glimlacht geforceerd.

'Ik geloof het wel. Waar is die vip-tribune?'

'Aan de andere kant.' Suzy wijst en loopt naar de zij-ingang van
het stadion, opgelucht dat ze niet met de sportverslaggever naar
de wedstrijd hoeft te kijken.

'Heb je die apenkop gezien?' vraagt ze als ze bij de trap aankomen.

'Wie bedoel je?'

'Die patser met die bodyguards. Ik ken hem maar ik weet niet
meer waarvan.' Suzy heeft de man gezien toen hij de vip-tribune
op kwam en handen schudde met de aanwezigen. Ze weet zeker
dat ze hem eerder heeft ontmoet; ze heeft zelfs het gevoel dat ze
met hem heeft gesproken, maar ze heeft geen idee waar of wanneer dat was. Normaal gesproken voelt ze bij dit soort vage herinneringen precies of ze de persoon kan vertrouwen of niet, maar
deze keer is de gevoelsecho onduidelijk en vreemd erotisch gela-
den.

'Ken jij hem?'

'Nee, ik weet niet wie je bedoelt,' bromt Lucas en hij loopt naar
de tribune. Zijn jongensachtige gezicht heeft niets meer van de
droevige spot die er normaal op te lezen staat. Het is hard en naar
binnen gekeerd.

'Hoeveel opgangen zijn er naar die bobobak?'

'Alleen deze. Je kunt er vanaf de normale tribune zo in,' wijst
Suzy. Ze wil al verder lopen.

'Wacht even.'

Lucas gebaart haar te blijven staan en kijkt zo onopvallend mogelijk het stadion rond. Dat ze in de weg staan, lijkt hem niet te interesseren. Supporters passeren hen links en rechts en Suzy krijgt zelfs een duw. Het wordt nog drukker als de spelers worden aangekondigd. De supporters willen niets missen en haasten zich de trappen op. Dan vindt Lucas eindelijk dat ze kunnen doorlopen. Hij pakt Suzy bij de hand en loopt met de stroom mee naar een rij zitplaatsen schuin boven de vip-tribune. Suzy begrijpt niet waarom ze nu opeens tussen de supporters moeten zitten.

'Jij hebt toch een afspraak met de clubvoorzitter?'

'Straks.'

Ingespannen tuurt Lucas de vip-tribune af. Suzy begrijpt niets van deze omzichtige manier van journalistiek bedrijven, maar besluit Lucas zijn gang te laten gaan; het gaat immers om zijn stuk.

'Ken je nog meer mensen, daar?' vraagt hij na een tijdje.

'Nee. Alleen Wegman en die man met die bodyguards.'

Lucas knikt en blijft kijken.

Dan herinnert Suzy zich iets.

'Volgens mij is het een Rus. Of zoiets. Tsjech of Oekraïner kan ook. Maar het staat me vaag bij dat hij uit het Oostblok komt.'

'Het voormalige Oostblok,' verbetert Lucas.

'Sorry, meneer.'

Lucas negeert haar poging tot humor.

'Verder nog iemand?'

'Nee. Ja. Roel van Velde, de voorzitter.'

'Die kent iedereen.'

Lucas kijkt geconcentreerd naar de opgewonden mierenhoop op de vip-tribune en lijkt Suzy's aanwezigheid te zijn vergeten.

Hoewel de wedstrijd in volle gang is, tonen de vips weinig belangstelling voor de sportieve prestaties op het veld. Suzy kijkt met verwondering naar de champagne drinkende mannen met hun afzichtelijke pakken, die als dweilen om hun lelijke lijven hangen. Zweterige gezichten, aanstekers die het opeens niet meer doen, handen die worden uitgestoken naar iemand die niet kijkt, en weer schielijk worden teruggetrokken. Allemaal onzekere jongetjes die doodsbang zijn om door de mand te vallen. Behalve de Rus: zijn pak zit strak om zijn afgetrainde lichaam, zijn handdruk is droog, zijn glimlach sereen. Hij is het alfamannetje.

'Ziet ernaar uit dat iedereen nogal dol is op Vladimir,' zegt Suzy peinzend.

'Heet hij zo? Vladimir?' vraagt Lucas nonchalant.

'Weet ik het, ik zei maar wat. Hij zou ook Italiaans kunnen zijn, ik weet het echt niet meer.'

Lucas knikt en blijft onafgebroken naar de tribune kijken. Nu herkent hij ook de burgemeester en een wethouder van de gemeente Opheusden. Beiden beginnen te glunderen als clubvoorzitter Van Velde hen aanspreekt. Iedereen is vreselijk tevreden met zichzelf.

Wanneer een mollige serveerster de vip-tribune verlaat, schiet Lucas, nog altijd buiten het zicht van de aanwezige vips, op haar af.

'Hé dag, ik ben Lucas Grimbergen.' Hij geeft haar zijn visitekaartje. 'Mag ik je iets vragen?

'Ja hoor,' mompelt het meisje verlegen, geïmponeerd door het feit dat ze met een journalist van een landelijke krant staat te praten.

'Gaat de bouw van het nieuwe stadion snel beginnen?'

Het meisje begint meteen te stralen en vertelt enthousiast dat het nieuwe onderkomen van Betuwe Boys het modernste en best geoutilleerde stadion na de Amsterdam Arena wordt. Lucas laat haar rustig opsommen wat het nieuwe gebouw allemaal te bieden zal hebben en hoeveel luxeappartementen en winkels er gebouwd zullen worden. Betuwe Boys wordt de chicste club van Zuid-Nederland en gaat hoge ogen gooien in de eredivisie volgend jaar, daar is het meisje van overtuigd.

'Jij weet er veel van,' zegt Lucas vriendelijk.

'Iedereen die van hier is, weet ervan, hoor.'

'En wie gaat het allemaal betalen?'

Het meisje wordt plots fel: allemaal mensen van buiten, dat vinden ze bij haar in de familie wel erg. Liever hadden ze gezien dat het door de ondernemers uit de buurt werd gefinancierd. Haar oom – een lokale ondernemer – was ontzettend boos toen Wegman erbij kwam. De oom had zelf in het nieuwe stadion willen investeren maar dat ging op het laatste moment niet door. Toen een grote investeerder er een gigantisch project van wilde maken, was de voorzitter van de club er meteen op ingegaan. Voor de plannen van de verzamelde ondernemers uit de buurt was toen geen belangstelling meer.

Lucas is vriendelijk.

'Dus je oom is daar ook?'

Ze knikt.

'En de andere investeerders, die met Wegman zijn meegekomen? Hoe heten die?'

'O, dat weet ik niet, hoor.'

'Je oom heeft nooit een naam genoemd?'

Het meisje denkt diep na en schudt dan langzaam haar hoofd. Lucas bedankt haar en kan net op tijd een paar rijen naar boven lopen voor de Rus met zijn indrukwekkende gevolg naar de uitgang loopt.

Suzy komt naar Lucas toe.

'Gaan we nog iets doen?'

'Ik ga even kijken of Van Velde tijd voor me heeft.' Lucas kijkt op zijn horloge. 'Ik ben eigenlijk al een half uur te laat.'

'De voorzitter? Moeten we niet achter Vladimir aan? Zal ik vragen of hij nog weet...'

Lucas onderbreekt haar. 'Dat komt later. Eerst het stuk over de nieuwbouw.'

'Daar zit die Rus middenin. Hij stond de hele tijd naast Wegman.'

Lucas reageert fel: 'Dat kan me niet schelen, ik heb nu een afspraak.'

'Dan ga ik wel.'

'Jij blijft hier,' zegt hij streng.

'Ik kan je toch helpen?'

'Liever niet.'

Precies op het moment dat er wordt gescoord, loopt Lucas de vip-tribune op, direct naar de voorzitter.

'Goedenavond, Lucas Grimbergen, gefeliciteerd met de promotie naar de eredivisie. En met de nieuwbouw, natuurlijk.'

Van Velde, een vitale vijftiger die zijn hard terugschrijdende haargrens compenseert met regelmatig zonnebankbezoek en vitamine-injecties, is meteen op zijn hoede.

'Bedankt. We hadden nog geen persbericht uitgestuurd, dacht ik.'

'Ik vang wel eens wat op. Hoe bent u ertoe gekomen om met Rob Wegman in zee te gaan?'

'Omdat hij met een goed voorstel kwam.'

'Ik heb begrepen dat lokale ondernemers aan de kant zijn gezet.'

'Onzin: we willen ze graag als sponsors hebben.'

Lucas doet alsof dat antwoord hem bevredigt. 'U hebt nooit aangeklopt bij de gemeente voor leningen of giften?'

Van Velde schudt zijn hoofd. 'Betuwe Boys kan zelf de broek ophouden, zonder gemeentesteun.'

'Hebben jullie zelfs niet geprobeerd de grond aan de gemeente te verkopen?

Van Velde moet hier hard om lachen.

'Waarom is dat grappig?'

'Nou, dat moet u maar aan de gemeente vragen.'

Lucas neemt een slok champagne en knikt waarderend.

'Smaakt-ie?' vraagt Van Velde beleefd.

'Zeer goed. Cadeautje uit Rusland?'

Even kijkt Van Velde Lucas verbaasd aan. Dan kijkt hij weg. 'Ik heb me niet met de inkoop voor de bar bemoeid. Ik drink alleen mineraalwater,' zegt hij onverschillig. Zijn ogen gaan langs de aanwezigen en blijven even rusten op Rob Wegman, die enkele rijen onder hen naar de wedstrijd kijkt. Dan kijkt hij Lucas weer aan. Hij schrikt zichtbaar als hij merkt dat Lucas hem observeert.

'Had u verder nog een vraag?' blaft hij Lucas toe.

'Zijn er, behalve u en meneer Wegman, nog andere investeerders? Uit het buitenland, misschien?'

'Nee.'

'Hartelijk dank voor uw tijd.'

Suzy is intussen in de redactieauto gaan zitten om te schuilen tegen de regen die inmiddels gestaag valt. Als ze Lucas het stadion uit ziet komen, trapt ze naast de auto snel haar sigaret uit; hij vindt het vast niet goed dat ze in de auto rookt. Als ze weer opkijkt, is Lucas verdwenen. Vreemd. Ze speurt de omgeving af. Is hij vergeten waar de auto staat? Dan ziet ze hem weer tevoorschijn komen. Hij kijkt zoekend rond en wil dan de dames-wc in lopen! Suzy drukt twee keer op de claxon, en Lucas schrikt zich wild van het geluid. Het is zo'n koddig gezicht dat Suzy in de lach schiet. Ze gaat naast de auto staan en zwaait.

'Kom je nog? Of blijf je hier rondjes rennen?'

Lucas knikt en loopt zonder iets te zeggen naar de auto terwijl hij de sleutels uit zijn broekzak haalt. Hij gaat naast haar zitten, start de motor en rijdt de parkeerplaats af, de provinciale weg op in de richting van de A15. Al die tijd zegt hij geen woord. Suzy piekert over zijn wonderlijke, eigenlijk behoorlijk lompe gedrag: niets overleggen, weglopen zonder iets te zeggen, geen antwoord geven als hem iets gevraagd wordt; hij heeft zich eigenlijk gedragen alsof zij niet bestond. Tot nu toe vond ze hem een bijzondere collega: iemand die nooit op de voorgrond treedt, maar als het er echt toe doet, is zijn kritiek messcherp en meedogenloos en spaart hij ook zichzelf niet. Van interne redactiepolitiek trekt hij zich niets aan. Het gaat hem om het vak: nieuws maken, het openbaar bestuur controleren, onrecht aan de kaak stellen. Sommige mensen willen alleen maar hogerop komen en zijn niet bijster getalenteerd. Anderen barsten van het talent maar kunnen of willen niet met hun ellebogen werken. Suzy schat in dat Lucas bij de laatste groep hoort. Waarschijnlijk heeft hij zich erbij neergelegd dat hij tot zijn pensioen stukjes tikt. Zelf moet ze er niet aan denken om over twintig jaar nog steeds verslaggever te zijn, maar bij Lucas past het, vindt ze; voor hem gaat het echt om het nieuws en niet om wat hij ermee kan bereiken. Daarom kan hij het zich kennelijk permitteren zich lomp te gedragen, is haar conclusie.

Als ze een nieuwe poging wil doen een gesprek op gang te brengen, begint hij te praten.

'Rij je mee naar Amsterdam, of wil je dat ik je bij je auto afzet?'

Die rotauto was ze compleet vergeten.

'Graag. Afzetten bij de auto, bedoel ik.'

'Weet je het zeker? Het is kwart over tien. Voordat de wegenwacht er is...'

'Ik kan hem daar toch niet laten staan. En meestal doet hij het gewoon weer als hij een tijdje heeft stilgestaan.'

Lucas fronst zijn wenkbrauwen.

'Oké, je stond vlak achter de afslag Vianen, toch?'

Suzy knikt.

Als ze de afslag naderen, tuurt Suzy naar de overkant van de snelweg, maar ze ziet haar auto niet staan.

'Volgens mij is hij weg.'

'Eerst maar eens aan de goede kant langsrijden,' zegt Lucas terwijl hij de afrit op draait.' Je kunt het vanaf hier niet overzien.'

Als ze de A2 in zuidelijke richting volgen, herkent Suzy de plek waar haar auto stond.

'Hier! Na dat Bobbord.'

'Volgens mij is het een stukje verder.'

'Nee! Het is hier! Maar hij staat er niet! Stop nou!'

Lucas rijdt door.

'Laten we even verderop kijken, dan weten we zeker...'

'Jezus man, zet die auto stil!'

Lucas zet de auto op de vluchtstrook en Suzy stapt uit. Ze loopt in de richting van de plek waar haar auto had moeten staan, alsof ze in de berm een stuk bumper of het stuur van haar auto verwacht aan te treffen. Maar er is niets achtergebleven. Terwijl het verkeer langs de in duisternis gehulde weilanden raast, steekt ze een sigaret op en probeert ze de verdwijning van haar auto te aanvaarden.

Na een tijdje komt Lucas naast haar staan.

'Ik vind het niet erg als je rookt in de auto, maar ik wil wel graag naar huis.'

'Kun je me alsjeblieft heel even met rust laten!'

'Luister, ik heb opdracht jou naar Amsterdam te brengen, niet om tot middernacht ruzie te maken op de A2.'

'Dan ga je toch! Ik kom er wel!'

'Ik weet niet of jij het weet, maar deze rijstrook gaat naar Utrecht.'

'So what?'

Woedend beent ze naar de auto, waar ze meteen weer een sigaret opsteekt. Eikel! Hij moet niet denken dat ze hem het kenteken van de auto van Vladimir gaat geven, dat houdt ze voor zichzelf. De hele terugweg zeggen ze geen woord.

Twee

'Weggesleept?' Elvira kijkt Suzy ongelovig aan. De antieke Fiat, die ze een jaar geleden samen aanschaften, heeft wel vaker kuren maar is nooit eerder weggesleept.

'Door de politie, omdat hij daar zogenaamd op een gevaarlijk punt stond. Gaat me vierhonderd euro kosten!'

'Misschien moeten we hem gewoon niet ophalen?'

'Ben jij gek, we doen hem niet weg.'

Suzy maakt met een driftig gebaar haar sigaret uit en schenkt thee in. Elvira kijkt naar haar vriendin terwijl ze achterover leunt in de kleurige kussens van haar Arabische bed, dat veel weg heeft van een zitkuil. Heel anders dan Suzy's kamer die, afgezien van een chaise longue bekleed met rood velours, een zakelijke sfeer heeft, met stalen bureaus en archiefkasten die uit een belastingkantoor lijken te komen. Elvira heeft andere prioriteiten in het leven. Ze houdt ervan mensen om zich heen te hebben, vooral mensen die door anderen een beetje vreemd worden gevonden. Daarom komen er zo veel griezels op haar af, vindt Suzy.

'Hoe ben je dan thuisgekomen?'

'Met Lucas meegereden,' mompelt Suzy terwijl ze haar laptop openklapt en de netwerkkabel aansluit.

'Die collega die jou steeds probeert te versieren?'

Suzy kijkt haar vragend aan. 'Collega? Versieren?'

'Sportverslaggever? Net uit met zijn vriendin...'

'O, nee, die is het niet. Lucas is van binnenland.' Om Elvira te entertainen geeft ze een beschrijving van Lucas: 'Vijfenveertig, vroeger knap, nu afgetobd en uitgezakt, hopeloze *fashion failure*, cynicus, mensenschuw, drankprobleempje, kortom...'

'De ideale man.'

'Precies,' grijnst Suzy terwijl ze Elvira een papiertje laat zien waarop ze het driehoekige logo van de zwarte auto van de Rus heeft getekend.

'Heb jij wel eens een auto met dit logo gezien? Het is zilvergrijs met een gele achtergrond.'

Elvira werpt kort een blik op het tekeningetje.

'Kan van alles zijn: Citroën, Volkswagen.'

Suzy schudt haar hoofd terwijl ze de laptop naar zich toe trekt.

'Die zijn allemaal anders. Dit is een rare auto, en vooral groot.'

Terwijl ze verschillende zoektermen uitprobeert, bekijkt ze haar post. Tussen de rekeningen zit een verjaardagskaart met een tekening van Fokke en Sukke die zich met een glas champagne in de hand stierlijk vervelen op een feestje. Suzy staart ernaar en voelt een mengeling van ergernis en wanhoop in zich opkomen. Hij moet gedacht hebben dat zijn dwarse Suzy zoiets wel kon waarderen. Klopt, ze vindt Fokke en Sukke leuk. Maar niet op een verjaardagskaart van haar vader. Ze opent de kaart.

Lieve Suzy,
Gefeliciteerd met je 26e verjaardag,
Hans, Marijke, Fleur en Roos.

Altijd dat hele gezin erbij, alsof hij wil bewijzen dat hij heus wel een goede echtgenoot en vader is. Blijkbaar kan hij zijn verleden met haar moeder alleen als een mislukking zien. Waarom? Suzy wil er niet over nadenken en in geen geval steeds geconfronteerd worden met haar vaders frustraties. Ze concentreert zich op het computerscherm.

Elvira pakt de kaart.

'Het jaarlijks communicatieoffensief?'

Suzy knikt.

Elvira bestudeert de kaart met een misprijzend gezicht, alsof er een obsceen bericht op staat.

'Misschien moet je hem een keer een kaartje terugsturen: dank je wel pap, groeten van Suzy, Willem-Jan en de kinderen,' oppert Elvira.

'Of nog beter: groeten van Suzy, Spuit en de Paddo's, zegt Suzy sarcastisch.

'Dan komt hij langs.'

Suzy knikt. Negeren is het beste. Ze verscheurt de kaart en loopt naar de keuken om de snippers weg te gooien.

'Maar wel handig dat hij mij aan jouw verjaardag herinnert,' roept Elvira haar na. 'Is het nou morgen? Of overmorgen?'

'Overmorgen,' roept Suzy vanuit de keuken. Zonder het speciaal te willen blijft ze voor het prikbord staan. Bovenaan, verscholen achter polaroids van wilde avonden in de stad, hangt een kiekje van een gelukkig gezinnetje in 1983 op Parkpop in Den Haag. Tegen een grijze lucht poseren haar ouders voor een fotograaf van de *Haagse Courant*. Suzy's vader heeft een hanenkam van zo'n achttien centimeter – volgens haar moeder een stuk langer dan zijn lul – en houdt zijn armen beschermend om haar moeder, die een hoofd vol snoezig geblondeerde stekels heeft met roze verf erin. In een tot draagdoek geknoopte Palestijnse sjaal krijgt baby Suzy – amper twee maanden oud – de fles. Op de Palestijnse sjaal zit een button met de tekst: PUNK=LIEFDE. Aan de bezorgde uitdrukking op het gezicht van haar vader is te zien dat hij eigenlijk vindt dat een baby niet thuishoort op een popfestival waar punks en skins door elkaar lopen en ieder moment de pleuris kan uitbreken. Suzy's moeder daarentegen, heeft het duidelijk naar haar zin.

Ze hebben het drie jaar volgehouden, maar toen bezweek het geloof dat punk en liefde hetzelfde zijn onder de druk van werkloosheid en dope. Na de scheiding hebben ze allebei hun leven gebeterd: kraakpanden werden antikraakpanden, winkeldiefstal werd een eigen kraam op het Waterlooplein en haar vaders studie sociologie leidde tot een nette baan bij de sociale dienst in Groningen. Suzy ging elke twee weken een weekend naar hem toe, maar hij had geen idee wat hij met zijn dochter aan moest. Periodes van overdreven strengheid werden afgewisseld met vlagen van verwennerij als hij een vriendin had. Suzy herinnert zich vooral de lange eenzame middagen op haar kamer in die treurige nieuwbouwwoning: uren staarde ze naar het sprookjesbehang, zonder iets te denken of te voelen, wachtend tot ze weer naar huis werd gebracht.

Rond haar tiende kwam er een einde aan de weekendregeling en ging ze alleen nog in de vakanties naar haar vader, die inmiddels met een nieuwe vrouw aan zijn tweede leg was begonnen. Toen ze op de middelbare school zat, vond Suzy steeds weer nieuwe redenen om er niet naartoe te hoeven: bijbaantjes, huiswerk, vakanties met vriendinnen. Haar vader vond het wel best.

Eigenlijk mag ze haar vader niet: hij is een zeurpiet, iemand die veel klaagt en altijd anderen de schuld geeft. Maar het ergst is zijn hang naar fatsoen. Hij stuurt haar geen kaart omdat hij van haar houdt, maar omdat hij vindt dat het zo hoort. Dat zijn dochter hem nooit een verjaardagskaart stuurt, is ieder jaar ongetwijfeld weer een teleurstelling voor hem, denkt Suzy grimmig. Ze laat de polariods terugklappen en de familiefoto verdwijnt uit het zicht. Met een vaag schuldgevoel tegenover haar halfzusjes laat ze de verscheurde verjaardagskaart in de vuilnisbak glijden.

De redactie is gevestigd in een ruimte zo groot als een basketbalveld, waarvan het verlaagde systeemplafond – conform de kromming van de aarde – aan het einde naar beneden lijkt af te buigen. Rond de betonnen pilaren zijn archiefkasten geplaatst, en dat versterkt het gevoel dat het gebouw op instorten staat. Ooit was dit een strak ingerichte, moderne ruimte, maar de tijd en de natuurlijke neiging van journalisten om alles te bewaren, hebben er een bende van gemaakt: overal staan dozen die als archief of prullenbak worden gebruikt, het is nooit duidelijk welke van de twee. Toen Suzy op haar eerste werkdag haar bureau kreeg toegewezen, vond ze spullen van een collega die al vier jaar met pensioen was.

Niemand had het aangedurfd de boel weg te gooien, en de doosjes waren steeds onder weer een ander ongebruikt bureau geschoven. Suzy maakte korte metten met al die oude troep. Alleen functionele zaken kregen een plek op haar bureau: computer, rolodex, blocnotes, pennen en een postbakje. Maar die orde was geen lang leven beschoren; een week later was haar bureau niet meer te onderscheiden van de bureaus van haar collega's: het blad ging schuil onder een onoverzichtelijke berg kranten, prints, mapjes en velletjes papier.

Als Suzy binnenkomt, loopt ze meteen naar het bureau van Lucas. Ze is, onder zachte dwang van Elvira, tot het besef gekomen dat ze van deze collega veel kan leren en dus moet ze het goedmaken. Lucas' bureau staat aan de koele kant van de redactiezaal en vormt een groepje met het bureau van een kunstredactrice die nooit voor twaalf uur begint, en dat van een verslaggever die overspannen thuiszit. Goed bekeken, denkt Suzy terwijl ze haar tas op een tegenoverliggend bureau legt.

'Hoe gaat het met Betuwe Boys?'

Lucas kijkt haar even verbaasd aan en mompelt iets onverstaanbaars. Suzy besluit zich er niets van aan te trekken en kijkt waar hij mee bezig is. Hij heeft een zestal internetsites openstaan.

'Wat zoek je?'

'Het winnende nummer voor de staatsloterij,' bromt Lucas terwijl hij haar geen blik waardig keurt. Suzy gaat zitten aan het bureau van de overspannen collega.

'Ik heb nu niets te doen. Zal ik kijken of ik iets kan vinden over die projectontwikkelaar?'

Nu kijkt Lucas haar wel aan. Zijn blik is niet onvriendelijk.

'Dank je wel, maar het lukt prima zo.'

Suzy vraagt zich af of het verstandig is nogmaals aan te dringen. Ze wil weten hoe hij werkt, maar zo te zien staat hij vandaag niet te springen om de rol van mentor te vervullen. Ze staat op.

'Misschien heb je hier nog iets aan.'

Ze legt een papiertje op zijn bureau.

'Kenteken van de auto van die Rus. Het is een Maybach 6.0; van dat merk rijden er maar een paar rond in Nederland. Ze kosten meer dan een half miljoen euro per stuk.'

Lucas kijkt haar scherp aan. Geschrokken, lijkt het wel.

'Heb jij zijn kenteken opgeschreven?'

'Ik had verder niets te doen.'

'Gisteravond op de parkeerplaats?

'Ja.'

'Heeft hij je gezien?'

'Nee. Hoezo?'

Lucas is gaan staan. Zijn stem is zacht en dwingend.

'Weet je het heel zeker? Ook die jongens die bij hem waren niet?'

'Ja, Lucas, ik weet het zeker.'

'En daarna? Reden ze meteen weg of bleven ze nog even staan? Kon je zien wat ze deden in de auto?'

'Dus je vindt hem wel interes...'

'Ik wil zeker weten dat ze je niet gefotografeerd hebben.'

Even vraagt Suzy zich af hij dit serieus meent, maar Lucas blijft haar recht aankijken. Ja dus.

'Ik ben ze achterna gegaan toen ze weggingen. Ze liepen de trappen af. Die auto stond zo'n beetje in het trappenhuis dus ik kon vanaf de trap het kenteken zien.'

'Toen ze instapten...'

'Ze hebben mij niet gezien en ze reden meteen weg.'

'Goed dan.'

Lucas pakt het papiertje en stopt het in zijn borstzak.

'Let de volgende keer een beetje op als je nummers noteert. Mensen kunnen daar heel agressief van worden.'

'Wat heeft hij ermee te maken, denk je?'

'Geen idee, maar veel goeds kan het niet zijn.' Lucas zit weer achter zijn computer.

'Het is toch niet verboden om te investeren in een voetbalstadion?'

'Als het om voetbal ging, zou hij Ajax of p s v kopen.'

Suzy kijkt naar Lucas, die een nieuw trefwoord intikt. Ze vraagt zich af waarom hij dat zo zeker weet.

'Ken je hem, of zo?'

'Nee.'

'Is hij beroemd? Is het de gast die die Engelse voetbalclub gekocht heeft?'

Lucas schudt lachend zijn hoofd.

'Maar wel zoiets?'

'Ik heb geen idee!'

Suzy gelooft er niets van. Er is iets met die vent, anders zou Lucas niet zo belachelijk afstandelijk doen. Hoewel: afstandelijk is hij altijd. Als iedereen bij elkaar wordt geroepen, zit Lucas altijd uit het raam te kijken alsof hij er niet bij hoort. Ook nu lijkt hij de rest van de wereld vergeten te zijn. Ongeduldig klikt hij door de sites, ondertussen energiek heen en weer bewegend op zijn stoel. Hij is bijna aantrekkelijk, schiet het door haar heen. Hij heeft een goede kop, strak en mannelijk, met donkerbruine ogen die... eigenlijk wel mooi zijn. Aan de andere kant: zijn haar is te lang en vettig, en hij is te zwaar: als hij zo naar voren leunt, golft een flinke buik onbeschaamd over de broekband. En zijn manier van kleden is ronduit verschrikkelijk. Zijn zwarte ribfluwelen jasje – met uitpuilende zakken en een versleten kraag – hangt als een lijk om zijn schouders. Hij draagt een strakke spijkerbroek, dat wel, maar zijn overhemden zijn treurigstemmend slecht verzorgd. Niet alleen weigert hij ze te strijken, hij droogt ze waarschijnlijk in de droogtrommel waar hij ze vervolgens dagen in laat zitten. Het resultaat is een stuitende hoeveelheid kreukels, waardoor hij de indruk wekt eenzaam en vooral heel vrouwloos te zijn. Die pathetische vrijgezellenlook is waarschijnlijk het minst aantrekkelijke aan deze man, besluit Suzy. Ze pakt haar tas en loopt naar haar bureau.

De chefs komen uit het rookhok voor het redactieoverleg. Suzy slentert rustig naar het bureau van Jetze, chef binnenland, om haar opdracht voor vandaag in ontvangst te nemen. Ze realiseert zich dat ze niet te gretig moet zijn als ze met Lucas aan de Betuwe-zaak wil werken. Ze kan beter afwachten tot de nieuwsagenda verdeeld is en dan eens suggereren dat Lucas wel wat hulp kan gebruiken. Terwijl haar collega's zich verzamelen rond Jetzes bureau, gaat Suzy dus eerst aan haar eigen bureau zitten. Ook Lucas maakt nog geen aanstalten om op te staan. Suzy klikt een zoekprogramma open. Ze moet binnen vijf minuten iets vinden waarmee ze de chef, maar vooral Lucas, kan overtuigen. Niet de voetbalclub of het nieuwe stadion, want daarop heeft Lucas al een voorsprong. Aannemer Rob Wegman, dus. Ze scant alle links waarin hij voorkomt op Russische of tenminste Slavische of exotische namen of een foto met de apenkop, maar dat levert vooral links op die verwijzen naar een naamgenoot van Wegman, die actief is in de korfbalcompetitie District Noord. Over de aannemer Wegman vindt ze een aantal berichten in regionale kranten over bouwprojecten waar hij bij betrokken is en was. Een kop in *de Gelderlander* trekt haar aandacht: AANNEMER TOCH AANSPRAKELIJK. Het artikel gaat over een schoolgebouw in Zutphen waarvan na forse sneeuwval het dak is ingestort. De gemeente is erin geslaagd aan te tonen dat Wegman Werken verantwoordelijk is voor de ondeugdelijke constructie. Suzy leunt tevreden achterover: Wegman deugt niet, dat is een mooi begin. Ze wil verder zoeken, maar merkt dan dat het erg stil is in de ruimte. Ze gaat rechtop zitten en kijkt om zich heen. Alle collega's, inclusief Lucas, staan bij Jetzes bureau naar haar te kijken. Jetze is vriendelijk: 'Kom je ook, Suzy?'

Gemompel en zacht gelach. Met een rood hoofd springt Suzy op, pakt haar blocnote en loopt beheerst naar de tafel. Jetze begint voor ze is aangekomen.

'Robert en Kees, jullie gaan verder met de FNV, neem ik aan?'
Robert knikt terwijl Kees alvast naar zijn bureau loopt.

'Kunnen jullie er al iets over vertellen?'

'Liever niet,' zegt Robert, terwijl hij Jetze recht aankijkt.

Jetze knikt en wendt zich tot de andere collega's, die verwachtingsvol naar hem kijken.

'Julia is al op de rechtbank maar ze redt het niet om vanmiddag ook nog naar Osdorp te gaan. Wil jij dat doen? Jij hebt toch ook de pro-formazittingen gedaan?' Hij kijkt een collega schuin voor Suzy aan, die meteen knikt en wegloopt. Suzy stapt een beetje naar achteren en probeert gedurende de rest van de bespreking uit Jetzes blikveld te blijven. Bij ieder item op zijn lijstje is ze bang aangewezen te worden, waardoor haar plan zal mislukken. Als Lucas aan de beurt is, doet hij verslag van zijn vorderingen met Betuwe Boys. Hij mompelt wat over onduidelijke financiële constructies, gemeentesteun aan commerciële bedrijven en mogelijke familierelaties tussen betrokkenen.

Suzy staart hem aan. Wat bezielt die man? Waarom doet hij alsof het het zoveelste gevalletje van provinciaals cliëntelisme betreft? Jetze vraagt niet door en geeft Lucas een dag om met een stuk te komen.

'En wat gaan we met jou doen, vandaag?'

Vrijwel iedereen is aan het werk gegaan. Een paar collega's, onder wie Lucas, staan nog rond het bureau met elkaar te praten. Suzy kan bijna niet geloven dat ze het zelf mag zeggen: 'Ik wil Lucas graag helpen. Ik heb het idee dat de aannemer die het stadion gaat bouwen, niet helemaal koosjer is.'

'Hoezo?'

Jetze kijkt naar Lucas, die zijn desinteresse toont door een krant op het bureau te bekijken.

'Er is vier jaar geleden een gebouw van hem ingestort in Zutphen. Een school.'

'Dat is het?' vraagt Jetze, duidelijk teleurgesteld.

'Is dat niet genoeg?'

Suzy kijkt naar Lucas. Waarom heeft hij niets over de Rus gezegd? Lucas is nog steeds verdiept in de krant.

'Ik denk ook dat er iets niet deugt met de investeerders van het voetbalstadion,' bluft Suzy.

Lucas loopt nu weg. Suzy vraagt zich af waarom hij zo raar reageert als het over de Rus gaat.

'Wat dan?' wil Jetze weten.

'Dat weet ik niet, maar ik zou dat graag uitzoeken.'

Jetze wuift Suzy's suggestie weg.

'Ik denk dat Lucas het wel alleen kan, en ik heb nog iemand nodig die een stuk schrijft over de eikenprocessierups: wanneer komen ze, waar en met hoeveel. Maak er een leuk verhaal van, ik wil niet zo'n droog stukje als dat over die buschauffeurs in Meppel, vorige week.'

Jetze loopt naar de koffieautomaat.

Suzy blijft alleen midden in de zaal achter. Om haar heen zijn de collega's druk bezig: ze telefoneren, bladeren documentatie door, overleggen; iedereen is in beweging, op weg naar een spannend verhaal. En zij mag met het ministerie van Landbouw bellen over jeukend ongedierte.

Drie

Renate werkt al bijna dertig jaar op documentatie en voor de meeste verslaggevers is zij een raadsel. Ze wordt liever niet gebeld en langskomen is helemaal uit den boze – als je haar al kunt vinden in het labyrint van archiefkasten dat ze om zich heen heeft gebouwd. Als je wilt dat ze iets voor je uitzoekt, moet je haar een mailtje sturen waarin je uitlegt wat je nodig hebt en dan krijg je binnen het uur precies het goede materiaal en meestal meer. Maar als je haar vervolgens mailt om haar te bedanken, reageert ze niet. 'Contactgestoord' heette dat vroeger; tegenwoordig autistisch. Zelf heeft Renate nergens last van: ze houdt van haar werk, maar op mensen heeft ze het niet zo begrepen. Dat ze voor Lucas een uitzondering maakt, is omdat zij elkaar nog kennen uit het analoge tijdperk, toen de verslaggevers hun informatie persoonlijk afhaalden aan de balie van de afdeling documentatie. In die kelder staat nu de server, en Renates bureau op de derde etage kijkt uit over een groezelig park. Hoewel ze beweert dat ze net zo lief in de kelder was gebleven, geniet ze van het uitzicht op de boomtoppen en huizenblokken erachter.

Lucas staat in gedachten verzonken voor het raam en wacht tot Renate klaar is. Opeens rijdt ze drie meter naar achteren met haar bureaustoel en strekt haar magere lijf om haar sigaretten te pakken. De chef loopt naar de lift en Renate kan eindelijk een Caballero zonder filter opsteken. Ze opent het tuimelraam, waardoor de rook onmiddellijk naar buiten wordt gezogen. Naast het kozijn zit een grote grijze asvlek op de muur.
    'Jij niet, hè?'

Lucas schudt zijn hoofd.

'Hoe gaat het met die ouwe Jetze?'

'Wel goed, geloof ik. Nog altijd druk met het tegengaan van iedere vorm van vernieuwing.'

Renate grijnst.

'Zachtjes aan, anders breekt het lijntje.'

In haar jonge jaren hebben zij en de toen al veelbelovende Jetze een vlammende relatie gehad. Een vervelende bijkomstigheid vormde het feit dat Jetze getrouwd was en druk doende een gezin te stichten. Zijn vrouw was vier maanden zwanger toen de affaire begon. Renate beëindigde de relatie na de geboorte van het tweede kind, toen het eindelijk tot haar koppige hoofd was doorgedrongen dat Jetze ondanks mooie beloftes nooit zijn vrouw zou verlaten. Lucas is een van de weinige mensen op de krant die dit verhaal kent, omdat hij Renate op de ochtend nadat ze het had uitgemaakt, stomdronken aantrof in de fietsenstalling. Zonder een traan te laten had ze hem het hele verhaal verteld. Lucas had haar naar huis gebracht en ziek gemeld. Daarna hebben ze er nooit meer over gesproken.

Renate maakt haar sigaret uit en gaat zitten.

'Oké, er ligt van de firma Wegman Werken een aanvraag voor een bouwvergunning voor een voetbalstadion, en dan wil jij natuurlijk weten wie de eigenaar van dat bedrijf is...' Ze praat traag en zangerig omdat ze tegelijkertijd bezig is op haar computer. 'Ja, daar hebben we hem: eerste inschrijving in het handelsregister was in november 1958. Eigenaar Pieter Johannes Wegman, geboren 1932.'

'Dat is waarschijnlijk de vader. Mijn man heet Rob.'

'Even in de geschiedenis kijken. Pffff, wat een zooitje. Waar ben je naar op zoek?'

'Weet ik niet precies.'

'Bij benadering?'

'Jaarrekeningen van de afgelopen vijf jaar, overnames, fusies, concernrelaties, deponeringen...'

'Je hebt duidelijk geen idee. Namen?'

'Betuwe Boys, Tiel, Neder-Betuwe.'

'Ik bedoelde eigenlijk mensen,' grijnst ze.

'Van Velde, Roel.' Lucas bladert door zijn blocnote. 'Maar vooral Wegman.'

Renate noteert de namen. 'Dit gaat wel even duren, je kunt beter iets voor jezelf gaan doen.'

Zonder op een antwoord te wachten, gaat ze aan het werk. Lucas aarzelt. Hij weet dat ze nu te weinig heeft om te kunnen vinden wat hij zoekt, maar hij wil haar niet meer vertellen dan ze hoeft te weten. Zo nonchalant mogelijk, alsof het een bijkomend detail betreft, zegt hij: 'Als je een Russische aandeelhouder of investeerder tegenkomt, moet je daar misschien even op doorgaan.'

'Termijn?'

'Kort geleden.'

'Ga je weer naar Rusland?' vraagt ze zonder op te kijken van haar scherm.

'Nee, Rusland is hierheen gekomen.'

'Heb ik niets van gemerkt.'

'Dan let je niet goed op.'

Renate grinnikt.

In de lift naar boven komt Lucas niet verder dan een slappe kop voor het artikel: ONFRISSE FINANCIERING NIEUW STADION BETUWE BOYS. Of dat zo is en hoe het in elkaar steekt, kan hij pas uitzoeken als Renate voldoende informatie heeft gevonden. Maar zelfs als de financiering helemaal keurig geregeld lijkt, is de vraag waarom Van Velde in zee gaat met Wegman en een obscure Russische investeerder. En wat heeft Sergej hier te zoeken?

'Loekaasch?'

Met de deurklink in zijn hand bleef hij staan. Was dat de stem van Zina? Hij sloot de voordeur achter zich en liep naar de zitkamer. Zina zat in de leren fauteuil in de erker. Ze had haar benen opgetrokken om haar voeten te warmen in haar bontjas. Het vroor vijftien graden. Waarom had ze de verwarming niet aangezet?

'Je moet stoppen met die artikelen.'

De straatverlichting streek over haar hartvormige gezicht terwijl ze zich vooroverboog om haar schoenen te pakken. Ze sprak zacht.

'Sergej is nooit in Omsk geweest, dat heeft hij me zelf verteld.'

Ze trok haar pumps aan en ging staan. Lucas gebaarde naar de kamer alsof hij wilde vragen wat ze hier deed.

'Ik kom niet bij je terug.'

Ze keek hem aan met een nadrukkelijkheid die hem herinnerde aan het begin van hun relatie. Als ze werden aangehouden op straat en ze loog dat ze zijn gids was voor Intoerist of als ze midden in een gesprek opeens opstond en iedereen vriendelijk bedankte, keek ze ook altijd zo. Hij had geleerd in dat soort situaties alles te beamen wat ze zei. En nu deed hij dat bijna weer.

'Sergej is een leugenaar.'

Zijn stem klonk krakerig omdat hij lange tijd weinig had gesproken; de afgelopen maanden was hij veel alleen geweest. De lange ritten naar Omsk, het zoeken naar mensen die hun verhaal wilden vertellen, dagenlang wachten op toestemming om archieven in te kijken; hij had het allemaal alleen gedaan. De kou en zijn verdriet hadden zijn lippen in een smalle streep getrokken en de mondhoeken hingen naar beneden in een misprijzende uitdrukking. Als de blik in zijn ogen niet zo droevig was geweest, hadden mensen bang voor hem kunnen worden.

'Iedereen kent hem daar.'

Zina zuchtte alleen maar, alsof ze deze discussie al tientallen keren hadden gevoerd, terwijl ze maar vijf maanden geleden hier, bij hem, woonde en nog nooit van Sergej had gehoord. Ze deed een stap in zijn richting alsof ze hem een kus ging geven, en onwillekeurig strekte hij zijn hand naar haar uit. Maar toen bedacht ze zich en liep snel naar de voordeur die ze – zoals altijd – zachtjes achter zich dichttrok. Het was de laatste keer dat hij haar zag.

Als Lucas weer achter zijn bureau zit, belt hij Roel van Velde, de voorzitter van Betuwe Boys, nog maar eens. Lucas legt rustig uit dat hij nog wat feiten wil checken. Van Velde heeft niet veel tijd, dus Lucas komt meteen ter zake.

'Wie wordt de feitelijke eigenaar van het stadion?'

'Er wordt een werkmaatschappij opgericht die eigenaar is van het hele complex, en het stadion aan de club verhuurt.'

'Hoe hoog wordt die huur?'

'Dat soort informatie houden we liever voor ons.'

'Als ik zeg dat jullie een symbolisch bedrag gaan betalen, zit ik er dan heel ver naast?'

'Nee.'

'Dat heeft Betuwe Boys mooi voor elkaar, meneer Van Velde.'

'Valt best mee,' bromt de man aan de andere kant van de lijn.

'Wie zijn de eigenaren van die werkmaatschappij?'

'De investeerders.'

'Dat lijkt me logisch. Zit Rob Wegman daarbij?'

'Rob Wegman gaat het bouwen.'

'Dat neemt niet weg dat hij mede-eigenaar kan zijn van de werkmaatschappij.'

Het is even stil.

'U weet dat ik het zo kan nakijken bij de Kamer van Koophandel.'

'De gemeente is een van de eigenaren, verder een aantal investeerders, onder wie ikzelf.'

'Ah, de gemeente, een vastgoedontwikkelaar die tevens de clubvoorzitter is en een aannemer.'

'Wegman zit er niet bij, dat zei ik toch!'

'Wat gaat het complex kosten?'

'Dat vertel ik u liever niet.'

Lucas zucht vermoeid. 'Meneer Van Velde, ook dit kan ik zo opvragen bij de gemeente.'

'U gaat uw gang maar.'

Lucas besluit het over een andere boeg te gooien: 'Klopt het dat de kosten van de bouw terugverdiend moeten worden met de verkoop van appartementen en de verhuur van horeca- en winkelruimtes?'

'Uiteraard.'

'Het verbaast mij dat de gemeente bereid is zulke commerciële risico's te lopen.'

'Dat moet u aan de gemeente vragen. Duurt het nog lang, want de wagen staat voor.'

Lucas wil weten wat Sergej in het stadion te zoeken had, maar durft het niet rechtstreeks te vragen. In plaats daarvan citeert hij de voorman van de plaatselijke middenstandsvereniging, die de operatie een vijandige overname noemt in *de Gelderlander*.

'Wie zijn die vijanden waar deze man het over heeft?'

'Dat moet u hem vragen.'

'Ik krijg de indruk dat het om investeerders van buiten gaat.'

'Iedereen die niet uit het dorp komt, is van buiten.'

Van Velde begint geïrriteerd te raken, dus Lucas gaat nog even door.

'Is dat wantrouwen niet een beetje terecht? Investeerders willen doorgaans iets terug voor hun investering.'

'Dat zal wel. Hebt u nog veel vragen? Want ik moet naar een vergadering.'

Meer valt er nu niet uit te knijpen, voelt Lucas. Hij sluit het gesprek vriendelijk af en besluit de rest van de dag te wijden aan het uitzoeken van de gegevens die Renate hem heeft doorgestuurd. Het handelsregister levert een ogenschijnlijk helder beeld op: Rob Wegman is, samen met Ideal bv, eigenaar van Wegman Werken, dat in opdracht van de werkmaatschappij het opgeleukte voetbalstadion bouwt. Van Velde heeft zijn best gedaan Lucas ervan te overtuigen dat de winkels en de luxewoningen het meeste geld zullen opbrengen, maar navraag bij de makelaar die de exploitatie voor zijn rekening neemt, leert dat nog maar één winkel verhuurd is. De makelaar weet ook te vertellen dat er geen problemen worden verwacht met de bouwvergunning. Zodra het voetbalseizoen is afgelopen, gaat de eerste shovel het terrein op en de planning is dat de club een half jaar later zijn eerste wedstrijd in het nieuwe stadion speelt. Als Lucas hoort hoeveel de bouw gaat kosten, valt hij bijna van zijn stoel van verbazing: dertig miljoen euro! Zo'n laag bedrag kan onmogelijk kostendekkend, laat staan winstgevend zijn voor Wegman Werken. Lucas neemt zich voor de volgende dag een bezoekje aan de gemeente te brengen, want hier klopt iets helemaal niet. De prijs van het stadion is te laag, terwijl het tempo waarin de bouwvergunningen voor dit grote project worden afgegeven opvallend hoog is. Als blijkt dat de gemeente onzorgvuldig is geweest of, erger, het stadion stiekem sponsort, kan hij zijn artikel schrijven. Maar dan is hij nog steeds geen stap verder met Sergej.

Het laatste stuk van de rit naar de datsja voerde door graanakkers en braakliggend land waarop het gras en de frambozenstruiken meer dan een meter hoog stonden. Lucas had geen idee waar ze waren. De weggetjes werden steeds smaller. Opeens moest hij een karrenspoor op dat een dal in leidde en plots ophield op een erf. Nog voor Lucas de auto had stilgezet, was Zina er al uit gesprongen.

'*Dedoesjka! Dedoesjka!*'

Ze rende op blote voeten om het huis heen, haar Moskouse hoge hakken in de hand. Lucas liep achter haar aan. Toen hij de tuin in liep, had Zina zich al in de armen van haar grootvader geworpen, die haar lachend omhelsde.

'Doe toch eens rustig, ik ben een oude man.'

'Ach, aansteller, je bent zo sterk als een beer.'

Vervolgens werd oma innig geknuffeld en aan Lucas voorgesteld. De ontvangst was zo hartelijk dat Lucas zijn gebruikelijke afstandelijkheid vergat en een uur na aankomst al met Zina's grootvader een zojuist geslachte kip stond te plukken, omdat 'de meisjes dat een smerig werkje vinden', aldus grootvader. Toen Lucas met de kale kip de keuken in kwam, vulde Zina potjes met een gekookte pruimenmassa. Ze had een belachelijk bloemetjes-schort omgeknoopt en droeg een paar afgetrapte leren klompjes, die haar enkels mooi lieten uitkomen. Haar donkerbruine krullen plakten tegen haar voorhoofd. Sinds hij Zina kende – en dat was nu drie maanden – had ze er nog nooit zo mooi uitgezien. Toen ze opkeek en hem in de deuropening zag staan, barstte ze in lachen uit, en ook grootmoeder glimlachte. Lucas begreep pas wat er zo geestig was toen Zina een paar witte kippenveren uit zijn zwarte krullen haalde. Ze kuste hem op zijn mond – haar lippen smaakten naar pruimenjam.

Voor een hoogleraar middeleeuwse geschiedenis was ze opmerkelijk huishoudelijk ingesteld. Het had Lucas altijd verbaasd dat iemand die zo veel tijd stak in haar werk op de universiteit, nog energie kon opbrengen om te koken. Haar jeugd moest een periode van hard werken zijn geweest: school en huiswerk werden afgewisseld met oma helpen in de keuken en opa in de moestuin. De immer dreigende armoede in Rusland bewoog haar grootouders ertoe hun kleindochter te leren overleven zonder winkels. Zij wilden dat Zina kon eten van de natuur en leerden haar groenten kweken, vis vangen en konijnen villen, vaardigheden die ze in het moderne tijdsgewricht was gaan zien als aangename vrijetijdsbestedingen. Zina was alles wat Lucas wilde van een vrouw: intelligent, vrolijk, mooi, en raadselachtig.

Toen de avond viel, nam ze hem mee naar een beschut plekje aan de rivier op enkele kilometers van het huis. Daar vreeën ze op een bed van droog gras en bladeren terwijl in de verte het geroezemoes van een feest op een naburige datsja klonk. Bij thuiskomst bleek dat Lucas op een houten kistbank in de huiskamer moest slapen, terwijl Zina naar haar meisjeskamer op de eerste verdieping ging. Ondanks het feit dat de harde bank hem de hele nacht uit zijn slaap hield, voelde hij zich de gelukkigste man op aarde.

Vier

Suzy heeft in sneltreinvaart haar rupsenstuk geschreven en zich de rest van de dag verdiept in het recente verleden van Rob Wegman. Als ze haar bevindingen voorlegt aan Jetze, staat die geërgerd op van zijn bureau.

'Waarom ben je daar niet mee naar Lucas gegaan?'

'Ik dacht dat dat niet mocht van jou.'

'Kom maar mee, dan.'

Jetze loopt naar Lucas' bureau, met Suzy in zijn kielzog. Lucas kijkt verstoord op van zijn werk. Suzy's wangen zijn roodgloeiend en haar donkerblonde piekhaar lijkt nog meer dan anders uit het frommelknotje te willen springen. Lucas weet dat het mode is om het haar nonchalant op te steken, maar Suzy's kapsel roept altijd een bepaalde onrust in hem op.

'Suzy heeft vandaag niet alleen een heel leuk stukje over de eikenprocessierups geschreven, maar ook nog iets ontdekt wat voor jou interessant zou kunnen zijn.'

Suzy vat snel en zakelijk samen wat ze heeft gevonden: 'Een half jaar geleden won Wegman Werken een aanbesteding voor een waterzuiveringsinstallatie in Heteren, Gelderland. Een groot project. Maar op het laatste moment is de klus naar een ander gegaan.'

'Ja?'

'Suzy gaat uitzoeken waarom Wegman werd geweigerd en jullie gaan samen een stuk over die man schrijven,' deelt Jetze mee. Suzy kijkt triomfantelijk naar Lucas: nu ze de baas aan haar kant heeft, kan hij niet meer om haar heen.

Lucas reageert kalm: 'En wat heeft die aanbestedingsprocedure met Betuwe Boys te maken?'

Suzy kijkt naar Jetze, maar die kijkt vragend terug; blijkbaar is hij alweer vergeten wat ze hem net heeft verteld.

'Er was iets mis met dat bedrijf. Dan deugt het toch niet dat hij een half jaar later weer een stadion gaat bouwen? Straks stort dat stadion ook in!' roept Suzy ongeduldig.

Jetze gebaart: dat bedoel ik.

'Zo'n vaart zal het niet lopen,' meent Lucas. Hij richt zich alweer op zijn computer, maar Suzy geeft niet op.

'De gronden waarop de overheid een aannemer mag weigeren zijn insolvabiliteit, technische onbekwaamheid en gebrek aan ervaring. We moeten op zijn minst uitzoeken waaraan het schortte.'

'Als ik de vergunningen voor het stadion heb, stuur ik ze naar een bouwexpert. Goed?' Lucas negeert de verbaasde uitdrukking op Suzy's gezicht en draait zich naar zijn beeldscherm. Maar dan grijpt Jetze in: 'Ik wil dat jullie samen de handel en wandel van Wegman, en vooral de misgelopen opdracht in Heteren onderzoeken. Daar zit een verhaal in.'

Nu begint Lucas te sputteren: 'Het lijkt me niet handig, met zijn tweeën. We moeten elkaar bijpraten, afspraken maken; dan kunnen we er pas morgen naartoe. Dat betekent dat je het artikel op zijn vroegst morgenavond hebt. Wil je er zo veel tijd aan besteden?'

'Waarom niet? MALAFIDE AANNEMER GRIJPT MIS. BETUWE BOYS KOOPT KAT IN DE ZAK. Wordt misschien wel een kwart pagina,' meent Jetze en opgewekt wandelt hij terug naar zijn bureau.

Lucas doet alsof Suzy niet bestaat en gaat verder met zijn werk, maar Suzy laat zich niet negeren.

'We moeten naar Arnhem. Uitzoeken wat de provincie ermee te maken heeft,' zegt ze rustig.

'Ik wil eerst eens naar Opheusden,' zegt Lucas zonder op te kijken van zijn beeldscherm.

'Oké, gaan we eerst naar Opheusden en dan naar Arnhem,' beslist Suzy. 'Nemen we jouw auto of de mijne?'

'*We* nemen helemaal niets, Suzy. Ik zoek dit voetbalverhaal uit en als jij graag naar Arnhem wilt, moet je dat helemaal zelf weten.'

'Ik weet niet of jij net geluisterd hebt, maar wij moeten samen met een stuk komen.'

'Laat morgen om vier uur maar zien wat je hebt, dan kijk ik of ik het kan gebruiken.'

Suzy wordt kwaad. 'Hoe dan? Als een kadertje over wat Wegman allemaal nog meer fout heeft gedaan?'

Lucas geeft geen antwoord en maakt aanstalten om te vertrekken. Suzy voelt het bloed naar haar gezicht stijgen. Arrogantie, best. Eenzelvigheid, prima, maar ze laat zich niet opzijzetten zonder dat daar een goede reden voor is.

'Waarom doe je zo afstandelijk? Heb je een hekel aan mij?'

'Nee.'

'Nou, dat gevoel krijg ik anders wel.'

Lucas kijkt Suzy even aan en begint dan zijn tas in te pakken. Als hij ergens niet tegen kan, zijn het wel mensen die zonder goede reden hun emoties benoemen. Vrouwen – vooral vrouwen – die hun gevoelens direct uiten, maken hem bang en woedend tegelijk, omdat hij weet dat hij er niet tegenop kan; het lukt hem niet met even duidelijk gepreciseerde hartenkreten te reageren. En als hij zich al van zijn affectieve kant laat zien – iets wat hem altijd overvalt – zijn de gevolgen zonder uitzondering desastreus: zorgvuldig opgepotte emoties banen zich dan een weg naar buiten en ontregelen hem compleet, waardoor hij dagenlang van de kaart is en zich verbluft afvraagt hoe anderen dat nou doen, dat voelen.

Suzy observeert Lucas, die zwijgend zijn jas aantrekt, maar ze vertikt het om het hierbij te laten. 'Ga je nog iets terugzeggen?'

Lucas zucht diep. 'Luister, laten we geen ruzie maken...'

'Ik maak geen ruzie, ik begrijp het gewoon niet.'

Hij kijkt haar koud aan.

'Misschien moet je er dan even over nadenken.'

'Dat heb ik al gedaan maar ik kom er niet uit. Het zou kunnen dat je geen zin hebt een groentje op sleeptouw te nemen, maar dat is onprofessioneel en dat ben je niet. Dan is het nog mogelijk dat je sowieso niet met mensen wilt werken omdat je alle mensen haat, maar het lijkt me dat je zoiets na vijfentwintig jaar in dit vak wel leert verbergen.'

Was dat een glimlachje op zijn gezicht? Suzy weet het niet zeker. Ze gaat verder.

'Misschien wil je het verhaal voor jezelf houden, maar dat vindt Jetze niet goed en bovendien gaat dat tegen het beleid van de krant in.'

Ze maakt een wijds gebaar naar de muurloze redactieruimte achter haar die moet aanzetten tot openheid en samenwerking.

'Dus je hebt een hekel aan me. Je vindt dat ik een grote bek heb. Heb ik ook. Dus dat klopt.'

Hoewel hij niet bepaald vriendelijk kijkt, lijkt Lucas door haar betoog wel te ontspannen.

'Mooi, dat is dan duidelijk. Ik zal mijn best doen mijn kwek een beetje te houden en goed luisteren naar wat jij zegt. Oké?'

Ze kijken elkaar aan.

'Ik haal je morgen om acht uur op.' En weg is Lucas.

Suzy weet niet wat de doorslag heeft gegeven, maar ze heeft haar doel bereikt.

De volgende dag staat Lucas pas om kwart voor negen bij Suzy voor de deur. Hoewel ze vindt dat mensen te vaak sorry zeggen en te bang zijn om elkaar last te bezorgen, irriteert het haar dat hij zonder enige uitleg of excuus optrekt en de straat uit rijdt. Ze heeft geen zin het hem makkelijk te maken en houdt haar kaken op elkaar. Pas als ze de snelweg op gaan, doorbreekt Lucas de stilte.

'Waarom heb je eigenlijk voor de journalistiek gekozen?' vraagt hij, terwijl hij een keurende blik op haar werpt.

'Omdat ik het kan,' antwoordt Suzy zelfbewust. Ze legt uit dat ze pas ontdekte dat ze kon schrijven en researchen toen ze merkte dat anderen het niet konden. Met een paar vrienden had ze tijdens haar studie een internetblad opgezet en toen bleek dat alle kopij die ze onder ogen kreeg niet om door te komen was, drong het tot haar door dat de meeste mensen slecht schrijven en bovendien niet goed nadenken over wat ze willen zeggen.

'Moet dat dan?'

'Als je pretendeert iets te schrijven wat het lezen waard is, wel. Wat mensen op hun zolderkamertjes doen, moeten ze zelf weten.'

'Schrijf jij nooit eens wat op je zolderkamertje?'

'Bedoel je fictie?'

'Of gedichten...'

Suzy lacht hardop. 'Nee, dat is niets voor mij. Ik ben verslaafd aan de werkelijkheid.'

'En bang om je bloot te geven.'

'Echt niet.' Maar de rest van de rit vraagt Suzy zich af of het laf is om nooit je gevoelens of fantasieën aan het papier toe te vertrouwen. Is een journalist eigenlijk een gemankeerde dichter of romancier? Zou Lucas in het geheim gedichten schrijven over de dood en Zijn Grote Verdriet? Ze durft het hem niet te vragen en zwijgt tot hij de auto parkeert voor het gemeentehuis in Opheusden, waar de gemeente Neder-Betuwe haar zetel heeft. Lucas stapt uit en geeft Suzy de autosleutels. Hij lijkt ervan uit te gaan dat zij in haar eentje naar Arnhem gaat.

'Moet ik niet met jou mee?' vraagt ze, enigszins beduusd.

'Waarom? Om mijn hand vast te houden?'

Suzy kijkt hem aan, maar Lucas geeft geen krimp.

'Is het niet handig dat ik ook hoor wat ze hier te vertellen hebben?'

'Zou niet weten waarvoor.'

Suzy beseft dat Lucas, afgezien van de auto, niet van plan is iets met haar te delen.

'Oké, prima.' Met een rood hoofd van woede gaat ze achter het stuur zitten. Ze trekt de deur met een harde klap dicht, en scheurt, vastbesloten hem versteld te doen staan, naar Arnhem.

Het Gelders provinciehuis is vlak na de Tweede Wereldoorlog gebouwd, maar heeft, ondanks de moderne bouwtechnieken, de sfeer van een middeleeuwse burcht. Misschien hoopte de architect dat hij de mensen de ellende van de oorlog kon laten vergeten met deze nostalgische slinger naar de goede christelijke tijden, denkt Suzy, maar het is jammer dat alles grijs is.

De voorlichter van de gedeputeerde ruimtelijke ordening is een nuffig mannetje van een jaar of vijftig. Hij draagt een kostbaar pak met knalroze voering, en dat is behoorlijk hip voor Gelderland, vindt Suzy. Als ze hem de vraag voorlegt waarom Wegman Werken geweigerd is voor de bouw van de waterzuiveringsinstallatie, reageert hij afgemeten.

'Die informatie mag ik u niet geven, mevrouw. Maar ik kan u verzekeren dat wij daar goede gronden voor hadden.'

'En die waren?'

'Dat is een zaak van de provincie.'

Suzy neemt hier geen genoegen mee en somt alle redenen op die de provincie redelijkerwijs gehad kan hebben.

'Een van die dingen moet het zijn, of een combinatie.'

'Dat klopt.' Hij legt zijn gemanicuurde handen over elkaar en zucht alsof het gesprek hem vreselijke vermoeit.

'Scholten Bouw, het bedrijf dat uiteindelijk de opdracht kreeg, heeft net zo weinig ervaring met waterzuiveringsinstallaties als Wegman Werken,' gaat Suzy verder.

'Dat zou zomaar kunnen.'

'Maar van Scholten is nog nooit een gebouw ingestort.'

De ambtenaar kijkt alsof dit nieuws hem niet aangaat en verschuift een pennenbakje dat voor hem op zijn keurig opgeruimde bureau staat.

'Houdt u het voor mogelijk dat Wegman Werken wegens technische incompetentie is geweigerd?'

'Ik hou alles voor mogelijk, mevrouw.'

Stomme vraag, realiseert Suzy zich.

'Kunt u mij nou echt niet vertellen wat er mis was met Wegman?'

smeekt ze. 'Moeten andere overheden en opdrachtgevers eerst hun bruggen en gebouwen zien instorten voordat die man door de mand valt? Hij gaat nu een voetbalstadion met twaalfduizend plaatsen bouwen voor Betuwe Boys. Vindt u dat niet vreemd?'

'U kunt niet van mij vragen daar commentaar op te geven.'

'U kunt toch wel zeggen of u dat vreemd vindt?'

'Ja, ik vind het best vreemd,' geeft hij toe.

'Waarom?'

Een nietszeggende glimlach.

'Hoe reageerde meneer Wegman toen de aanbesteding naar een ander ging?'

'Geen idee.'

'Hij was niet boos? Hij is nooit komen vragen waarom?'

'Dat zou ik u niet kunnen zeggen.'

Als Suzy het provinciehuis verlaat, besluit ze aannemer Scholten op te zoeken. Na enig getelefoneer heeft ze de man gevonden. Hij is op de bouwlocatie in Heteren en vindt het geen probleem dat ze direct langskomt.

Vanuit de directiekeet hebben Suzy en aannemer Scholten een perfect uitzicht op de zandvlakte. Graafmachines zijn bezig het terrein te egaliseren.

'Wegman had dit nooit voor elkaar gekregen,' zegt Scholten terwijl hij met zijn sigaar naar de bedrijvigheid op het bouwterrein gebaart. De aannemer is in een uitstekend humeur.

'Waarom niet?'

'Wat denk je? Omdat hij te ver onder de prijs zat.'

'U bedoelt dat hij niet meedeed aan de onderlinge prijsafspraken?'

Scholten buigt zich voorover en praat zacht: 'U denkt toch niet dat wij nog dealtjes maken, hè?'

'Zegt u het maar,' antwoordt Suzy zo rustig mogelijk.

'Voor het bedrag dat hij vroeg, was de zaak niet te bouwen,' zegt de aannemer beslist.

'Waarom deed hij dat dan? Waarom zou hij verlies willen lij-den?'

'Omdat hij dan overeind zou blijven, natuurlijk.'

'Zegt u nou dat Wegman Werken niet solvabel was op het moment van de aanbesteding van deze opdracht?'

'Hij was nog in gesprek met allerlei schuldeisers, maar eh...' Scholten gebaart dat het er slecht uitzag.

'Wie waren dat?'

'Dat mag je zelf uitzoeken.'

Suzy besluit het over een andere boeg te gooien. 'Weet u dat Wegman het nieuwe stadion voor Betuwe Boys gaat bouwen?'

Scholtens mond zakt open. Dan herstelt hij zich. 'Misschien had hij een meevallertje.'

'Wat bedoelt u daarmee? Een investeerder?'

'Dat weet ik niet. Er gaan elke week bouwbedrijven op de fles; die krijgen hun meevallertje net te laat.'

'Maar hoe wist de provincie dat het niet goed zat met Wegman? Heeft iemand ze dat verteld?'

'Nee, maar die ambtenaren hadden zo de pest in dat hij het was geworden dat ze net zo lang gezocht hebben tot ze iets vonden.'

Suzy schiet rechtovereind.

'De provincie wilde van hem af?'

Scholten knikt rustig, alsof dat is wat hij steeds heeft beweerd.

'Waarom?'

'Waarom, waarom, dat zeggen ze d'r nooit bij. Maar als ze je niet moeten, word je het niet. Bij mij zijn ze niet langs geweest om de boekhouding te controleren.'

'En bij Wegman wel?'

'De hele boel is binnenstebuiten gekeerd.'

'En toen hebben ze ontdekt dat...?'

'Weet ik het, dat het niet deugde; meer hoefde ik niet te weten. Ik was de tweede op de lijst en moest terugkomen van vakantie om de boel hier op poten te zetten. Want ze hadden natuurlijk wel haast met die waterzuiveringsinstallatie.'

Suzy zit aan een tafeltje bij het raam van café-restaurant De Kraanvogel, een deprimerend etablissement tegenover het steriele gemeentehuis van Opheusden. Bordeauxrode lambrisering, royale caféstoelen, bekleed met synthetische stof in een geometrisch motief en Perzische kleden op de eikenhouten tafels. Kaarsenhouders van getint glas en minuscule droogboeketten maken de gezelligheid compleet. Suzy kreeg al na vijf minuten ruzie met de bazin over de kwaliteit van de koffie. En toen ze hardop vloekte omdat haar internetverbinding het begaf, had ze het helemaal gedaan. Suzy realiseerde zich meteen dat het niet handig was deze dame tegen zich in het harnas te jagen, en om te bewijzen dat ongelovige stedelingen ook heel aardig kunnen zijn, knoopte ze een gesprekje aan en complimenteerde ze de vrouw met haar mooie zaak. Binnen vijf minuten begon de Betuwse haar hele levensverhaal te vertellen aan een geïnteresseerd kijkende Suzy, die zich intussen afvroeg waarom ze het per se had willen goedmaken. Waarom kon ze dat mens niet gewoon boos op haar laten zijn?

De komst van Lucas verlost haar uit haar lijden.

'Mag ik een biertje van u?'

De bazin loopt naar de tap en Lucas gaat zitten. Hij ziet er tevreden uit. Vrolijk bijna.

'Neder-Betuwe is een artikeltwaalfgemeente.'

'Wat is dat ook alweer?'

'Als gemeentes failliet konden gaan, was Neder-Betuwe op de fles. Maar omdat het rijk zoiets niet laat gebeuren, staat de gemeente in feite onder curatele van de provincie en het ministerie van Binnenlandse Zaken in het kader van artikel 12 van de Financiële Verhoudingswet. Zelfs als ze zouden willen, kunnen ze Betuwe Boys niet helpen. En weet je hoe het komt?'

'Geld weggezet bij een IJslandse bank?'

Lucas schudt zijn hoofd en houdt zijn dictafoon in de lucht.

'Verduistering.'

Lucas heeft een raadslid gesproken dat zo onder de indruk was van Lucas' status als gerenommeerd journalist, dat hij het hele verhaal vertelde.

'Het blijkt dat de vorige wethouder van Financiën jarenlang geld heeft verduisterd. Miljoenen. De betreffende wethouder was gokverslaafd en heeft alles naar roulettetafels in de Randstad gebracht. Niemand heeft ooit iets vermoed, de man stond bekend als uiterst betrouwbaar en loyaal. Als gevolg van dit debacle zal het nog zeker drie jaar duren voor de gemeente haar financiën weer op orde heeft. En de financiën worden al die tijd streng gecontroleerd door het rijk.' Lucas schatert het uit: 'Een gokker! Als je zo streng gelovig bent, gaan mensen de gekste dingen doen!'

Suzy zoekt even schichtig over haar schouder naar de kroegbazin, maar er is niemand.

'En Wegman? Heb je over hem nog iets gehoord?'

'Dit is toch veel leuker: GOKKER KLEEDT GEMEENTE UIT.' Hij kijkt haar vrolijk aan en neemt een slok bier.

Suzy staart hem aan. Is hij hiermee tevreden?

'En Wegman dan? Die man deugt niet. Wist je dat hij een jaar geleden nagenoeg failliet was?'

'Ja.'

'Hoe dan?'

'Hij heeft uitstel van betaling aangevraagd en een succesvolle doorstart gemaakt.'

Suzy staart Lucas verbijsterd aan.

'Dus het interesseert je wel?'

'Wat?'

'Wat die Wegman allemaal doet. Waarom hij dat stadion bouwt. Wat die rare Rus ermee te maken heeft.'

'Hou nou toch eens op over die Rus; dat is een volstrekt onbelangrijk figuur.'

'Iemand die in een auto van een half miljoen euro rijdt, is nooit volstrekt onbelangrijk. En vooral niet als hij gesignaleerd wordt in gezelschap van een armlastige aannemer.'

'En alle andere ondernemers uit de streek. Wie zegt dat die twee iets met elkaar te maken hebben?'

'Ik. Dat kon je zien aan de manier waarop ze zich gedroegen. Bovendien...'

'Wat wil je daar dan over schrijven? ONDUIDELIJKE RUS/ ROEMEEN/BULGAAR BETROKKEN BIJ NIEUW STADION?'

Zo geformuleerd stelt het inderdaad niets voor, begrijpt Suzy.

'Dat weet ik niet. Maar het is wel maf dat Wegman bijna failliet is en opeens een heel groot project aankan. En het is helemaal raar dat de provincie van hem af wilde bij die waterzuiveringsinstallatie; ze hebben net zo lang gezocht tot ze iets vonden om hem te wippen. Dat was een plannetje van iemand op het provinciehuis,' besluit Suzy triomfantelijk.

'Wie beweert dat?' vraagt Lucas terwijl hij slaperig door de kanten vitrage naar buiten kijkt.

'Scholten, de aannemer aan wie de aanbesteding uiteindelijk gegund is.'

Lucas kijkt Suzy meewarig aan, en ze beseft dat Scholten bepaald geen objectieve bron is.

'Als ik hem was zou ik ook zeggen dat iemand anders Wegman had gewipt.' Hij neemt een slok van zijn bier.

'Iemand als Scholten is niet in de positie om de provincie te beïnvloeden.'

'Dat weten we niet. Misschien werkt zijn zwager er wel.'

Suzy zucht. Dat kan natuurlijk.

Lucas zegt vriendelijk: 'Suzy, het gaat helemaal nergens heen met dit verhaal. Misschien moet je nog even doorzoeken, maar ik heb liever dat je een biografietje van Wegman maakt, dan neem ik dat in het stuk op.'

Ze wil protesteren, maar Lucas bladert in zijn aantekeningen.

'En we hebben een paar quotes nodig van middenstanders die tegen het nieuwe stadion zijn.'

'Dat moeten we aan de mevrouw achter de bar vragen.'

Suzy wenkt de bazin, die achter de bar de flessen afstoft. Ze komt meteen en Suzy stelt haar een paar strategische vragen. De vrouw blijkt veel over het plaatselijke middenstandersverzet te weten; de angst dat de middenstand wordt weggeconcurreerd door de nieuwe winkels in en om het stadion is groot, omdat men verwacht dat kapitaalkrachtige grootwinkelbedrijven daar de dienst zullen uitmaken. En wat moet je dan nog met je zelfgemaakte gehaktballen?

Hoewel Suzy zelf het gevoel heeft dat het allemaal veel te lang duurt, laat Lucas de bazin helemaal haar gang gaan. Hij knikt haar af en toe bemoedigend toe en als de vrouw haar de namen en adressen van de andere opstandige winkeliers geeft, krijgt Suzy zowaar een knipoog.

De rest van de middag bezoeken ze de andere middenstanders en langzaam krijgt het artikel vorm. Volgens Lucas moet ieder stuk dat je schrijft te herleiden zijn tot een gezegde of wijsheid: bestaand of zelfverzonnen, als maar duidelijk is wat je bedoelt. Suzy mag kiezen: als ze zich richten op de winkeliers, wordt het een Calimerostuk: de kleintjes tegen de groten. Maar ze vindt dat die vlag de lading niet dekt. Ze wil de fraudeur centraal stellen, omdat de goeden niet onder de kwaden mogen lijden. Het wordt: WETHOUDER RUÏNEERT GEMEENTE. Lucas is het daar helemaal mee eens en belooft het stuk af te schrijven zodat Suzy nog even naar huis kan om te douchen voor ze naar het café gaat om haar verjaardag te vieren.

Zoals ieder jaar heeft Elvira behalve het intieme gezelschap dat Suzy zelf heeft uitgenodigd, nog een dertigtal vage kennissen gebeld. Suzy haat het massale zingen en zoenen dat dit met zich meebrengt, maar het vrolijke gezicht van Elvira maakt veel goed. Na een paar glazen wijn ontspant ze en hangt ze tegen Elvira aan, die zich omstandig verontschuldigt voor haar uit de hand gelopen uitnodigingenbeleid.

'Ik ga er natuurlijk niet van uit dat ze allemaal komen. En die jongens daar ken ik niet eens.'

'Die met die kale kop heeft met ons gestudeerd, geloof ik,' zegt Suzy.

Peinzend kijkt Elvira naar het groepje mannen, dat eruitziet als een rugbyteam dat net onder de douche vandaan komt: frisse jongens met een goed humeur.

'Ze zijn veel te vrolijk voor jou,' meent Suzy. Elvira knikt afwezig, maar schiet dan opeens overeind. 'Weet je wat ik gehoord heb?'

Suzy houdt met moeite haar glas recht terwijl Elvira zich lijkt te bedenken. 'Misschien kan ik het beter morgen vertellen,' zegt ze.

'Daar is het nu te laat voor.'

Elvira produceert een schuine glimlach ten teken dat ze beseft dat ze vandaag alles fout doet, maar zich vergeven weet.

'Het schijnt dat Floris weer in de stad is.'

'Mijn Floris?'

Elvira knikt en kijkt Suzy onderzoekend aan.

Die haalt haar schouders op in een poging zichzelf wijs te maken dat nieuws over Floris haar koud laat. Floris was haar vriendje vanaf haar zestiende verjaardag en het sprak vanzelf dat ze na de middelbare school gingen samenwonen en studeren. Tot hij drie jaar geleden na een periode van laffe leugens en misplaatst zelfbeklag bekende dat hij verliefd was op een zekere Janneke en met haar naar Amerika vertrok. Suzy was zo onthutst over het einde van haar grote liefde, dat haar leven maandenlang letterlijk stilstond. Ze begreep niet waarom ze zich zo ontzettend schaamde voor wat er was gebeurd, maar ze voelde zich intens vernederd. Pogingen er met Elvira over te praten ontaardden steevast in oncontroleerbare en zeer beangstigende huilbuien, tot ze uiteindelijk besloot er het zwijgen toe te doen.

Maar het denken en voelen hielden niet op. Voor het slapen gaan en op andere vrije denkmomenten fantaseerde ze over Floris. Ze stelde zich voor hoe ze zich zouden verzoenen of juist niet, en hoe ze zich dan revancheerde. Maar diep vanbinnen haatte ze haar obsessie met Floris en ze probeerde haar gedachten naar andere onderwerpen te sturen, waardoor ze nog slechter sliep. Experimenten met drank en drugs leidden ertoe dat ze langzaam maar zeker uitgeput raakte.

Pas toen ze opnieuw verliefd werd en tot haar verbazing opnieuw gedumpt – volgens Elvira omdat de man in kwestie haar niet aankon – verdween Floris uit haar dagelijks leven. Wat het een met het ander te maken had was haar niet duidelijk, maar de opluchting en de hervonden vrijheid maakten dat soort vragen overbodig. Voor het eerst sinds Floris uit haar leven verdween, voelde ze tegenover de jongens die ze ontmoette een nieuwe vriendelijkheid en nieuwsgierigheid en zoiets als mededogen, wat de omgang met het andere geslacht behoorlijk vereenvoudigde.

'Heb je hem uitgenodigd?'

'Dat zou ik nooit doen zonder jouw toestemming. Bovendien heb ik hem zelf niet gezien, ik heb alleen maar gehoord dat hij weer in Amsterdam woont. Kom.'

Suzy laat zich door Elvira meevoeren naar de bar. Haar verjaardag mondt uit in een vrolijke beestenbende – met zang en dans waaraan het hele café meedoet.

Vijf

Als Suzy het artikel over de gokkende wethouder leest, beseft ze dat Lucas haar de vorige dag met zijn complimentjes listig heeft ingepakt. Het artikel gaat alleen nog over de financiën van de gemeente Neder-Betuwe, met slechts een marginale rol voor het voetbalstadion. Wegman wordt even genoemd als de aannemer, maar er worden geen woorden vuilgemaakt aan zijn voorgeschiedenis. Ze weet dat iedere redactie een slangenkuil is, maar toch schokt het haar dat iemand als Lucas haar op zo'n lullige manier uitschakelt. Ergens had ze verwacht dat hij anders was: eerlijker.

Op weg naar de redactie – ruim een uur eerder dan normaal – spreekt ze zichzelf streng toe: geen zelfmedelijden, ze heeft het helemaal aan zichzelf te wijten. Het is tijd om haar tanden te laten zien. Als ze het redactielokaal binnenkomt, is er nog niemand, zoals ze verwachtte. Ze loopt naar Lucas' werkplek, kijkt nog een keer goed om zich heen en doorzoekt alle papieren op het bureau. Na een paar minuten komt de eerste collega binnen. Suzy hapt naar adem van schrik, maar weet een nonchalante ochtendgroet te produceren. En alsof het de gewoonste zaak van de wereld is, gaat ze door met zoeken. Ze vindt een mapje met prints van de Kamer van Koophandel en uitspraken van de rechtbank in Arnhem, waarop ook Renates kriebelhandschrift staat. Ze loopt naar het kopieerapparaat en maakt tijdens het kopiëren een praatje met de andere vroege vogel. Dan legt ze het mapje met een achteloos gebaar terug op Lucas' bureau en wandelt naar het hare. Als het moet, kan zij ook een rat zijn.

Op haar gemak neemt ze de stukken door: een klein jaar voorafgaand aan de aanbestedingsprocedure voor de waterzuiveringsinstallatie, vroeg Wegman uitstel van betaling aan, precies zoals Lucas zei. Het curatorenverslag schetst een tamelijk wanhopige situatie: er rustten meerdere hypotheken op het onroerend goed; het personeel was al maanden niet betaald; opdrachtgevers dreigden af te haken en de administratie van het bedrijf was onvindbaar, evenals de directeur-eigenaar. Wegman scheen in zijn buitenhuis in Spanje te zitten. Het volgende verslag – van drie maanden later – laat een geheel andere situatie zien: er werd een doorstart gemaakt dankzij een investeerder die schuilging achter de naam 'Ideal bv'. Ideal bv werd voor 51 procent eigenaar van Wegman Werken en nam alle schulden over, wat neerkomt op – driftig telt Suzy alle schulden uit het eerste verslag bij elkaar op – meer dan twee miljoen euro. Een half jaar later hengelde Wegman Werken voor een slank prijsje naar de waterzuiveringsinstallatie.

Suzy weet bijna zeker dat Ideal bv een bedrijf van de schimmige Rus is. Maar hoe bewijs je dat? Uit het eerste van de twee uittreksels van de Kamer van Koophandel blijkt dat Ideal bv eigendom is van weer een andere onderneming, Tulpjes bv. En de eigenaar van Tulpjes bv heet Aurora bv. Blijkbaar is Lucas daar vastgelopen.

Suzy neemt de lift naar documentatie en treft daar alleen Renate, die in een reflex haar sigaret dooft als ze de deur hoort en dus behoorlijk pissig is wanneer ze in plaats van haar chef, Suzy ziet binnenkomen. Vloekend trekt ze de kromgebogen sigaret recht voor ze hem weer aansteekt. Ze keurt Suzy geen blik waardig. Suzy aarzelt.

'Jij bent toch Renate?'

Renate bromt iets dat als een bevestiging kan worden opgevat.

'Ik heb een uittreksel van de Kamer van Koophandel nodig.'

Renate rookt.

'Als het kan vandaag nog. Of eigenlijk nu meteen.'

Renate kijkt Suzy aan met een blanco blik, alsof dit ongehoorde verzoek niet tot haar wil doordringen.

'Het is best dringend.'

Suzy beseft dat ze deze krachtmeting gaat verliezen. Ze pakt pen en papier van Renates bureau en maakt een notitie terwijl ze doorpraat.

'Het gaat om Aurora bv. Als er een andere bv achter zit, wil ik ook daar het uittreksel van. Net zo lang tot je bij een natuurlijk persoon uitkomt, oké?'

Renate zegt niets en blaast op haar gemak de rook het raam uit.

'Fijn, alvast bedankt.'

Suzy beent naar de deur, inwendig foeterend op die mallotige Renate voor wie iedereen haar al had gewaarschuwd. Dat mens zou opgesloten moeten worden.

'Voor Aurora bv moet je bij Lucas zijn.'

Suzy draait zich met een ruk om. Renate gooit het papiertje in de prullenbak.

'Ik heb dit allemaal al uitgezocht.'

'Dan doe je het nog een keer,' probeert Suzy.

'Nee schat, dan moeten we dubbel betalen en dat is nou precies waarom wij de KvK-aanvragen beheren. Vraag het maar aan Lucas. Hij heeft het vast nog wel ergens.' Hongerig trekt ze aan haar sigaret.

Met een rood gezicht van frustratie komt Suzy de redactiezaal in, waar Jetze net is begonnen met de ochtendvergadering. Weer te laat. Gedurende de hele bespreking houdt ze haar mond. Als Jetze haar opdracht geeft een brand in een naaiatelier te verslaan, knikt ze braaf, net als wanneer zij en Lucas worden gecomplimenteerd met hun artikel over de gokkende wethouder. Lucas kijkt even schichtig haar kant op en dat stemt haar tevreden: hij voelt zich er dus wél rot over. Maar ze is niet van plan nog langer om zijn aandacht te bedelen. Als ze weer naar hem toe gaat, komt ze met iets goeds, iets echts. Al heeft ze nog geen idee wat dat zou kunnen zijn.

Na de bespreking besluit Suzy het naaiatelier te laten voor wat het is en achter de auto van de Rus aan te gaan. Ze tikt maar weer eens 'Maybach' in, in de hoop dat de exclusiviteit van de auto haar naar de Rus zal leiden. Misschien moet je ergens lid van zijn als je zo'n auto hebt, want het zijn technisch hoogstaande en schitterend vormgegeven auto's voor de rijksten der rijken. De fabriek bestond al in de jaren twintig, wijlen prins Bernhard reed er in zijn studententijd in rond, en onlangs is de bouw van deze superieure voertuigen hervat onder de vlag van Daimler Chrysler. Bij de Duitse oldtimerclub vindt ze kiekjes van het jaarlijkse *Maybachtreffen* in Württemberg: trots staan de witharige frisbejaarden naast hun opgepoetste pronkstukken die vaak nog ouder zijn dan zij zelf. Tussen de oudjes staat een man die beduidend jonger is. Zijn gezicht is niet moeilijk te herkennen. De grote, dicht bij elkaar staande ogen en de brede mond waarvan de dunne lippen een permanente grijns vormen, geven hem een aapachtige expressie. Hij is halverwege de veertig en in de kracht van zijn leven: zijn blonde haar is kortgeknipt en zijn zorgvuldig getrimde baard verraadt zijn ijdelheid. Hij kijkt zelfverzekerd de lens in alsof hij de wereld wil uitdagen het tegen hem op te nemen. Het is de Rus. Snel kijkt ze naar het onderschrift. Namen. Allemaal Duitse, behalve de vierde: Herr Voloshin. Zo heet hij dus. Met tintelende vingers tikt ze de naam in. Er verschijnen enkele duizenden hits, allemaal op buitenlandse sites. Jezte loopt langs en werpt een verbaasde blik op haar beeldscherm.

'Moet jij niet naar een zeker naaiatelier?'

'Ja, ik zocht nog even... iets.'

Suzy glimlacht geruststellend, waarna Jetze zijn schouders ophaalt en doorloopt in de richting van de toiletten. Suzy ziet het opinieweekblad in zijn rechterhand. Ze heeft minstens een kwartier.

Ze maakt een print van Voloshins foto en keert terug naar haar hits. Voloshins naam duikt op bij een affaire rond de overname van een Oost-Duits staalbedrijf, eind jaren negentig. Hij werd verdacht van oplichting, maar dat kon niet worden bewezen en Voloshin ging vrijuit, tot woede van het personeel van de staalfabrieken. Hij deugt dus inderdaad niet, die Voloshin.

Op een Duitse nieuwssite treft ze een paar stukken over hem aan van een paar jaar eerder. Dit keer wordt Voloshin ervan beschuldigd Russische staatseigendommen te hebben verkocht. Zonder toestemming. Met rode oortjes leest Suzy door: Voloshin heeft een compleet legerdepot opgekocht – of botweg leeggehaald – en is met tientallen pantservoertuigen, kisten vol kalasjnikovs en tonnen munitie in vrachtwagens weggereden. Omdat er geen foto's bij de artikelen staan, weet Suzy echter niet zeker of het nog steeds over 'haar' Voloshin gaat. Bovendien heeft ze twijfels over de site waarop dit verhaal is geplaatst. Ze pluist iedere hit over de zaak uit, maar dan loopt Jetze weer langs. Hij kijkt op zijn horloge.

'Ga jij nog naar dat naaiatelier?'

'Ja. Ik kan straks, over een uurtje, terecht bij de brandweercommandant. En daarna heb ik afspraken met familieleden van de slachtoffers.' Ze dwingt zichzelf niet na te denken over de vraag hoe ze dit allemaal gaat waarmaken en kijkt Jetze trouwhartig aan.

'Dan heb je niet veel tijd meer om te schrijven.'

'Kon niet anders. Maar ik heb al een opzetje gemaakt.'

Gerustgesteld loopt Jetze verder.

En Suzy gaat – regelmatig over haar schouder kijkend of Lucas of Jetze in de buurt zijn – door met Voloshin. Ze bekijkt Duitse kranten en tijdschriften uit dezelfde periode, tot ze iets tegenkomt wat ze niet had verwacht. Of toch wel? Ze loopt speciaal naar de printer zodat ze ernaast staat als het eruit komt: een artikel in een Duits blad van Lucas Grimbergen over Voloshin. Onder een foto van dezelfde Voloshin die ze in het voetbalstadion heeft gezien, staat de kop: ANGESICHTS DER GIER. Lucas schetst het beeld van een malafide wapenhandelaar, een dief en een heler, een nietsontziende schoft die alleen op geld uit is. 'Met een omzet van – naar eigen zeggen – honderdduizend dollar per week, overtreft Voloshin de grootste drugdealers in het Westen. Het is een schande dat hij goederen, waar Sovjetarbeiders hun ruggen voor hebben gebroken, verkwanselt aan de hoogste bieder zonder dat daar enig nationaal belang mee gediend is.'

Het is een indrukwekkend betoog over moreel verval en harteloos kapitalisme, waar een enorme woede uit spreekt. En het bewijst dat Lucas precies weet wie Voloshin is! Maar waarom heeft hij dat niet gezegd? In het huisarchief gaat ze op zoek naar stukken van Lucas uit dezelfde periode. Maar de database reageert niet op 'Voloshin'. Dan ontdekt ze dat ze de naam van de Rus verkeerd spelt. Nederlanders transcriberen het cyrillische schrift op een andere manier dan Duitsers en Engelsen. Over Volosjin met een J heeft Lucas namelijk talloze artikelen geschreven die meteen opduiken als ze de goede spelling gebruikt: illegale wapenhandel, plundering van Ruslands rijkdommen, oligarchenfeestjes.

Suzy laat de printer ratelen. Hoewel ze weet dat het doodnormaal is om stukken van collega's als informatiebron te gebruiken, heeft ze het gevoel iets onbetamelijks te doen, alsof ze Lucas' persoonlijke post doorneemt. Tegelijk maakt dat ongemakkelijke gevoel het alleen maar aantrekkelijker. Ze legt de stapel prints omgekeerd op haar bureau. Het stuk dat ze leest, houdt ze in haar hand, klaar om het weg te moffelen als er iemand aankomt.

Maandenlang schrijft Lucas, in die tijd correspondent in Moskou, grote stukken op de buitenlandpagina. Zijn productie is abnormaal hoog, maar in december 1993 stopt die abrupt. Suzy neemt tientallen buitenlandpagina's van na die datum door, maar vindt niets van Lucas. De buitenlandredactie neemt de verslaggeving over en drie maanden later zit er in Moskou een nieuwe correspondent. Lucas is teruggekomen naar Nederland terwijl hij midden in een groot verhaal zat. Volgens het colofon werkt Lucas de eerste maanden van 1994 nog steeds bij de buitenlandredactie, maar er verschijnen geen stukken van zijn hand. Pas een half jaar na zijn laatste stuk vanuit Moskou verschijnt er een artikel van Lucas op de binnenlandpagina. Is hij ziek geweest? Een vreemde vlaag van bezorgdheid overvalt haar. Ze draait zich om en kijkt naar de andere kant van de redactie, waar Lucas achter zijn bureau zit te telefoneren, voorovergebogen en met zijn hand half voor zijn mond, zoals ze hem vaker heeft zien doen. Aan de telefoon klinkt Lucas altijd verbazingwekkend zachtaardig; hij kan heel aarzelend overkomen, wat bij de meeste mensen de neiging oproept hem te helpen. Suzy schudt de gedachte aan een kwetsbare Lucas van zich af: hij heeft haar belazerd en voorgelogen. Ze leest nog eens minutieus de laatste tien artikelen die hij in Rusland heeft geschreven; ze gaan zonder uitzondering over Sergej Volosjin.

Lucas demonstreert aan de hand van Volosjins handel en wandel de teloorgang van de maatschappelijke structuren in de voormalige Sovjet-Unie: in de anarchie die er begin jaren negentig heerst, weten *biznizmen* als Volosjin te profiteren van de situatie. Na een aantal artikelen over wapendiefstal en heling volgt een reeks over de deplorabele staat van het Rode Leger; over provinciale bestuurders die zichzelf verrijken met vuile handel en over corruptie bij de grenzen. Dan richt Lucas zijn blik op de grote stad. Hij vergezelt Volosjin op een avondje uit in Moskou, waar ze de plaatselijke penoze ontmoeten: handelaren in drugs en wapens, zonder uitzondering op zoek naar legitimiteit. Ze willen gezien worden als normale zakenmensen. Het feit dat ze hun fortuin niet op de bank kunnen zetten en in gepantserde auto's moeten rondrijden, doet daar niets aan af. Volosjin probeert via deze figuren voet aan de grond te krijgen in Amerika, en hangt daarom elke avond rond in nachtclubs waar je een gemiddeld maandsalaris betaalt voor een consumptie en waar beeldschone meisjes alles voor je willen doen. In de artikelen komen en passant ook de tekortschietende sociale voorzieningen, alcoholisme en de schrale gezondheidszorg aan bod. De toon is bijtend en vals. Als je niet beter wist, zou Volosjin een verzonnen personage kunnen zijn, een stijlfiguur in een human interestreeks over het leven in Rusland. Hij wordt neergezet als een veelzijdige schurk, en Lucas stelt hem persoonlijk verantwoordelijk voor alle ellende in het land. In het laatste stuk schrijft hij zelfs dat Volosjin de doodstraf verdient.

Suzy is verbouwereerd. Meent hij dat nu echt? Een dergelijk gebrek aan beheersing is niet professioneel; ze vraagt zich af hoe goed Lucas en Sergej elkaar gekend hebben. Gingen ze echt samen stappen in Moskou? De details die Lucas beschrijft, zijn overtuigend, zoals Volosjins gewoonte de duurste champagne en de beste kaviaar te bestellen, om die vervolgens niet aan te raken. Het maakte hem – in de ogen van Lucas – tot een onuitstaanbaar parvenu. Maar een slechte smaak is geen reden om iemand dood te wensen.

Dan doet Suzy een interessante ontdekking: in een andere krant verschijnt een vileine column over Lucas' obsessie met 'Volosjin, de Elkerlyck van het Nieuwe Rusland'. De columnist schildert Lucas af als een nostalgische dwaas met een op hol geslagen fantasie. Als reactie daarop wordt Lucas in een hoofdredactioneel commentaar in zijn eigen krant afgeserveerd met als argument dat de veranderingen in de voormalige Sovjet-Unie een nieuwe journalistieke invalshoek vergen en er hard wordt gewerkt aan de invulling daarvan; en Lucas verdwijnt voor enkele maanden van de buitenlandpagina's. De krant heeft hem dus laten vallen als een baksteen. Waarom? Waren zijn verhalen over Volosjin gelogen?

Suzy voelt warmte achter zich. Jetze kijkt, over haar heen gebogen, naar haar scherm. Als Suzy zich omdraait, veert hij overeind.

'Wat ben je aan het doen?' vraagt Jetze om zich een houding te geven.

Suzy aarzelt. Als iemand haar kan helpen is het Jetze met zijn vijfentwintig dienstjaren.

'Waarom is Lucas teruggekomen uit Moskou?'

Terwijl hij zo nonchalant mogelijk wat meer afstand neemt en op een bureau gaat zitten, probeert Jetze zich te herinneren wat er indertijd is gebeurd.

'Ik weet het niet precies, want ik zat toen al op binnenland.

Maar ik geloof dat de omwenteling hem een beetje te veel was geworden.'

'Hoe bedoel je?'

'Hij is een tijd overspannen geweest.'

'Tot mei '94.'

'Dat zou kunnen, weet ik niet meer precies.'

'En dat kwam door iets wat er in Rusland was gebeurd?'

'Als mensen overspannen raken, zijn er meestal wel tien oorzaken, maar de beste remedie is altijd een paar maanden niet werken. Daar kom je nog wel achter,' zegt Jetze met een wrang lachje.

'Dus hij is vrijwillig teruggekomen naar Nederland?'

'Ja.'

Suzy ziet dat Jetze haar wil vragen waar ze mee bezig is.

'Welke invalshoek zal ik kiezen voor de brand in het naaiatelier? Moet het gaan over brandpreventie, zo van: hoe kan dat nou met al die regels? Of wil je meer human interest? Jamilla onderhield haar twee kinderen door twaalf uur per dag te werken en nu is ze haar handen kwijt?'

'Dat laatste. Maar als je het zo bot formuleert, krijg je het meteen terug.'

'Maak je geen zorgen,' zegt Suzy. Ze zet haar monitor uit, pakt de artikelen over Lucas en haar tas en loopt naar de uitgang voor Jetze haar kan vragen waar ze nu eigenlijk mee bezig is. Op straat realiseert ze zich dat ze alle gegevens over de brand op haar bureau heeft laten liggen, maar ze durft Jetze nu niet meer onder ogen te komen.

Op goed geluk gaat ze naar het naaiatelier dat zich op een industrieterrein in Zaandam bevindt. Daar loopt ze tot haar opluchting een ontredderde medewerkster van het atelier tegen het lijf, die toegeeft dat ze daar met haar collega's woonde. De brand is veroorzaakt door slecht aangesloten butagasflessen in het geïmproviseerde keukentje. Meer heeft Suzy niet nodig, en opgetogen rijdt ze terug naar de redactie. Het stuk is in een wip getypt, en ze kan het afsluiten met: 'Is dit de manier waarop de gemeente Zaandam wil omgaan met haar illegalen?'

Tevreden levert Suzy het stuk in bij Jetze, die een vol uur de tijd neemt om het met haar door te nemen op stijl. Suzy doet haar best zich op Jetzes lijzige stem te concentreren, maar haar ogen dwalen voortdurend af naar het bureau van Lucas. Waar is hij? In gedachten gaat ze zijn gedrag van de laatste dagen na: zijn dringende toon toen hij wilde weten of Volosjin haar had opgemerkt toen ze zijn kenteken noteerde; zijn voorzichtigheid in het voetbalstadion. Suzy beseft nu dat hij niet door Volosjin gezien wilde worden omdat Volosjin weet wie hij is! En te oordelen naar Lucas' schichtige gedrag, heeft Volosjin nog een appeltje met hem te schillen. En daarmee is meteen verklaard waarom Lucas niet over Volosjin wilde schrijven: hij durft de man niet nog een keer door het slijk te halen. Maar als dat zo is, waarom heeft hij Renate dan laten uitzoeken wie er achter Aurora bv zit?

'Begrijp je wat ik bedoel?'

Suzy schrikt op en knikt braaf. Ze was Jetze totaal vergeten.

'Mooi.'

Vermoeid hijst Jetze zijn lange lijf uit de stoel en loopt met grote stappen weg. Opgelucht gaat Suzy achter de computer zitten om het artikel te herschrijven. Wanneer ze het uiteindelijk naar de eindredactie verstuurt, ziet ze dat Lucas achter zijn bureau zit te tikken. Ze weet dat het geen zin heeft hem te vragen waar hij mee bezig is, en duikt in plaats daarvan het digitale archief in. Ze wil meer weten over zijn 'overspannenheid', waar ze geen zak van gelooft. Maar behalve de eerder geconstateerde publicatiestop en het laffe hoofdredactionele commentaar, kan ze niets vinden.

Ze blijft achter haar computer zitten tot Lucas en de meeste andere collega's naar huis zijn. Dan loopt ze zo nonchalant mogelijk naar zijn bureau. Alsof het de normaalste zaak van de wereld is, neust ze tussen zijn papieren, maar ze vindt niets wat verwijst naar Volosjin, Aurora of Wegman. Omdat Jetze, die zich nu bezighoudt met de eindredactie, een paar keer verwonderd haar kant op kijkt, maakt ze een einde aan haar vruchteloze zoektocht. Ze stopt alle prints over Lucas en Volosjin in haar rugzak en stapt op de fiets.

Bij haar favoriete Surinaamse restaurant bestelt ze roti met kip om mee te nemen en terwijl ze wacht, gaan haar gedachten alle kanten op. Ze weet dat ze met iets goeds moet komen als ze Lucas zover wil krijgen dat hij zijn kennis over Volosjin en Wegman met haar deelt. Dat betekent dat ze zich nu helemaal op Aurora bv moet richten. Iedere link moet ze uitpluizen. Terwijl ze met een half oog naar een politiebericht kijkt waarin melding wordt gemaakt van een gestolen voertuig, krijgt ze de beste inval van die dag. Ze probeert de roti te annuleren, maar dat neemt de dame achter de toonbank niet: 'Nee meisje, je hebt hem besteld, dus ga je ook betalen.'

'Luister, ik kom hem straks halen, ik moet alleen nu...'

'Die smoesjes ken ik, je gaat nu betalen. En kijk, daar komt hij al aan!'

Achter haar wordt een bakje dampende roti door het luik geschoven. Suzy zit klem.

'Oké.'

Ze legt het geld neer terwijl de dame achter de toonbank tergend kalm haar roti in aluminiumfolie verpakt.

'Peper erbij?'

Suzy schudt haar hoofd.

'En helemaal opeten, hoor, je bent veel te mager.'

'Dank u wel.'

Suzy grist het tasje van de toonbank, springt op haar fiets en racet naar het dichtstbijzijnde internetcafé. Ze installeert zich achter een van de computers en zet de roti naast zich op de grond. Ze surft naar de politiesite en doet digitaal aangifte van diefstal van de Maybach waarvan ze veronderstelt dat die van Volosjin is. Ze vult alle gegevens die ze heeft in en verzint de rest erbij. Plotseling roept een van de andere internetters: 'Hé, mevrouw!'

Een Marokkaanse jongen van een jaar of zeventien kijkt haar vriendelijk aan. 'Kan je je eten even buiten zetten? Het stinkt.'

Zijn vrienden giechelen om zijn brutaliteit, maar Suzy vindt eigenlijk dat hij gelijk heeft.

'Sorry, ik ben zo klaar,' zegt ze en ze buigt zich gehaast over haar toetsenbord. In het venster 'bijzonderheden' tikt ze dat de dieven een plastic mapje dat in de auto lag, op de stoep hebben gegooid voor ze wegreden. Ze vraagt wanneer ze dat moet langsbrengen voor eventueel onderzoek op vingerafdrukken. Speciaal voor deze aangifte maakt ze een e-mailadres aan op Volosjins naam en dan klikt ze op 'verzenden'. Als ze haar jas aantrekt, ziet ze dat haar roti is verdwenen. Het clubje jongens houdt haar geamuseerd in de gaten. Suzy wendt zich tot de jongen die haar eerder aansprak.

'Wat hebben jullie met mijn roti gedaan?'

'Buiten gezet.'

Ze barsten in lachen uit en Suzy vindt het ook wel grappig. Ze besluit niet op een reactie op de aangifte te wachten en loopt naar buiten. De roti staat op de bagagedrager van een fiets.

Thuis googelt Suzy Lucas' naam om te zien of ze meer over hem te weten kan komen. Er verschijnen duizenden hits waaruit een veelzijdige carrière te destilleren valt: naast zijn werk voor de krant heeft Lucas boeken geschreven over de Amsterdamse onderwereld en het gevangeniswezen in Nederland, en de Amsterdamse gemeentepolitiek is ook bedeeld met een titel; maar niets over Rusland of de ineenstorting van de Sovjet-Unie. Lucas' naam duikt wel op bij universiteiten en hogescholen als gastdocent. Eigenlijk een vreselijk actief baasje, peinst Suzy terwijl ze slaperig doorklikt en een oude groepsfoto van de redactie tegenkomt. Schuin achter een paar giebelende dames staat Lucas. Zijn gezicht is mager en ongeschoren waardoor hij er woest en mediterraan uitziet. Zeer aantrekkelijk. Hij moet hier een jaar of vijfendertig zijn en zijn verstoorde blik recht in de lens verraadt dat hij liever ergens anders was. Jetze staat er ook op, maar die was niet knapper toen hij jonger was. Integendeel: zijn fletse gezicht heeft met de jaren meer karakter gekregen door de diepe rimpels rond zijn ogen en mond. Op de foto ziet hij eruit als een onschuldig kind: zijn gladde huid en zijn lichte ogen geven hem iets engelachtigs. Lucas daarentegen had een robuuste, wilde uitstraling. Toen al droeg hij die verkreukelde overhemden, maar die maakten hem allesbehalve pathetisch. Ze pasten bij de jonge Lucas: deze nieuwskrijger had 's ochtends geen tijd om een overhemd te strijken; ze mochten blij zijn als hij zich af en toe schoor, mijmert Suzy. En dat moet hij niet te vaak doen, denkt ze er met een glimlach achteraan. Als ze meer afbeeldingen van Lucas opvraagt, komen er vooral recente foto's tevoorschijn. Hoewel hij zelden lacht, heeft hij altijd die wakkere, licht spottende blik in zijn ogen, waardoor je nieuwsgierig wordt naar wat hij denkt en wat hij van jou vindt. Dan herinnert ze zichzelf eraan dat Lucas een collega is: tijd om naar bed te gaan.

De volgende ochtend fietst Suzy voor ze naar de krant gaat naar het internetcafé om te controleren of de nepaccount van Volosjin al mail heeft gekregen. En jawel: de politie heeft een automatisch gegenereerd bericht gestuurd waarin staat dat bepaalde velden nog ingevuld moeten worden om de aangifte in behandeling te kunnen nemen. Ze moet het chassisnummer van de auto opgeven, evenals de exacte locatie waar de auto gestolen is. In eerste instantie is Suzy teleurgesteld met dit antwoord van een computer. Maar als ze nog eens kijkt, ziet ze boven aan het bericht behalve Volosjins naam en voorletters een huisadres staan. Het bericht is niet alleen naar het door Suzy opgegeven e-mailadres gestuurd, maar ook naar het adres waar de Maybach geregistreerd staat. Daar moet Volosjin wonen of een bedrijf hebben! Suzy noteert het adres, haast zich naar de redactie en loopt meteen naar Lucas' bureau.

'Weet jij al iets over Aurora bv?'

Ze ploft neer in de stoel tegenover hem en houdt hem scherp in de gaten. Lucas typt onverstoorbaar door. 'Wat is dat?'

'Een besloten vennootschap dat via twee andere bv's eigenaar is van Wegman Werken. Je hebt de gegevens zelf opgevraagd bij Renate.'

'Ben ik zeker weer vergeten.'

'Volgens Renate zou jij ook gegevens hebben over de eigenaar van Aurora.'

'Ik?'

'Ik zou er niet van opkijken als Aurora eigendom was van Sergej Volosjin, wapenhandelaar in ruste, woonachtig in Moskou, Boedapest en waarschijnlijk ook in Nederland. De vraag is alleen: waar in Nederland? Waar staat die mooie Maybach voor de deur?'

Lucas zit doodstil en kijkt haar recht aan.

'Ik heb dat adres.'

'Waarvan?'

'Weet ik niet precies, maar het is het adres waar volgens de Rijksdienst voor het Wegverkeer de Maybach van S.P. Volosjin thuishoort.'

Lucas is bleek geworden. Van woede of van angst, dat kan Suzy niet goed peilen.

'Wat heb jij in godsnaam gedaan?' Een collega kijkt hun kant op en Lucas beheerst zich. 'Heb je de politie erbij gehaald?'

'Ik heb via internet aangifte gedaan. Kunnen ze nooit traceren.'

'Als ze willen, kunnen ze alles traceren.'

'Dit niet. Ik weet wat ik doe.'

Om tijd te winnen neemt Lucas een slok van zijn koffie.

'Nou, laat maar zien. Wat is het voor adres?' vraagt hij op toegeeflijke toon. Maar Suzy trapt er niet in.

'Alleen als jij vertelt wat jij hebt ontdekt.'

'Helemaal niets.'

'Na al die jaren kom je die man weer tegen en dan zoek jij niet uit wat zijn connectie is met Wegman? Waarom hij in Nederland is? Wat hij hier komt doen? Een Russische miljonair met een achtergrond van wapenhandel, diefstal van staatseigendommen en een auto van een half miljoen euro?'

Lucas blijft zwijgen en kijkt langs haar heen, de redactiezaal in, waar alles doorgaat als voorheen. Suzy geeft hem nog een paar seconden, maar er komt niets. Dan staat ze op.

'Als jij weet waar je Volosjin kunt vinden, dan heb je mij natuurlijk niet nodig,' zegt ze.

Suzy loopt naar de koffieautomaat en drukt op een willekeurige knop. Terwijl de mokkamelksmurrie in het hete water stroomt, kijkt ze naar Lucas. Hij zit nog in dezelfde houding achter zijn bureau.

In de weken na Zina's waarschuwing werd Lucas het werken steeds meer onmogelijk gemaakt. Om onverklaarbare redenen werd zijn accreditatie bij parlement en ministeries ingetrokken. Persbureaus waarmee hij jaren had samengewerkt, begonnen hem te behandelen als een derderangs journalist en eisten contante betaling vooraf, wat hoogst ongebruikelijk was. De banden van zijn auto werden lekgestoken en de elektriciteit in zijn appartement viel uit terwijl de rest van het blok gewoon stroom had. Lucas schreef echter zijn artikelen en zei tegen iedereen die het horen wilde dat hij niet van plan was Moskou te verlaten omdat een ordinaire crimineel hem het leven zuur maakte. Maar diep in zijn hart wist hij dat zijn dagen in die stad waren geteld als hij wilde overleven. De vraag was niet of Sergej zijn pesterijen zou omzetten in bot geweld, de vraag was wanneer. Hoeveel geduld had hij met die koppige Hollander die de boodschap maar niet wilde begrijpen? Die hem uitdaagde tot het uiterste te gaan en daarbij een soort morele overwinning dacht te kunnen opeisen? Lucas genoot van de machtsstrijd en beet zich vast in zijn rol als martelaar voor het vrije woord. Hij droeg altijd opnameapparatuur bij zich en fantaseerde regelmatig dat hij in een auto getrokken zou worden door mannen die hem naar Sergej zouden brengen, zodat hij hem eens flink de waarheid kon zeggen. Op band. Zijn paranoïde wraakfantasieën hadden hem niet voorbereid op wat hij op zijn laatste dag in Moskou aantrof in zijn brievenbus: een foto van een lachende Zina en een foto van het gruwelijk mishandelde lichaam van een onbekende vrouw, samen in een envelop. Verder geen commentaar.

Tegen lunchtijd loopt Suzy het gebouw uit. Ze schrikt als Lucas opeens haar elleboog pakt; hij is blijkbaar achter haar aan gekomen.

'We delen informatie, maar ík bepaal wat we ermee doen. En het kan niet op de krant. Waar ga je naartoe?'

'Naar cafe Sijtsma?'

'Daar zitten te veel collega's.'

Hij leidt haar een steeg in.

'Ik moet mijn artikel nog afmaken,' protesteert Suzy.

'Dit duurt maar even. Daarna gaan we allebei terug naar de redactie.'

Lucas loopt een broodjeszaak in die bij de krant bekend staat als 'De Kakkerlak' en bestelt twee broodjes kroket. Ze gaan aan een vettig tafeltje zitten.

'Laat één ding heel duidelijk zijn: ik had liever alleen aan dit onderzoek gewerkt. Dus als het je tegenvalt, op wat voor manier ook, heb je dat helemaal aan jezelf te danken.'

Suzy schrikt van zijn vijandige toon en knikt.

'Niemand mag weten waar we mee bezig zijn. Jetze niet, de collega's niet, je ouders en je vriendjes niet, niemand. Ik bepaal welke stappen we zetten. Ik wil geen bewering zonder bron; alleen bandopnamen gelden als verklaring; alles wordt dubbel gecheckt, ook de meest onbenullige dingen; en het bewijsmateriaal bewaren we in een kluis die ik beheer. Tijdens het onderzoek geen alcohol of dope, geen vrije tijd en geen gezeik. Jouw veiligheid is jouw probleem.'

'Gaat het bij de KGB ook zo?'

'Die zijn schattig vergeleken met Volosjin. En die naam zeggen we nooit hardop.'

'Behalve als hij tegenover ons staat,' probeert Suzy. Maar er kan geen glimlachje af.

'Dat gaan we tot iedere prijs proberen te voorkomen.'

Hij staat op en legt geld op tafel.

'Denk er goed over na of je mee wilt doen. Ik ben vanavond thuis aan het werk, Rooseveltlaan 284, tweehoog.'

Hij schuift het broodje kroket in zijn mond en loopt de deur uit. Suzy blijft verbluft achter. Ze voelt aan de kroket die nog onaangeroerd voor haar ligt en trekt meteen haar hand terug. Gloeiend heet.

Zes

Om half zes verlaat Lucas de redactie, tien minuten later gevolgd door Suzy. Terwijl ze naar de Rooseveltlaan fietst, vraagt ze zich af wat ze daar zal aantreffen. Een vrouw? Kinderen? Huisdieren? Misschien ligt er wel een in zwart leer gehulde Braziliaanse minnaar op de bank, je weet het maar nooit. Als ze even later bij het opgegeven adres aanbelt, wordt er niet opengedaan. Ze belt nog een paar keer aan en foetert Lucas in gedachten uit. Hij heeft haar natuurlijk belazerd: hij wil haar er helemaal niet bij hebben en hij woont waarschijnlijk niet eens op dit adres. Als ze weer wil vertrekken, komt hij aanfietsen met een Albert Heijntas aan zijn stuur. Hij steekt zowaar zijn hand op als hij haar ziet. Suzy schaamt zich. Natuurlijk meende hij het echt, en waarschijnlijk heeft hij voor haar ook een fijne kant-en-klaarmaaltijd meegenomen.

Als hij de deur openmaakt, kijkt hij haar even vorsend aan. 'Je weet het zeker?'

Suzy knikt. 'En jij?'

'Ik heb geen keus,' zegt hij zonder haar aan te kijken. Hij loopt de trap op en opent de deur naar zijn appartement. Hij gebaart haar naar binnen te gaan. Op de gang van de woning komen zo veel deuren uit dat Suzy er op goed geluk een open doet. Dat blijkt die van het toilet te zijn.

'Weet je meteen waar de plee is.'

Lucas loopt langs haar heen en gooit een deur open die toegang geeft tot de kamer en suite. Zelf loopt hij naar de keuken. Suzy aarzelt even, maar loopt dan de kamer aan de tuinkant in. In het midden staat een gigantische tafel, gemaakt van kronkelend drijfhout, een glasplaat en gekleurde lampjes. Een wonderlijk kunstwerk, dat dient als eet-, lees- en schrijftafel, getuige de laptop en de stapels boeken, kranten en koffiebekers die het blad bedekken. Suzy loopt naar het balkon en werpt een blik op de binnentuin en de omringende huizen. Zoals gebruikelijk stellen die teleur: ze hoopt altijd dat het binnenste van een aan de straatkant zo keurig ogend blok iets schandelijks verbergt, iets smerigs of op zijn minst iets intiems. Maar telkens is het teleurstellend normaal: rekjes met wasgoed, een oude stoel op een terras en soms op een balkon een weelderig pottentuintje waarvoor iemand vreselijk zijn best heeft gedaan. Nooit hangt er aan één been een lijk over een balustrade.

'Wil je een glas wijn?' roept Lucas vanuit de keuken.

'Graag,' antwoordt Suzy terwijl ze naar de voorkamer loopt. Hier is alles gericht op comfort en sfeer. Er staat een grote televisie tegenover een lange zwarte bank waarop maar één plek vrij is van kranten en tijdschriften; daar valt Lucas ongetwijfeld in slaap als hij tv kijkt. Aan de muur een enorm abstract schilderij waar ze niet vrolijk van wordt, en bij het raam een manshoge groene vaas waarop Chinese karakters zijn geschilderd. Als Suzy het ding aanraakt, blijkt het decormateriaal van polyester in plaats van gebakken klei. Het wankelt als ze het loslaat.

Achter haar komt Lucas binnen. Suzy voelt zich betrapt en draait zich om. 'Waar zijn je boeken?' vraagt ze snel.

Hij kijkt even verstoord, maar gebaart haar mee te komen. Met een zwaai opent hij een deur. Een ruime kamer met boekenkasten langs alle muren en in het midden een drukbank die, te oordelen naar de gewichten die eromheen liggen, ook echt gebruikt wordt.

Suzy dwingt zichzelf niet naar Lucas' schouders te kijken. In plaats daarvan doet ze alsof ze snel de vijfduizend titels in zich opneemt.

'Oké.'

'Daar is de slaapkamer.'

'Dat geloof ik wel,' zegt Suzy snel. Ze glimlacht verontschuldigend.

Lucas knikt en gaat haar voor naar de eetkamer, waar hij haar een glas wijn geeft. Hij lijkt iets te willen zeggen en Suzy kijkt hem afwachtend aan, maar het blijft stil. Suzy was benieuwd hoe Lucas woonde, zoals ze benieuwd is naar het huis van Jetze in Almere en zelfs naar Renates woning. Maar nu ze hier verwelkomd en rondgeleid wordt en zelfs een glas wijn krijgt aangeboden, voelt ze zich ongemakkelijk.

'Op een geslaagd onderzoek,' zegt Lucas uiteindelijk.

Daarop heffen ze hun glazen en nemen een slok.

'Ik bedoelde natuurlijk niet dat je nooit mag drinken, maar het is gevaarlijk om met je vrienden de kroeg in te gaan en het op een zuipen te zetten. Onvermijdelijk komt dan je werk ter sprake en als je een beetje aangeschoten bent, is de verleiding groot om op te scheppen en te vertellen dat je met iets heel groots bezig bent. Dat kunnen we niet hebben.'

Zonder op een reactie te wachten, loopt hij naar de keuken. Suzy vraagt zich af of ze hem ooit zo veel achter elkaar heeft horen zeggen; blijkbaar ontspant dit exemplaar zich pas als het zich in zijn eigen habitat bevindt, besluit ze. Ze loopt achter hem aan en bij de keukendeur gekomen wacht haar een verrassing: de keuken is van onder tot boven volgepakt met apparaten, kookboeken, pannen, spatels, trossen knoflook en pepers, verse groenten en fruit. Temidden van deze heerlijk geurende overdaad beweegt Lucas zich met een nonchalante souplesse. Hij hakt vlees en groenten, plukt kruiden van plantjes en zet pannen op het vuur. Suzy heeft altijd het idee gehad dat Lucas traag is, dat hij langzaam beweegt. Maar nu ze hem ziet koken, beseft ze dat dat maar schijn was: hij beweegt razendsnel, maar niet meer dan nodig. Zijn handen zijn actief terwijl de rest van zijn lichaam er ontspannen bij staat, waardoor hij nog steeds een kalme indruk maakt.

'Hoe heb je Volosjin leren kennen?'

Lucas reageert alsof hij haar niet gehoord heeft.

'Kun je die fles wijn even aangeven?'

'Uit de eetkamer?'

'Nee, achter je, op de plank.'

Suzy geeft hem de fles.

'Uit de artikelen die je over hem hebt geschreven, krijg ik de indruk dat jullie bijna vrienden waren.'

'We waren geen vrienden.'

'Maar jullie gingen wel samen uit in Moskou. In die dure clubs.'

'Ik ben één keer mee geweest.'

'Wat is hij voor man?'

'Een slimme man.'

En daar lijkt Lucas het bij te willen laten. Hij zet een koekenpan op het vuur waarin hij onduidelijke graankorrels roostert.

'Is dat alles?'

'Zijn vader was een hoge ambtenaar, dus het heeft hem aan niets ontbroken toen hij opgroeide. Kinderen van apparatsjiks gingen naar de beste scholen, droegen bontjassen en hadden altijd te eten. Hij heeft in Moskou techniek gestudeerd, en een tijd als ingenieur gewerkt. Maar tijdens de perestrojka zag hij zijn kans om snel rijk te worden en werd zakenman.'

'*Biznizmen*,' voegt Suzy toe.

Lucas knikt en laat blokjes biefstuk in een pan met olie glijden.

Suzy weet wat Lucas bedoelt, want dat staat allemaal haarfijn beschreven in zijn artikelen. Apparatsjiks waren door hun partijlidmaatschap in staat veel zwart geld te verdienen en toen de Sovjetstaat in de uitverkoop ging, ten tijde van de perestrojka, hadden zij het kapitaal om overheidsbedrijven op te kopen of nieuwe bedrijven op te richten. Hieruit ontstond een succesvolle en rücksichtsloze zakelijke klasse: de 'Nieuwe Russen'. In de nieuwe kapitalistische maatschappij waren zij de sterksten – wat feitelijk betekende dat de klasse van de apparatsjiks haar macht behield. Suzy weet ook dat Lucas geen hoge pet van hen op heeft: in zijn ogen is deze groep verantwoordelijk voor de maatschappelijke desintegratie van de Sovjet-Unie en de armoede van de gewone Rus. Om

Lucas te prikkelen, vraagt ze op onschuldige toon: 'Waarom moeten wij zo voorzichtig te werk gaan als het om een gewone Russische zakenman gaat?'

'Omdat Volosjin geen gewone zakenman is.'

'Omdat hij een wapendepot heeft leeggestolen?'

'Omdat hij mensen vermoordt.'

Hij haalt de blokjes gebakken biefstuk uit de pan en houdt ze warm in de oven. In een pannetje schept hij groene kruiden, poeders uit potjes, uien en knoflook om met een blokje boter. De graankorrels gooit hij in een pan kokend water.

'Om het depot in Omsk open te krijgen, zijn zeker zes mensen vermoord. En dat is de enige zaak waarbij ik dat kon bewijzen. Maar het staat vast dat hij dat soort dingen veel vaker heeft gedaan.'

'Wat voor mensen waren slachtoffer?'

'Bewakers, administratief personeel, in één geval de chef van het depot. Allemaal militairen. Wie niet meewerkte, kreeg een akelig ongeluk.'

'Waarom moesten die mensen dood? Jij schrijft zelf dat het in die tijd moeilijk was om vast te stellen wat binnen de wet viel en wat niet. Hij had toch...'

'Ik weet niet wat hij dacht, Suzy. Ik weet alleen dat er kinderen zijn omgekomen omdat ze op het verkeerde moment bij hun vader in de auto zaten, en dat Volosjin zijn eigen vrouw heeft laten vermoorden.'

Geconcentreerd werkt Lucas aan de saus, die hij afblust met rode wijn en een royale hoeveelheid zure room.

Suzy is geschokt: het idee dat een man waar ze praktisch naast heeft gestaan, moorden heeft gepleegd, kan ze maar moeilijk bevatten. En de gedachte dat ze hem ook nog licht aantrekkelijk vond, maakt het er niet beter op.

'Waarom is hij zo wreed?'

'Volosjin heeft geen geweten. Hij is niet in staat zich te verplaatsen in het lijden van een ander.'

'Dan heeft hij een persoonlijkheidsstoornis.'

'Best mogelijk.' Lucas klinkt alsof Volosjins geestelijke gezondheid hem koud laat.

'Maar wat wil hij dan?'

'Hoe bedoel je?'

'Van het leven? Waar is hij op uit?'

'Geld en macht. En legitimiteit. Hij wil gezien worden als een gewone zakenman, zodat hij in het Westen zijn vleugels kan uitslaan en nog machtiger kan worden.'

'Maffia, dus?'

'Laten we het erop houden dat hij met enige regelmaat de wet overtreedt. Dat is wat ik heb kunnen vaststellen.'

Lucas draait snel een salade in elkaar van rauwkost, noten en geblancheerde asperges. Terwijl Suzy de tafel dekt, vindt ze de map met de uitdraaien van de Kamer van Koophandel waarnaar ze op zoek was. Bovenop ligt de oprichtingsakte van Aurora bv. Ze scant zo snel ze kan door de juridische taal, op zoek naar Volosjin of Wegman, maar het enige wat ze kan vinden is de naam van een advocaat: Mr J. van Lith. In het mapje zit ook een document over de bouw van het Betuwe Boysstadion. LAAG! heeft Lucas erop geschreven in rode viltstift. Suzy knikt als ze ziet waar het over gaat: de totale bouwsom bedraagt slechts 30 miljoen euro. Lucas komt binnen met een dampende schaal waarin de graankorrels een oranjerode vleessaus omringen. Betrapt legt Suzy de papieren op tafel. Lucas ziet het.

'Ik heb drie meesters Van Lith gevonden. Twee in Rotterdam en een in Utrecht. Die laatste heb ik vanmiddag gesproken.'

Suzy kijkt hem verwachtingsvol aan, maar Lucas zet het eten op tafel en gaat zitten.

'We gaan eerst wat eten. Boeuf stroganoff, een klassiek Russisch gerecht. Als je het niet met wodka flambeert, wat in de jaren zeventig in de mode was, is het heel goed te eten.'

Tijdens het eten roddelen ze over collega's, dat wil zeggen: Suzy vertelt wat zij van mensen vindt en Lucas houdt zich op de vlakte. Na het eten zet Lucas een roestvrijstalen kist op tafel met daarin zijn volledige Volosjinarchief – vrijwel helemaal in het Russisch. Suzy ziet sporen van aarde op de buitenkant van de kist. Kennelijk had Lucas het ding de afgelopen vijftien jaar ergens begraven. De man is zwaar paranoïde, dat is zeker. Des te vreemder dat hij haar opeens volledig lijkt te vertrouwen.

Terwijl Suzy foto's en bewijsmateriaal uit de jaren negentig bekijkt, brengt Lucas haar op de hoogte van zijn jongste bevindingen: het gesprek met meester Van Lith heeft niets opgeleverd. Hoewel de man pas na vijf dringende telefoontjes een keer terugbelde en erg nerveus klonk, hield hij vol dat hij Volosjin niet kende. Hij was ook niet bereid te vertellen wie de feitelijke eigenaar van Aurora bv is.

'Dus dat loopt dood,' concludeert Suzy.

Lucas knikt.

'We kunnen op geen enkele manier bewijzen dat Volosjin iets te maken heeft met Rob Wegman.'

'Behalve dan dat we hen samen hebben gezien in het voetbalstadion,' werpt Suzy tegen.

'Samen met dertienduizend voetbalsupporters en honderd vips.'

'Als je een onderneming van het faillissement redt, zoals Aurora deed met Wegman Werken, verlang je toch een tegenprestatie? Zoiets doe je toch niet voor niets?'

'Precies. Maar de vraag is: wat hebben de waterzuiveringsinstallatie en Betuwe Boys met elkaar gemeen?'

'Het zijn allebei grote bouwprojecten die voor te weinig geld worden aangeboden.'

'Wie profiteert daarvan?'

'De overheid. De gemeente Heteren en de gemeente... welke gemeente is die andere?'

'Neder-Betuwe.'

'Twee verschillende gemeentes.' Opeens veert Suzy op. 'Maar ze liggen in dezelfde provincie. Het provinciebestuur profiteert ervan!'

'Als dat zo is, waarom hebben ze dan bedankt voor de waterzuiveringsinstallatie?'

Suzy zakt weer terug in haar stoel.

'Ik vraag me bovendien af of de provincie wel zo staat te springen om de zoveelste armlastige voetbalclub die wordt gereanimeerd. Ik ben het met je eens dat de mensen die jij gesproken hebt erg spastisch deden, maar dat moet waarschijnlijk door iets anders worden verklaard.'

'Dus we hebben niets?'

'Jawel, we hebben een goede vraag: wat krijgt Aurora, laten we voor het gemak zeggen Volosjin, terug voor het feit dat hij een bouwbedrijf redt van het faillissement en spotgoedkoop een ultramodern voetbalstadion neerzet?'

'Legitimiteit. Doordat hij investeert in een bonafide, West-Europees bouwbedrijf, is hij een nette ondernemer geworden.'

'Dan is Wegman Werken gewoon een witwasoperatie,' zegt Lucas, bijna teleurgesteld. Hij drinkt zijn glas leeg en staat op.

'Waar was dat adres dat jij van Volosjin had?' Hij kijkt op zijn horloge.

'In Utrecht.'

De straat bevindt zich op een bedrijventerrein aan de rand van de stad. Nadat ze de illegale tippelzone zijn gepasseerd, rijden Suzy en Lucas door lege straten langs deprimerende, loodsachtige gebouwtjes met rolluiken. Nergens brandt licht, de parkeerplaatsen zijn leeg. Ze passeren een redelijk nieuw bouwwerkje dat een hippe uitstraling heeft door de combinatie van zwarte en chroomkleurige gevelbekleding.

'Dat is het. Nummer 19,' fluistert Suzy.

'Je kunt gewoon praten, hoor,' zegt Lucas en Suzy kan een giechel niet onderdrukken. Ze kijkt gegeneerd naar Lucas, die de auto om de hoek parkeert. Hij dooft de lichten en gebaart Suzy nog niet uit te stappen. Ze wachten een paar minuten. Er gebeurt niets, het industrieterrein is uitgestorven. Lucas buigt zich opeens voorover naar het dashboardkastje, waardoor Suzy zich een ongeluk schrikt. Lucas maakt een verontschuldigend gebaar, pakt een baseballpet en zet die op. Suzy begrijpt het meteen. Ze trekt haar capuchon over haar hoofd en volgt hem de auto uit en naar de voordeur van het pand; eventuele surveillancecamera's zullen onherkenbare personen registreren.

Lucas maakt snel een aantal foto's van de entree, het bordje waarop de in het gebouw gevestigde bedrijven staan en de overkant van de straat. Suzy staat op de uitkijk. Ze vindt het doodeng, maar tegelijk voelt ze zich volkomen belachelijk. Alsof ze iets illegaals doen! Lucas gebaart haar hem te volgen, en samen lopen ze om het gebouw heen. Suzy's eerdere lacherigheid verdwijnt als ze in het pikkedonker achter het gebouw staan. Er is geen enkel teken van leven, en de Maybach staat er ook niet. Ze lopen terug naar Lucas' auto, stappen in en rijden weg. Pas als ze de drukke weg op draaien, durft Suzy weer iets te zeggen.

'Hij woont daar niet.'

'Waarschijnlijk zit hij in een groot hotel in de stad.'

Thuis bekijken ze welke bedrijven in het pand zijn gevestigd: op de begane grond zitten een modellenbureau, een printbedrijf en een paar onduidelijke handelsondernemingen. De eerste verdieping is helemaal van Meichenbeck Medical SE, en dat is het enige bedrijf waarvoor Lucas belangstelling heeft. Na enig gezoek op internet komt hij bij de website van Meichenbeck Hillman Inc., een groot chemieconcern met het hoofdkantoor in Miami en vestigingen in Europa en Noord-Amerika.

'Juist,' zegt Lucas tevreden en hij staat op om een nieuw glas wijn in te schenken. 'Dit is het bedrijf achter Aurora.'

Suzy is er niet helemaal bij met haar gedachten: Meichenbeck... het zegt haar iets, maar ze weet niet meer wat...

'Waarom?' vraagt ze, meer uit beleefdheid dan uit oprechte belangstelling.

'Miami, chemie, internationaal bedrijf. Een SE is een Europese naamloze vennootschap; je moet meer dan honderdtwintigduizend euro beginkapitaal hebben om er een op te kunnen richten. Dat hebben alleen de grote jongens. Meichenbeck Medical is de grote wasmachine, let maar op.'

Suzy trekt haar laptop naar zich toe, maar Lucas schudt zijn hoofd.

'We gaan slapen. Morgen weer een dag.'

Suzy kijkt hem verbluft aan.

'Nachten doorhalen kan altijd nog.'

Hij geeft haar haar jas aan: 'Zorg dat je goed uitrust, morgen moeten we weer gewoon aan het werk.'

Voor ze het weet, zit Suzy op de fiets naar huis. Als ze bij Elvira binnenstapt, blijkt die naar *House* te kijken op dvd. Suzy is blij dat ze niet meteen naar bed hoeft.

'Hoeveel afleveringen heb je al gezien?'

'Stuk of vijf. Nu staan ze weer ruzie te maken omdat ze niet weten wat de patiënt mankeert; over een paar seconden krijgt die jongen een bloeding of een stuip. Let maar op.'

Suzy gaat naast haar zitten, neemt een slok wijn en ja hoor: het laken rond het kruis van de patiënt kleurt knalrood. Elvira is verveeld.

'Waar kom jij eigenlijk vandaan?'

'Gewerkt.'

'Wat een slavendrijvers zijn het.'

'Verschrikkelijk.'

De volgende dag vraagt Jetze tijdens de werkbespreking vrijwilligers voor een stuk ter gelegenheid van de Dag van de Vluchteling op 20 juni. Meestal blijft het akelig stil na zo'n verzoek, maar deze keer verrast Lucas de aanwezigen met een idee voor een serie: hij wil portretten maken van asielzoekers aan de hand van rechtszaken. Als hij mompelt dat het misschien handig is als iemand hem daarbij helpt, gaat Suzy's hand de lucht in. Jetze lijkt niets in de gaten te hebben en gaat akkoord. Suzy weet met moeite haar tevredenheid te verbergen: nu kunnen ze dagenlang afwezig zijn

– zogenaamd in rechtszalen in het hele land – en op een moment dat het uitkomt even een stukje schrijven. Jetze zal het hen niet moeilijk maken, hij is allang blij dat iemand het wil doen. En niemand kijkt ervan op dat Suzy bij Lucas aanschuift.

Op het onlineregister van de Autoriteit Financiële Markten ontdekken ze al snel dat Meichenbeck Medical SE ruim twee jaar daarvoor is opgericht door Meichenbeck Hillman Inc. en... Aurora bv. Beide bezitten een substantieel deel van de aandelen. Het bedrijf houdt zich bezig met het ontwikkelen, produceren en wereldwijd distribueren van radiotherapeutische producten.

'Radiotherapie? Dat is bestraling, toch?'

'Ja,' bromt Lucas. Hij loopt naar de kaart van Nederland die een eindje verderop aan de muur hangt. Zijn vinger gaat langs de grote rivieren in Gelderland: Rijn, Nederrijn, Linge, Waal. Dan houdt de vinger stil. Suzy buigt zich naar voren. Boven de brede nagel van Lucas staat: DODEWAARD. En dan herinnert Suzy het zich weer: 'Weet je waar ik Volosjin van ken? Van de heropening van de kerncentrale in Dodewaard! Daar heb ik een reportage over gemaakt. Meichenbeck Medical maakt radio-isotopen voor medisch gebruik.'

Lucas trekt wit weg.

'Jij hebt hem in de kerncentrale gezien?'

'Ja.'

'Waarom heb je dat niet eerder gezegd?' bijt hij haar toe.

'Ik was het vergeten. Niet dat ik hem eerder had gezien, maar waar.'

'Vergeten.'

'Doe even normaal, zeg! Ik zie zo veel mensen. Jij ook.'

Lucas staart even voor zich uit en kijkt haar dan weer aan. Hij is echt heel wit, zijn huid staat strak.

'Die kerncentrale was toch dicht?' vraagt hij op vlakke toon.

'Eind jaren negentig is de bedrijfsvoering gestaakt, daarna is de splijtstof afgevoerd en de boel dichtgemetseld. Het plan was de situatie veertig jaar lang zo te laten, tot ze genoeg geld zouden hebben om de centrale echt af te breken.'

'Wat een belachelijk plan. Waarom doen ze dat niet meteen?'

'Dat was in de jaren negentig goed financieel beheer: met het geld de beurs op en als ze genoeg zouden hebben verdiend met beleggen, zouden ze de ontmanteling van de centrale kunnen betalen. Maar met alle shit op de beurzen de laatste...'

'En al die tijd wacht de kerncentrale op een nieuwe gebruiker,' onderbreekt Lucas haar.

Suzy knikt. 'Meichenbeck wil de concurrentie aangaan met Petten. Er zit enorme groei in die markt omdat...'

Lucas gebaart haar stil te zijn.

'We gaan even naar buiten,' zegt hij en hij beent weg. Suzy rent naar haar bureau om haar tas te pakken en haalt hem op de trap pas weer in.

'Wat heb jij?'

'Volosjin maakt kernwapens. In Dodewaard,' zegt Lucas.

'Ah joh! Gisteren zei je nog dat het een witwasoperatie was.'

'Toen wist ik niet dat Dodewaard er iets mee te maken had.'

'Meichenbeck maakt radiotherapeutische producten.'

'Een dekmantel,' zegt Lucas terwijl hij de deur voor Suzy openhoudt.

'Het is anders behoorlijk lucratief: weet je dat ze tegenwoordig ook al radiotherapie toepassen bij hart- en vaatziekten? In de toekomst gaat het om miljardenomzetten.'

Lucas is niet onder de indruk. 'Volosjin is niet geïnteresseerd in farmaceutica.'

'Hij wil legitimiteit. Dat zeg jij zelf.'

'Ja, maar als hij miljoenen kan verdienen met kernwapens, kan die legitimiteit wel even wachten.'

'Waarom zou hij hier in West-Europa kernwapens maken? Dat kan hij toch in Rusland doen: daar wordt niets gecontroleerd en hij is daar oppermachtig.'

'Omdat niemand het hier verwacht. Of misschien is hij daar in ongenade gevallen, heeft hij het aan de stok met Poetin.'

'Wauw! Nu heeft Poetin er ook al iets mee te maken!'

Lucas gaat 'De Kakkerlak' binnen, bestelt een broodje kroket en na een knik van Suzy nog een. Suzy praat op gedempte toon: 'Je draaft door.'

'Mis: ik ben eindelijk op niveau. Het is namelijk ook mogelijk dat er gewoon energie wordt opgewekt. Met een afgeschreven centrale kun je prima concurreren met de hoge olie- en gasprijzen. En het afval kan worden gebruikt voor vuile bommen.'

'Straks ga je nog beweren dat Dodewaard een ecstasyfabriek is.'

'Dat is ook een mogelijkheid.'

Suzy gelooft er helemaal niets van: een Rus die samen met een Amerikaanse multinational een bedrijf opricht dat een kerncentrale opkoopt en daar kernwapens, kernenergie of ecstasypillen produceert? Belachelijk.

De broodjes kroket worden gebracht en het valt Suzy op dat Lucas deze keer iets voorzichtiger in zijn kroket hapt. Terwijl hij de eerste hap doorslikt, praat hij bijna onverstaanbaar verder, zwaaiend met zijn broodje.

'Als dit klopt, moet de provincie een vergunning hebben afgegeven voor de verbouwing van dat complex. Want met alleen een omgebouwde reactor ben je er niet.'

'Het zou verklaren waarom ze...'

'Waarom is de milieubeweging er niet over gevallen? Zijn er geen protestacties geweest?'

'Jawel, maar het stelde niet veel voor. Ik heb er indertijd stukken over geschreven, maar er was niet veel te melden: geen ludieke acties, geen activisten in boomhutten; gewoon een stelletje betogers voor de centrale. Het is ook nooit op tv geweest.'

'Dat is vreemd.'

'Wou je zeggen dat Volosjin ook de milieubeweging in zijn zak heeft?' Suzy kan haar sarcasme niet onderdrukken. Lucas negeert het en propt de rest van het broodje naar binnen.

'Laten we die bouwvergunningen maar eens gaan bekijken,

in Arnhem. Kunnen we gelijk even naar de vreemdelingenkamer.'

In de auto probeert Suzy zich de ontmoeting met Volosjin voor de geest te halen. Ze heeft hem niet geïnterviewd, maar wel met hem gepraat. Maar waarover? Over Meichenbeck? Waarom kan ze zich dat niet meer herinneren? En wel dat vage gevoel van ongemak, dat steeds weer de kop opsteekt als ze aan Volosjin denkt? Ineens weet ze het weer. Na de perspresentatie zat ze op een stoel, iets voorover geleund om haar blocnote in haar tas te stoppen, waardoor haar bloesje net achter de broekband vandaan schoot en een streepje onderrug zichtbaar werd. Terwijl ze zo zat, streek een warme vinger langs de broekband over haar rug. Suzy schoot omhoog en keek over haar schouder, maar van de aanwezigen was er niemand die schuldig of juist verleidelijk naar haar keek. Alleen de Rus – Volosjin – zag ze kalm weglopen en met iemand een gesprek aanknopen zonder haar een blik waardig te keuren. Had hij haar betast? Suzy besloot het voorval te negeren en ging verder met haar werk. Voor ze vertrok, wisselde ze nog een blik met Volosjin, die charmant glimlachte. Verward door zijn brutale gedrag was ze naar buiten gelopen.

Suzy kijkt even naar Lucas, die op de weg geconcentreerd lijkt te zijn. Het is onzin hem te vertellen dat Volosjin haar onzedelijk heeft betast, de aai over haar rug was te onschuldig. Ze moet het uit haar hoofd zetten. Lucas verbreekt de stilte.

'Vertel eens wat jij weet over de verbouwing van de centrale in Dodewaard.'

'Helemaal niets,' antwoordt Suzy.

'Jij was toch op die perspresentatie?'

'Toen hebben ze het alleen gehad over de producten die ze gingen maken.'

'Daar hebben ze de reactor voor moeten aanpassen.'

'Dat zal wel, maar daar heb ik niets over gehoord. En als ik het al gehoord heb, heb ik het niet begrepen.'

'Zo moeilijk is het niet, hoor. Bij kernfysica draait het allemaal om deeltjes met ladingen die...'

'Laat maar zitten. Ik ben na de derde klas met natuurkunde gestopt en dat was voor iedereen een grote opluchting, echt waar.'

Lucas kijkt Suzy even aan.

'Ik snap het niet. En ik zal het nooit snappen. Ik heb het geprobeerd, maar het ging niet.'

'Wat snap je dan niet?'

'Alles!'

Lucas grinnikt.

'Zwaartekracht? Dat snap je toch wel?'

'Nee! Ja! Maar daar klopt ook geen hout van: de aarde trekt je naar de grond, maar op de maan of in een raket is er opeens geen zwaartekracht. Dan is het toch geen universele wet?'

'Op de maan is wel zwaartekracht, die is alleen veel zwakker dan op de aarde.'

'Zie je! Dat bedoel ik. En dat moet je dan gaan uitrekenen, terwijl ik nog nooit op de maan ben geweest.'

Lucas kijkt grijnzend naar de weg.

'Ja ja, zeg het maar: ik ben een domme alfa.'

'Onzin. Jij bent alleen zo bang om het niet te begrijpen dat je je denken blokkeert. Waarschijnlijk heb je nooit goed les gehad.'

Het is even stil terwijl Suzy zichzelf voorstelt als een bange alfa die haar denken blokkeert. Is ze echt bang? Zoals die meisjes in de gymles, die bij een potje trefbal hun handen voor hun ogen sloegen en met hun rug naar de tegenstander gingen staan, waardoor ze onherroepelijk geraakt werden en aan de kant moesten? Nu Suzy weer denkt aan haar gillende klasgenootjes, die als kippen zonder kop hun ondergang afwachtten, schaamt ze zich voor het vrouwelijke geslacht.

'Nou, leg het dan maar uit.'

Lucas glimlacht.

'Een kernreactor is een zwembad met staven splijtstof erin: meestal verrijkt uranium. Die splijtstof bestaat uit atomen. De kern van een atoom bestaat uit protonen en neutronen: plus en min.'

Hij kijkt Suzy aan. Suzy knikt. Dit weet ze wel.

'De energie die de deeltjes bij elkaar houdt, is heel groot en dat is de energie die vrijkomt bij kernsplitsing. Er worden dan neutronen op de atomen afgeschoten en omdat ze precies de goede snelheid hebben, splijten de atomen in meerdere brokken. Daarbij komen losse neutronen vrij die op hun beurt andere atomen laten splijten en dat noemen ze een kettingreactie. De vrijkomende energie wordt opgevangen.'

'Hoe?'

'Dat is het mooie: doordat...'

'Getver! Dat zei mijn natuurkundeleraar ook altijd.'

'Wat?'

'Dat natuurkunde zo "mooooooi" was. Dat is echt niet leuk om te horen als je de ene vier na de andere haalt.'

'Arme man.'

'Ja. Leg het nou maar uit.'

Lucas vertelt glimlachend verder.

'Doordat het water in het reactorvat heel heet wordt en tegelijk onder hoge druk wordt gehouden, ontstaat er stoom. En die stoom drijft de turbines aan. Een kernreactor is eigenlijk een heel grote stoommachine.'

'En hoe zit het dan met het afval?'

'Per jaar komt er ongeveer één kuub uitgewerkte splijtstof uit zo'n kerncentrale. Daar is nog steeds geen oplossing voor, behalve goed inpakken en niet meer naar kijken. Dat spul blijft nog duizenden jaren radioactief.'

'Daarom is iedereen ertegen.'

'Ja, en omdat je voor het maken van splijtstof hetzelfde procedé toepast als voor het maken van kernwapens. Dat vinden mensen eng.'

Suzy is verbaasd dat de hoeveelheid afval zo klein is.

'Als je het vergelijkt met CO_2-uitstoot, vallen de negatieve gevolgen voor het milieu behoorlijk mee,' vindt ze.

'Hoor ik hier een voorstander van kernenergie?'

'Wat willen we liever? Langzaam stikken in een stof die ongrijpbaar in de atmosfeer hangt, of pakken we de rommel netjes in en stoppen we het onder de grond in een onbewoond gebied?'

'Siberië?'

'De Sahara?'

'Politiek ook al zo stabiel.'

'Kunnen we het niet overlaten aan de Verenigde Naties?' oppert Suzy.

'Wie het ook doet: we zullen tot in de eeuwigheid bewaakte opslagplaatsen moeten onderhouden want er komt steeds meer radioactief materiaal bij.'

'Tot er een oplossing voor wordt gevonden.'

'Optimist,' scheldt Lucas, terwijl hij de afslag neemt.

'Dank je.'

Zeven

Op het provinciehuis in Arnhem zijn de meisjes van de afdeling Voorlichting in een uitgelaten stemming, vermoedelijk hangt die samen met de slagroomtaart die op de balie staat. Het kost Suzy en Lucas moeite hun aandacht te krijgen, maar na een minuutje geduldig wachten, komt een van de oudere dames naar hen toe. Suzy glimlacht vriendelijk terwijl ze haar perskaart laat zien.

'Goedemiddag, wij willen graag alle bouw- en exploitatievergunningen van de afgelopen vijf jaar voor de kerncentrale Dodewaard zien.'

Meteen is het met de vrolijkheid gedaan, iedereen moet opeens ergens heen. De dame achter de balie kijkt Lucas en Suzy onderzoekend aan.

'Dat moet ik even vragen,' zegt ze kalm, en vijf minuten later staan Suzy en Lucas tegenover de gemanicuurde chef voorlichting, die even sikkeneurig doet als de vorige keer: 'Vergunningen van de laatste vijf jaar? Weet u wel hoeveel dat er zijn?'

'Nee, daar hebben we eerlijk gezegd geen idee van,' geeft Lucas toe.

'Tientallen, misschien wel honderden. Het aantal instanties dat daarover gaat, is niet te overzien.'

'We hebben de tijd,' zegt Suzy vriendelijk hoewel de gedachte dat ze dagenlang ambtelijke stukken zal moeten doornemen, haar behoorlijk tegenstaat.

De voorlichter zucht theatraal.

'Kunt u niet wat specifieker zijn? Welk type exploitatie had u in gedachten? Door wie moeten de vergunningen zijn aangevraagd?'

Lucas leunt nonchalant tegen de balie.

'Ik begrijp dat u hier niet op zit te wachten na al die toestanden uit het begin van de jaren tachtig,' moppert hij somber. 'De barricades op de dijk, de mobiele eenheid, traangas. Ik kan me voorstellen dat je bang bent dat dat soort dingen weer gaat gebeuren.'

De voorlichter krabbelt al terug: 'Nou ja, zo'n vaart zal het niet lopen. De kerncentrale is tenslotte buiten bedrijf.'

'Precies!' zegt Lucas opgewekt. 'Wij willen gewoon een positief stuk maken over de facelift die de centrale heeft ondergaan en de effecten daarvan op de economie.'

Suzy kan haar lachen bijna niet inhouden als Lucas grote gebaren maakt om zijn betoog kracht bij te zetten: 'Het nieuwe millennium, het verbeterde investeringsklimaat in de provincie, dat soort dingen. Maar daarvoor moeten we wel het een en ander weten.'

'Ja, ja, ik snap het. Maar die meiden hebben wel wat beters te doen dan het halve archief binnenstebuiten te keren.'

'We hoeven niet alles in een keer te hebben,' zegt Lucas op een geruststellende toon.

'Nou, dat is onzin. Ze kunnen het dan maar beter in één keer goed doen.'

De voorlichter geeft zijn dames opdracht Lucas en Suzy alles te brengen wat ze nodig denken te hebben, en fladdert de grijze krochten van zijn burcht weer in.

In de auto bestuderen Suzy en Lucas de bouwvergunningen voor de kerncentrale. Het eerste wat Suzy opgetogen kan constateren is dat Wegman Werken de hoofdaannemer is: door dat bedrijf zijn de bouwvergunningen aangevraagd. De exploitatievergunningen zijn aangevraagd door Meichenbeck Medical SE.

'Ze zijn al bijna anderhalf jaar met elkaar bezig, die twee! God mag weten wat ze uitvreten,' foetert Lucas.

'Wat dacht je van een firma in radiotherapeutische producten?' probeert Suzy droogjes.

'Dat is een rookgordijn.'

'Daar heb je me nog steeds niet van overtuigd.'

Suzy's mening lijkt Lucas niet te interesseren, hij haalt nog een bouwtekening uit de rol. Maar Suzy geeft het niet op.

'Reken even mee. Als er in Nederland ieder jaar vijftien- tot twintigduizend dotterbehandelingen worden uitgevoerd, hoeveel zijn dat er dan in heel Europa?'

'Een op de duizend inwoners: drie- tot vierhonderdduizend.'

'Wat kost een behandeling? Duizend euro? Tweeduizend? Best lucratief, lijkt me,' zegt Suzy met een blik alsof ze een van de investeerders is.

'Als het echt keurige business was, had Volosjin niet zo'n schlemiel als Wegman nodig.'

Dat kan Suzy niet ontkennen. Ze buigen zich over de bouwtekeningen. Er is een aantal nieuwe gebouwen neergezet waarin technische installaties als grijze blokken met cijfercodes zijn aangegeven. Waar die codes voor staan, wordt niet duidelijk, dus waartoe de gebouwen dienen, ook niet. Uit de exploitatievergunningen die aan Meichenbeck verleend zijn, blijkt dat de reactor gecontroleerd, schoongemaakt en opgeknapt is en opnieuw in gebruik kan worden genomen.

Suzy is nog steeds overtuigd van haar gelijk.

'Commercieel gezien is dit heel slim: de kerncentrale in Petten is de grootse leverancier van medische isotopen in Europa, maar heeft problemen: veiligheid, ruziënde directies en scheurtjes in de reactorwand. Er is altijd wat en het ding wordt om de haverklap gesloten. Als ik als ondernemer die dotterstaafjes wilde produceren, zou ik niet naar Petten gaan. Maar wel naar Nederland, want hier bestaat het vergunningsstelsel al.'

'Ja ja ja.' Lucas wuift Suzy's argumentatie weg.

'Hebben we iets wat erop duidt dat er in die kerncentrale niet gebeurt wat ze zeggen dat er gebeurt?'

'We hebben Volosjin, en een onfrisse constructie met Wegman.' Lucas denkt hardop verder: 'Maar we hebben geen artikel.

Een Amerikaans chemieconcern dat farmaceutica produceert in Dodewaard is net zomin nieuws als de firma Unilever die chips gaat bakken in Hongarije.' Hij trommelt met zijn vingers op het stuur. 'Het verschil is dat Unilever een net bedrijf is en de bv'tjes van Volosjin zijn dat niet. Maar dat kunnen we niet bewijzen.'

'En al die artikelen die jij vroeger over hem hebt geschreven?'

'Daar moeten we zeker niet aan refereren.'

'Waarom niet?'

'Omdat ik indertijd uit de bocht ben gevlogen. Deze keer moet ik met keihard bewijs komen, dat heb ik je al gezegd.'

Met een kwaad hoofd rolt Lucas de bouwtekeningen op.

'We hebben niks. Laten we maar ontroerende stukjes over asielzoekers gaan schrijven.'

Hij start de auto.

'Wacht even, niet zo snel. Het hoeft toch niet per se over Volosjin te gaan? Misschien moeten we gewoon een stuk schrijven over de heropening van de kerncentrale. Wat jij zei tegen die voorlichter: investeringsklimaat, dat verhaal.'

'Nee.'

Lucas stuurt de auto de straat op, zwaar geërgerd. Suzy vraagt zich af of ze iets verkeerd heeft gezegd.

'En als we er een stel milieuactivisten bij halen?'

'Zolang we niet weten hoe het zit, doen we helemaal niets.'

Nu wordt Suzy kwaad. 'Hoe wil je dan aan je informatie komen? Als we nu iets in de ether gooien, maken we misschien de tongen los.'

Lucas zet de auto aan de kant van de weg en begint in zijn agenda te bladeren.

'Wat doe je?'

'Ik zoek Rinus.' Hij pakt de telefoon en draait een nummer. 'Hallo, met Lucas. Mag ik de plichtplegingen even overslaan? Herinner jij je Rinus nog, die jongen die dat anarchistische tentenkamp op een uiterwaard van de Waal bestierde? Dat land was toch van zijn... Precies, hij. Weet jij waar ik hem kan vinden?'

Lucas lacht van verbazing. 'Dat meen je niet. Nog steeds in die tent?'

De weg over de winterdijk voert langs schattige kerkjes en eenzame boerderijen. Lucas mindert vaart en trommelt met zijn vingers op het stuur terwijl hij om zich heen kijkt. Suzy opent het raam. Vanuit een grote schuur klinkt klaaglijk geloei van koeien die nodig gemolken moeten worden. Voorbij de schuur voert een landweggetje naar beneden, de uiterwaard in, waar het al snel in een voetpad verandert. Lucas zet de auto stil en stapt uit. Vanaf de dijk kunnen ze de Waal, die hier een elegante bocht maakt, goed overzien. Binnenvaartschepen glijden koninklijk door het koele water. Stroomopwaarts staat het complex van de kerncentrale met de grote gestreepte grijze toren die de reactor herbergt. Recht onder hen is het 'landje' van Rinus: een bultig weiland dat wordt bewoond door kippen, geiten en honden. Suzy en Lucas lopen de dijk af. De tent blijkt inmiddels vervangen door een aftandse caravan, en Rinus komt hen tegemoet als ze zijn weiland op stappen. Hij roept zijn hond terug, een flinke herder die luid blaffend op Suzy en Lucas afrent.

'Goof! Goof, af, jongen!'

De hond luistert meteen en laat zich door een aai van Rinus kalmeren.

'Hé, hoi, ha! Tof zeg, dat jullie langskomen.'

Suzy staart verbijsterd naar de lange magere man met wapperende haren, die met uitgestoken hand op hen toeloopt. Als Lucas zich wil voorstellen, zegt hij: 'Ik weet wel wie jij bent: Lucas Grimbergen. Jij bent hier geweest toen je een artikel schreef voor dat studentenblad.'

'Ban de bom,' zegt Lucas tegen Suzy, die begrijpend knikt.

'Dit is Suzy Zomer, ik werk met haar samen.'

Rinus knikt Suzy toe, maar richt zich meteen weer op Lucas. 'Als ik een artikel van jou zie, moet ik altijd denken aan die nacht dat we hier verzamelden voor de blokkade van de centrale.' Hij gebaart naar het verwilderde weiland. 'Er stonden hier wel honderd tenten, overal waren kampvuurtjes en iedereen deelde alles met iedereen.'

Lucas knikt veelbetekenend: dat waren nog eens tijden! Suzy moet moeite doen om niet in lachen uit te barsten.

'Hebben jullie sigaretten bij je?'

Rinus steekt er genietend een van Suzy op.

'Ik rook normaal gesproken niet, maar als ik de kans krijg, laat ik die niet liggen,' snuift hij goeiig. Suzy knikt begrijpend.

'Goh, lekker zeg.' Hij inhaleert nog eens diep. Opeens schrikt hij. 'Het is toch geen Amerikaanse tabak, hè?'

Suzy laat het pakje Gauloises Blondes nog eens zien.

'Gelukkig maar. Ik boycot de Amerikaanse economie, weet je.'

'Ik ook,' bluft Suzy.

'Heel goed, meid. Hebben jullie zin in koffie?'

Hij gebaart hen mee te komen naar de caravan, waar ze plaatsnemen op zijn 'terras', dat bestaat uit enkele wankele stoelen rond een roestig tafeltje. De stoel die Suzy uitkiest, zakt meteen diep in de modder; die van Lucas staat stevig op een paar straattegels.

Terwijl Rinus in zijn caravan koffiezet, praat hij honderduit over het beleid van het hoogheemraadschap. Precies zijn stukje land zal onder water worden gezet als de Waal te hoog komt te staan. Natuurlijk vindt hij het terecht dat de mens het land teruggeeft aan de rivier, maar het doet hem toch pijn. Hij heeft zich erbij neergelegd dat de moestuin niet te redden is, maar hij piekert al maanden over een manier om van zijn caravan een soort schip te maken door drijvers aan de assen te bevestigen. 'Van die dingen die ze in het leger gebruiken om noodbruggen mee te maken. Ik heb al wat proefjes gedaan, maar het is lastig om het precieze gewicht van de caravan te berekenen.'

'Rinus is heel technisch,' meldt Lucas droog als hij met Suzy naar de maquette in een drinkbak voor de geiten kijkt. Een doosje dat de caravan moet voorstellen – Rinus heeft er raampjes en een deurtje op getekend – zweeft op twee drijvende stukken pvc-buis boven het wateroppervlak.

'Daar krijg je nooit een woonvergunning voor,' meent Suzy.

'Zie eerst maar eens bij het stadhuis te komen om er een aan te vragen,' zegt Lucas.

'Zonder rubberboot is dat niet aan te raden,' zegt Rinus, die ineens achter hen staat. Ze draaien zich verschrikt om. Rinus grijnst.

'Vertel eens waar jullie voor komen.'

Lucas legt uit dat ze een artikel willen maken over de nieuwe eigenaar van de kerncentrale.

'Is jou de laatste tijd iets opgevallen? Nieuwe activiteiten? Vreemde dingen?'

Rinus knikt ernstig, verdwijnt in zijn caravan en komt even later terug met zijn logboek. Hij moet een eind terugbladeren.

'Vanaf hier kan ik niet alles zien, hè, ik noteer alleen wat ik waarneem.' Zijn vinger glijdt langs de in een priegelhandschrift gemaakte aantekeningen terwijl hij wat in zichzelf mompelt.

'De afgelopen zes maanden heb ik nogal wat betonmolens zien komen en gaan. En aan deze kant zijn een paar nieuwe gebouwen opgetrokken. Zie je ze? Die met een rode streep onder de daklijst. Daar stonden vroeger kantoren. En een maand of twee geleden begonnen er vrachtwagens te rijden.'

'Wat voor wagens? Wat zat erin?'

'Er stond niets op. Ik zie ze daar de brug over komen, en dan verdwijnen ze uit het zicht.'

'Apparatuur?' stelt Suzy voor.

'Kan. Bananen kan ook, ik heb niets gezien.'

'En nu?' wil Lucas weten.

'Er gaat elke dag personeel naar binnen, maar er komt geen lading uit het gebouw. En dat klopt ook, want ze lozen geen koelwater.'

'Hoe weet jij dat?'

'Sinds die centrale in bedrijf is, meet ik elke dag om zes uur 's ochtends de temperatuur van het water in de Waal. Daar bij dat steigertje. Toen de centrale werd gesloten, ging de temperatuur twee punt zes graden omlaag; gemiddeld hè, op jaarbasis. De metingen van de afgelopen maanden wijken niet af van die van de laatste tien jaar. Er wordt dus niets geloosd.'

'Dus?'

'De reactor wordt niet gebruikt. Wat ze wel doen, weet ik niet. En misschien starten ze hem later op.'

Lucas pakt de exploitatievergunningen erbij.

'Ze hadden vier maanden geleden mogen beginnen met de productie van radio-isotopen voor medische toepassingen.'

Tot Suzy's verbazing lijkt Rinus precies te weten wat dat zijn.

'Wij hebben de bouwtekeningen bij ons, zou je daar even naar willen kijken?'

Rinus tuurt in zijn kopje koffie. Alles aan zijn lichaam is stil. Suzy kijkt Lucas aan, die ook niet lijkt te weten wat hij hiermee aan moet. Na een halve minuut komt Rinus weer in beweging. Hij gebaart naar Suzy's sigaretten en Suzy geeft hem er meteen een. Terwijl hij gevaarlijk diep inhaleert, besluit Suzy het gesprek weer op gang te brengen. Ze knikt naar Rinus' dikke logboek. 'Waarom hou je dat allemaal bij?'

Terwijl hij naar de centrale staart, antwoordt Rinus: 'Ik moet bezig blijven.'

In één adem wendt hij zich tot Lucas: 'Alles wat ik zeg is off the record. Ik wil hier gewoon blijven wonen.'

'Uiteraard.' Lucas knikt hem geruststellend toe en wil hem de map met bouwtekeningen geven, maar Rinus pakt die niet aan. Hij staat op.

'Tja, ik vind het echt heel tof dat jullie hier zijn en zo, maar het komt me eigenlijk niet uit om nu zo'n stapel tekeningen te moeten analyseren.'

Suzy vraagt zich af waar Rinus het dan zo druk mee heeft.

'Het hoeft ook niet meteen. Bekijk het op je gemak en dan komen we later nog eens langs.'

'Wanneer is later?' Achterdochtig kijkt Rinus hen aan.

'Wanneer het jou uitkomt.'

Rinus knikt alleen maar, alsof hij wil zeggen: ja ja, wanneer het mij uitkomt, dat ken ik. Zijn blik glijdt langs Lucas en Suzy en hij lijkt te knikken naar iets of iemand schuin achter hen. Het is zo sterk, dat Suzy zich even omdraait om te kijken of daar iemand staat, maar Rinus kijkt alleen maar naar de kerncentrale.

'Als wij over een paar dagen nog eens langskomen, denk je dat je er dan even een blik op hebt kunnen werpen?'

'Het is niet niks, hè, zo'n kerncentrale. Dat zijn best complexe installaties.'

'Dat is precies ons probleem: we begrijpen niet wat voor techniek die bevat. Het zijn allemaal genummerde grijze blokken.'

Rinus knikt. 'Dat is normaal.'

'Weet jij wat die nummers betekenen?'

'Daar is wel achter te komen, alles gaat via protocollen en het Internationaal Atoomagentschap zit overal bovenop.'

'Heb jij die gegevens hier? Of moeten we ze even voor je opsnorren?'

Weer een moment waarop alles bij Rinus even stilstaat. Zijn blik is gericht op de tweede knoop van Lucas' gekreukelde overhemd. Dan schudt hij zijn hoofd.

'Weet je, ik heb hier eigenlijk geen zin in. Ik word er gestrest van en dat is niet goed.'

Hij loopt met grote stappen naar zijn moestuin, begint heel kalm zijn plantjes te inspecteren en trekt hier en daar een sprietje onkruid uit de grond. Lucas en Suzy blijven op het 'terras' achter. Ze houden zich stil en hopen dat Rinus uit zichzelf zal terugkomen, maar hij lijkt hen helemaal te zijn vergeten. Hij wiedt zijn tuin en geeft het onkruid aan de geiten, die uit zijn hand eten. Suzy merkt dat ook zij rustig wordt van de kalme rivier en de wind die over het weiland strijkt. Ze begrijpt dat Rinus hier gelukkig is.

'Ik denk dat de audiëntie is afgelopen,' zegt Lucas na een tijdje.

Hij staat op en legt de bouwtekeningen op het tafeltje. Tot Suzy's verbazing schrijft hij zijn huisadres erop.

'Geef je sigaretten eens.'

Suzy haalt met een verontschuldigend gebaar één sigaret uit het pakje en steekt die in haar jaszak. Het pakje met de rest legt ze naast de bouwtekeningen.

In de auto beseft Suzy dat ze zonder Rinus geen stap verder komen.

'Waarom wil Rinus alleen off the record praten?'

'Hij is bang,' bromt Lucas.

'Waarvoor? Voor Meichenbeck? De overheid?'

'Voor alles en iedereen. Hij woont niet voor niets in die caravan.'

'Maar in de jaren tachtig was hij actievoerder.'

'Tien jaar geleden deed hij nog onderzoek voor de TU in Delft, maar daar hebben ze hem al heel lang niet meer gezien. Hij heeft het niet zo op mensen.'

'Toch vond hij het leuk dat we langskwamen.'

'Eenzaamheid is natuurlijk verschrikkelijk. Als er dan een vriendelijk gezicht opduikt...'

'... met een pakje sigaretten.'

'Precies.'

Suzy is verrast door Lucas' mildheid. Voor een misantroop toont hij een groot inlevingsvermogen. Als ze zijn blik ontmoet, kijkt hij meteen weer nors naar de weg. Suzy zoekt de zakelijke toon.

'En wat gaan wij nu doen? Zal ik gaan posten bij het kantoor van Meichenbeck in Utrecht?'

'Geen sprake van. Als jij een kwartier in je auto zit, hebben ze je al gevonden. Ik wil niet dat Volosjin argwaan krijgt.'

Suzy weet dat Lucas gelijk heeft, maar ze wil iets doen.

'Zal ik dan kijken of er nog iets uit die internetaangifte komt?'

'Ook niet. Ik wil eerst precies weten wat er in Dodewaard gebeurt. We moeten wachten op Rinus.'

'Rinus is zo in de war, die is ons morgen weer vergeten.'

'Dan gaan we nog een keer langs. In de tussentijd analyseren we de jaarrekeningen en moeten we zoveel mogelijk...'

Lucas trapt keihard op de rem voor een plotselinge file. Suzy klapt met haar kop tegen het dashboard.

'Jezus, lul! Kun je niet even waarschuwen!' Woedend kijkt ze Lucas aan. Hij zegt niets, kijkt haar niet aan, rijdt rustig verder. Suzy wrijft over haar voorhoofd en wacht op een excuus. Naarmate het langer duurt, wordt ze kwader.

'Je zou ook even "sorry" kunnen zeggen.'

'Jij zou je gordel om moeten doen.'

Met woeste gebaren trekt Suzy de gordel naar zich toe, die natuurlijk blokkeert. Met een woedend 'godverdomme!' rukt ze verschillende keren aan de band, die niet meegeeft. Dan haalt ze diep adem en telt tot tien. Met een langzame beweging haalt ze de gordel naar zich toe en maakt die vast. Als ze naar Lucas kijkt, ziet ze dat hij in gedachten is verzonken.

Een snikhete dag in de zomer van 1993. Comfortabel achterover geleund zat Sergej in een leren stoel in de lobby van het Intercontinental Hotel. Hij had toegestemd in een interview met Lucas op voorwaarde dat het alleen over zaken zou gaan, niet over zijn privéleven. Ljoeba, Lucas' vaste tolk, had op het laatste moment afgezegd en daarom was Zina – bij wijze van uitzondering – meegekomen om te tolken. Het Intercontinental was een typisch Moskous hotel voor buitenlanders: enorm groot, er werkten honderden mensen die allemaal even chagrijnig keken en de inrichting was naar Russische maatstaven krankzinnig luxueus: elektrische deuren, een loeiende airconditioning, zachte leren stoelen en een bar waar je voor Amerikaanse dollars whisky en cognac kon krijgen. Toen Lucas en Zina aankwamen, stond een man met het postuur van een gorilla in een hoek van de lobby tegen een pilaar geleund: hij hield de hoofdingang en de entree van de bar in de gaten. Aan de andere kant van de ruimte had zijn al even imposante collega uitzicht over de liften en het trappenhuis. Een kleinere man met een geprononceerde bobbel onder zijn lelijke zwartleren jack zat achter Sergej aan de bar alles in de gaten te houden. Hij was de chef: hij was ook de man die Lucas op discrete wijze fouilleerde: hij betastte vliegensvlug Lucas' torso en streek met de wreef van zijn voet even langs Lucas' enkels, waarna hij ernstig knikte ten teken dat Lucas bij Sergej kon plaatsnemen. Bij Zina volstond een korte inspectie van haar handtas. Zina was zo vrouwelijk gekleed in haar dunne zomerjurkje, dat een wapen onmiddellijk zou opvallen. Hoewel Lucas wist dat hij en Zina geacht werden al deze veiligheidsmaatregelen te negeren, ging zijn eerste vraag over eventuele doodsbedreigingen aan Sergejs adres. Zoals afgesproken liet Zina niet merken wat ze van Lucas' vraag vond en vertaalde ze trouw wat hij zei.

Sergej begon in het Russisch tegen Zina te praten. Lucas verstond genoeg Russisch om te begrijpen dat Sergej hem een onbeschofte boer vond en een mooie baan voor Zina had als ze genoeg van Lucas kreeg. Zina vertaalde precies wat Sergej zei en hield de expressie op haar gezicht neutraal, maar het was duidelijk dat Sergej allesbehalve onder de indruk was van Lucas en diens Westerse krant. Lucas maakte Sergej duidelijk dat Zina zijn echtgenote – overigens een leugen – en hoogleraar middeleeuwse geschiedenis was. Sergejs houding veranderde onmiddellijk: hij bood zowel Lucas als Zina zijn excuses aan en stelde voor het begin van dit gesprek te vergeten. Lucas wist dat hij niet te zwaar moest tillen aan het incident. Dit soort aanbiedingen was niet ongewoon. Mannen als Sergej gingen ervan uit dat iedereen te koop was, en dat bleek meestal terecht. Als een machtig man je een baan aanbood, zei je geen nee. Iedereen wilde verzekerd zijn van een goed leven met brood op de plank, een fatsoenlijk appartement en misschien zelfs een auto. Bovendien kon een machtig man calamiteiten opvangen: als je moeder plotseling naar het ziekenhuis moest, kon hij bijvoorbeeld de benodigde dollars op tafel leggen. Nee, het was bijna aardig van Sergej dat hij Zina een baan aanbood. Later besefte Lucas dat Zina door haar relatie met een Westerse journalist voor Sergej extra aantrekkelijk was: zij zou wel twee keer nadenken voor ze haar ticket naar de Westerse wereld zou laten vallen voor een *biznizman*. Dat moest Sergej geprikkeld hebben om haar te verleiden. Als Lucas wat minder op zijn werk en wat meer op zijn vriendin had gelet, dan waren de signalen hem meteen opgevallen. Precies de zaken waar Russische vrouwen gevoelig voor zijn, liet Sergej tijdens het gesprek de revue passeren: zijn onmetelijke rijkdom, zijn verlangen naar een groot gezin en zijn – van a tot z gelogen – eerbied voor zijn moeder. In werkelijkheid liet hij zijn eenzame moeder creperen in een flatje in een buitenwijk van Moskou, ontdekte Lucas later. Volosjin was beleefd, veinsde afkeer van sterke drank, maar weerhield zich er bovenal van op te scheppen over zijn romantische veroveringen; hij deed het voorkomen alsof hij de ware nog niet had gevonden. Lucas raakte meer en meer geërgerd, omdat Sergej zich niet aan de door hemzelf gestelde eis hield het interview zakelijk te houden. Lucas wilde weten met wie Sergej zijn contracten sloot, hoe hij aan zijn beginkapitaal was gekomen en wat zijn plannen voor de toekomst waren.

'In de toekomst,' zei Sergej terwijl hij zich vertrouwelijk naar voren boog, 'ga ik naar Amerika. Ik ben al bezig met het leggen van de contacten. In New York wonen veel Russische zakenmensen; zij gaan mij helpen nog meer dollars te verdienen. En, als ik daar een gerespecteerd zakenman ben, koop ik een huis in Miami, met een bubbelbad.'

Toen, in 1993, kwamen Sergejs ambities erg kinderlijk over. Lucas voelt de huid in zijn nek prikken als hij terugdenkt aan alle denigrerende opmerkingen die hij na dit gesprek over Sergej had gemaakt zonder zich te realiseren dat Zina heimelijk van de man onder de indruk was. Sergej had een snaar geraakt, zei ze later. Ze voelde zich met hem verbonden. Omdat ze allebei Russen waren, omdat ze allebei vochten tegen een verleden waarvan ze diep in hun hart doodsbang waren dat het hen zou inhalen. Daarom wilden ze weg, daarom wilde Zina dat Lucas haar ten huwelijk vroeg. Dat heeft ze nooit hardop gezegd, want dat doet een Oosterse vrouw niet. Hij had het moeten weten.

Lucas laat zijn hoofd op het stuur rusten en sluit zijn ogen. Suzy kijkt naar hem. Ze staan al een kwartier stil op de snelweg, maar nu trekt de auto voor hen op. Net als Suzy Lucas daarop wil attenderen, komt hij met een vreemde grom overeind en trekt op. Suzy vraagt zich af waarom hij opeens zo kwaad is. Nog steeds vanwege die autogordel? Is dat niet een beetje kinderachtig? Lucas' afwerende lichaamshouding, waardoor hij uit het zijraam lijkt te willen klimmen, weerhoudt haar ervan een gesprek te beginnen.

Een prachtige roodgouden herfstdag. Zina stond voor het geopende raam in de erker van hun appartement in de Gagarinskij *perulok*. Lucas kwam achter haar staan en trok haar tegen zich aan. Loom kriebelde Zina's hand in zijn nek. Even vijf minuten rust voor het feest zou beginnen. Hun beste vrienden waren die middag getrouwd en zij hadden hun appartement aangeboden voor het feest. Zina was al drie dagen bezig met koken en bakken: aardappelkoekjes, pasteitjes, taarten. Op de markt had ze twee grote zalmen gekocht, die ze zelf had gerookt. Het hele weekend was ze ermee bezig geweest: met stalen pennen door de kieuwen had ze de vissen boven smeulende houtsnippers in een zelf gebouwde rookton op het balkon gehangen. Hoewel ze honderden keren met haar opa vissen had gerookt, kon ze zich niet meer herinneren hoe lang het duurde voor de vissen gaar waren. Het enige wat ze wist was dat haar opa na ieder potje schaak even ging kijken hoe het ervoor stond, dus zo deden Lucas en Zina het ook. Na drie zenuwachtige partijen die ze allemaal verloor, waren de zalmen klaar.

Uit de wind was het heerlijk warm in de zon, al was het oktober. Beneden op straat konden ze hun gasten al zien aankomen. Zina draaide zich om en wilde het huis inlopen, maar Lucas hield haar tegen en kuste haar. Het was zo'n dag waarop hij zich 'romantisch' voelde, zoals Zina het noemde, en zelf wist hij geen betere bewoording te bedenken. Dat hij van haar hield was een gegeven waar hij dagelijks mee leefde en dat hem kalm en – waarschijnlijk ook – gelukkig maakte. Maar anders dan andere – Russische – mannen, kon hij dat niet elke dag tot uiting brengen met cadeautjes en andere immateriële attenties. Hij was een stroeve: trouw en gevoelig, wars van theatrale hartstocht. Maar vandaag hing er een tedere opwinding in de lucht, een emotionele spanning die hem een licht angstig gevoel bezorgde. Hij wilde met haar naar bed. Hij kuste haar en hij wist dat ze zijn opwinding kon voelen. Maar Zina glimlachte en schudde haar hoofd. Beneden op straat werd het bruidspaar met veel lawaai door hun vrienden begroet. Zina maakte zich los en liep naar de spiegel.

'Zina?'

Ze draaide zich om en keek Lucas aan. De tedere klank van zijn stem verraste haar. Ze glimlachte afwachtend, hoopvol bijna. Lucas raakte in de war. Hij voelde dat er iets van hem werd verwacht, maar kon niet bedenken wat. Toen herinnerde hij zich wat hij van plan was. Hij liep naar haar toe en omhelsde haar weer.

'Je ziet er prachtig uit,' fluisterde hij tegen haar donkerbruine krulletjes. Ze knikte en hij voelde hoe ze diep zuchtte in zijn armen. Hij liet haar los en keek haar aan om te weten of dit was wat ze wilde. Ze glimlachte lief, maar de blik in haar ogen was vreemd; hij begreep het niet, en daar ging de bel al.

Het feest duurde tot de volgende ochtend en ging gepaard met veel wodka en lange emotionele toespraken waarin de sprekers, tot hilariteit van de anderen, het bruidspaar opriepen niet dezelfde domme fouten te maken als zij zelf hadden gedaan.

Toen ze wakker werd, meed Zina een vrijpartij door meteen te beginnen met opruimen. Al het overgebleven eten pakte ze in doosjes, voor bejaarden in de buurt die wel iets extra's konden gebruiken. Daarna ging ze naar de universiteit en kwam pas 's avonds laat weer thuis. De weken erna was de sfeer in huis anders. Zakelijker. Op zich niets ongewoons: als twee onafhankelijke geesten samen zijn, wil het wel eens gebeuren dat ze zich op hetzelfde moment terugtrekken in hun gedachten, was Lucas' idee.

Later ontdekte hij dat Sergej toen al bezig was Zina voor zich te winnen. Ze moet tientallen geheime afspraakjes met hem hebben gehad voor ze de knoop doorhakte. Hoewel ze het nooit heeft toegegeven, werd hem achteraf duidelijk dat ze diverse weekends – waarvan ze beweerde dat ze die op de datjsa bij haar grootouders doorbracht – met Sergej naar Odessa was geweest, waar hij een buitenhuis bezat. Omdat Sergej tijdens een van de interviews foto's van zijn huis had laten zien, kon Lucas zich pijnlijk precies voorstellen hoe Zina daar in de tuin moet hebben gezeten in haar donkerblauwe bikini. Hoe ze met Sergej in zee zwom, hoe ze gillend en lachend van opwinding voor hem uit de trap oprende naar de slaapkamer.

'Godverdomme, dat werd een keer tijd, zeg!' roept Lucas als de vrachtwagen voor hem eindelijk naar rechts ging. Suzy schrikt. Blijkbaar is Lucas' stemming nog niet verbeterd. Lucas ziet de schrik op Suzy's gezicht en zijn blik lijkt even te verzachten.

'We gaan zo meteen eerst een kluis huren.'

'Kluis?'

'Ik laat die bouwtekeningen en vergunningen niet op de redactie liggen, en ik neem ze ook niet mee naar huis. Je weet maar nooit.'

Suzy knikt, Lucas is nog altijd paranoïde.

'Die internetaangifte voor die autodiefstal moet worden geannuleerd. Kun jij dat regelen?'

Suzy knikt; het is beter als ze helemaal niets meer van zich laat horen en zich ook nooit meer in dat internetcafé vertoont.

'Ik neem aan dat Renate inmiddels de jaarrekeningen van Meichenbeck heeft opgesnord. Die gaan we morgen uitpluizen. Ik wil dat ieder zakelijk contact wordt nagetrokken. We graven hem helemaal uit.'

'Tot hij als een kronkelende worm in je hand ligt.'

Lucas grijnst. Het doet hem blijkbaar plezier aan Sergej te denken in de gedaante van een weekdier in doodsnood. Suzy besluit er nog een schepje bovenop te doen: 'En dan leggen we hem in een glaasje alcohol tot hij is opgelost.'

'Als het zo makkelijk was, dan had ik de klus in 1994 wel afgemaakt.'

Hij geeft gas en leunt achterover, ontspannen bijna. Suzy waagt het erop.

'Wat is voor jou belangrijker? Dat we Volosjin te grazen nemen of dat mensen begrijpen dat jij al die tijd gelijk hebt gehad?'

Lucas kijkt haar even scherp aan. Suzy bijt op haar lip. Was ze te brutaal?

'Het belangrijkste is dat wij een journalistiek verantwoord stuk schrijven en dat het recht zijn loop krijgt.'

'Allebei dus.'

Lucas lacht en schudt zijn hoofd. Suzy weet dat ze gelijk heeft.

'Wil je dat hij voor de rechter komt?'

'Ik wil dat hij met zijn smerige poten van mijn land en mijn kerncentrales afblijft. Als dat betekent dat de rechter eraan te pas moet komen, heb ik daar geen moeite mee.'

Hij is bloedserieus. Suzy beseft dat hij wraak wil, maar ze durft niet te vragen waarvoor.

Voor ze Amsterdam bereiken, neemt Lucas de afslag naar Schiphol. Suzy kijkt hem zijdelings aan.

'Wees maar niet bang, we blijven aan de grond.'

Even later stappen ze bij een facilitair bedrijf in het WTC naar binnen om een kluis te huren. 'Lekker anoniem,' legt Lucas uit, maar Suzy is bang dat ze juist op zo'n plek Volosjin zullen tegenkomen.

'Die kans is te verwaarlozen. Sergej zit het liefst in dure hotels.'

Lucas maakt kopieën, stopt de originele bouwtekeningen en vergunningen in de kluis en geeft Suzy de reservesleutel.

'Als er iets met mij gebeurt, leg jij de zaak stil. Ik wil niet dat je alleen indiaantje gaat spelen. Begrepen?'

Suzy knikt. Het is duidelijk dat ze niet meer terug kan.

'Vanavond hebben we vrij.'

Dan brengt hij haar naar huis. Ze gaat meteen naar bed, maar het kost haar uren om in slaap te vallen. Als dat eindelijk lukt, droomt ze van enorme kluizen waarin ze opgesloten zit met de bouwtekeningen van de kerncentrale. Ze probeert uit alle macht de plattegronden te ontcijferen, maar ze verdwaalt en komt steeds weer uit bij het reactorvat waarin miljoenen stents ronddwarrelen. Helemaal niet handig. Die moeten toch steriel bewaard worden in een cellofaantje?

Acht

De volgende ochtend is Suzy om half negen op de redactie. Renate heeft inderdaad de jaarrekeningen te pakken gekregen en op Lucas' bureau gelegd. Suzy gaat meteen aan de slag. Ze is blij dat Lucas er nog niet is, nu heeft ze even tijd om haar boekhoudkundige kennis op te vijzelen en op haar gemak de jaarrekeningen te analyseren. Ze zit al uren bloedig te studeren als ze zich realiseert dat Lucas wel erg laat is, vandaag. Na elven is hij nog steeds in geen velden of wegen te bekennen. Ze besluit hem te bellen. Hij neemt meteen op.

'Ja?'

Suzy schrikt van zijn gespannen toon.

'Met Suzy.'

'Ja?'

'Waar zit je?'

'Bij Rinus.'

'Wat? Waarom mag ik niet mee? Ik wil ook horen wat hij te zeggen heeft!'

'Hij is er niet.'

'Hoezo?'

'Ik zit in zijn caravan en hij is er niet. Het lijkt hier wel een bibliotheek. Op ieder boek staat een code en er staat hier een kaartenbak, waar alles in terug te vinden is.'

'Ja, en?'

'Hij heeft al die jaren alles bijgehouden. Als ze erachter komen wat hij hier allemaal heeft staan...'

Suzy ergert zich aan Lucas' paranoïde geouwehoer.

'Voor hetzelfde geld is hij naar de bakker.'

'Ik was hier al om negen uur en ik heb hem nog niet gezien. En de tekeningen die we hem hebben gegeven, zijn er ook niet.'

'Waarschijnlijk wil hij die aan iemand laten zien.'

'Dat zou verdomde stom van hem zijn. Niemand mag weten waar wij mee bezig zijn.'

'Dat begrijpt hij toch wel?'

'Ik hoop het. Bij een onderzoek als dit drogen je bronnen op waar je bij staat. Meestal door orders van bovenaf, maar even vaak door intimidatie.'

Suzy onderdrukt haar ergernis en vraagt zo nuchter mogelijk: 'Denk je dat er iets met hem is gebeurd?'

'Het zou niet voor het eerst zijn dat een journalist een contact-persoon dood aantreft met afgehakte handen of een afgesneden tong.'

Suzy zucht.

'Zie je iets wat erop duidt dat er gevochten is?'

'Nee, maar dat zegt niets; ze kunnen hem ook buiten gepakt hebben.'

Suzy ziet vanuit haar ooghoek dat Renate naar haar toe komt. Diverse redactieleden staren haar verbaasd aan. Renate op de re-dactievloer?

'Onzin,' zegt Suzy beslist, 'Rinus is gewoon even weg. Bood-schappen doen, bij zijn moeder op bezoek. Je moet je niet zo laten opfokken.'

'Ik fok me op als ik daar zin in heb! Praat niet tegen me alsof ik net kom kijken!'

'Wat denk jij dan dat er aan de hand is?'

'Ik weet het niet, maar het is hier niet pluis.'

Lucas lijkt echt bang.

'Dan moet je daar weg.'

'Ik blijf tot Rinus terug is.'

'Jezus, Lucas, wat wíl je nou?'

'Dat je me met rust laat. Zoek de jaarrekeningen uit of maak dat stuk over die asielzoekers af.'

'Hoe kan dat als jij niet doorkomt met...'

'Verzin zelf een keer wat, wil je! Ik heb nu geen tijd.'

En klik, Lucas heeft het gesprek afgebroken. Suzy's gezicht staat bleek en strak. Renate kijkt haar vragend aan. Lucas' geschreeuw was waarschijnlijk duidelijk te horen.

'Ik weet niet wat hij heeft, maar ik denk niet dat hij hierheen komt,' zegt Suzy terwijl ze met trillende vingers een lok haar achter haar oor veegt.

'Hij belt zo wel terug,' zegt Renate.

Suzy negeert de geruststellende toon in Renates stem. Waarom was Lucas zo in paniek? Renate geeft Suzy een stapel mappen. 'Ik heb hier de jaarverslagen van Hillman en...'

Suzy staat op en loopt het dichtstbijzijnde toilet in, waar haar huilbui ontaardt in een piepend gevloek en een trap tegen de muur. Klootzak! Dagenlang heeft ze als een hondje achter hem aan gelopen, haar grote mond gehouden en keurig gedaan wat hij wilde. En nog is het niet genoeg!

Ze laat zich met haar rug tegen de muur naar beneden zakken tot ze op de grond zit, en haalt diep adem. Zou ze verliefd op hem zijn, zoals Elvira schijnt te denken?

Even later stapt Suzy de redactie weer binnen. Renate is verdwenen, maar op Lucas' bureau liggen nog meer jaarverslagen van Meichenbeck Hillman en verwante ondernemingen. Op het geeltje dat Renate er bovenop heeft geplakt staat BEL MAAR. Ook uitnodigend, denkt Suzy. Ze trekt zuchtend de stapel naar zich toe, maar nog voor ze de eerste pagina kan omslaan, gaat haar mobiele telefoon.

'Met Lucas. Sorry dat ik zo uitviel.' Alsof zijn moeder hem opdracht heeft gegeven zijn excuses aan te bieden, denkt Suzy, hij meent er niets van. Ze reageert koel.

'Renate is net langs geweest. We hebben nu bijna twee kilo papier over Meichenbeck Hillman. We mogen bellen als we iets willen vragen.'

'Prima.'

Een korte stilte. Wacht hij nu tot zij iets zegt? Suzy negeert haar verontwaardiging en probeert zo zakelijk mogelijk te klinken.

'Ik ga er vast mee aan de gang en haal alle namen en bedrijven die ik tegenkom door de zoekmachine. Misschien kom ik iets interessants tegen.'

'Heel goed.'

'En wat ga jij doen?' vraagt ze, net iets te scherp.

'Wacht even, er komt iemand aan.'

Gespannen wacht Suzy op wat er verder gebeurt.

'Shit, het is Rinus! Wacht even, ik wil niet dat hij schrikt.'

Er klinkt gestommel. Dan voetstappen en gehijg. Een volle minuut luistert Suzy naar Lucas' ademhaling terwijl hij over het modderige weiland loopt. Dan verandert het geluid en klinken de voetstappen luider, als hakken op asfalt. Dan een autoportier dat dichtslaat.

'Ben ik weer. Rinus is thuis.'

'Heeft hij je auto niet gezien?'

'Ik denk het niet.'

'Zag hij er goed uit?'

'Hij had een tas van de supermarkt bij zich.'

Suzy houdt wijselijk haar mond.

'Ik rij zo even naar Rotterdam, daar dient vandaag een asielzoekerszaak die we kunnen gebruiken. Kun je mij het dossier mailen? Het zit in het mapje van...'

'Ik weet het; komt eraan.'

'Oké.'

'En vraag of Renate vanavond komt eten. Dan hebben we rustig de tijd om die jaarverslagen te analyseren.'

'Moet ik nog boodschappen doen?'

'Laat dat maar aan mij over.'

Als ze heeft neergelegd, realiseert Suzy zich dat hij bijna opgetogen klonk. Blijkbaar was hij erg bezorgd geweest om Rinus.

Renate betreedt de eetkamer zonder iemand een hand of een zoen te geven.

'Ik krijg een normaal bord eten van je, hè? Geen liflafjes.'

'Maak je geen zorgen, Suzy had zin in stamppot,' sust Lucas.

'In juni?' Renate kijkt Suzy bevreemd aan. 'Nou ja, je moet er nog van groeien.'

Ze gaat zitten en steekt een sigaret op. Lucas schenkt een glas wijn voor haar in en blijft dat de volgende uren met grote regelmaat doen. Suzy kijkt met verbazing naar de hoeveelheid wijn die Renate weet weg te werken terwijl ze broodnuchter blijft. De hele avond blijft ze in dezelfde houding zitten, haar magere benen over elkaar geslagen. Ze draagt een strakke ribbroek, een versleten korte damesblazer van een duur merk en daaronder een overhemdblouse. Alles in groenzwarte tinten. Haar linkerhand ondersteunt haar rechterarm bij de elleboog, waardoor de onderarm recht omhoog staat en haar hand slechts vijftien centimeter hoeft af te leggen om een trekje van de sigaret te nemen; het wekt de indruk dat Renate met een sigaret tussen haar vingers geboren is. Ze zuigt verbeten aan het filter terwijl ze haar ogen iets toeknijpt, alsof ze verwacht dat de peuk ieder moment uit haar vingers kan worden geslagen.

Tijdens het eten nemen Lucas en Renate de redactie door: dat wil zeggen de medewerkers die er niet meer werken omdat ze gepensioneerd, woedend vertrokken of dood zijn. Het valt Suzy op dat Renate vooral het sociale gedrag van de beroddelde personen bekritiseert, terwijl Suzy toch heel zeker weet dat zijzelf een sociale hork van jewelste is. Maar het allergekste is wel dat Lucas enorm veel genoegen lijkt te scheppen in het geroddel, en zich er totaal niet voor schaamt de intiemste details over beroemde journalisten op te dissen. Waarom hield hij zich zo op de vlakte toen zij met hem wilde roddelen? Pas bij de koffie legt Lucas de jaarverslagen op tafel. Hij gaat achteroverzitten en gebaart dat Suzy en Renate van wal kunnen steken.

Renate kijkt Suzy even aan en zegt, terwijl ze door de stapel bladert: 'Het is allemaal een kwestie van verhoudingen: staat het rendement in verhouding tot de gedane investeringen? Zijn de opgevoerde kosten niet te hoog in verhouding tot de omzet, zijn de crediteuren geloofwaardig? En hoe is de investering gefinancierd. Dat soort dingen.'

Suzy knikt driftig. 'Ik heb eigenlijk niets geks kunnen vinden. Althans niets dat wijst op misbruik van...'

Lucas onderbreekt haar: 'Heb je een organogram gemaakt?'

Suzy laat vol trots zien hoe de onderdelen van het Meichenbeck Hillmanconcern met elkaar verbonden zijn. Renate wijst een paar lege bv's aan, maar Suzy heeft al ontdekt dat die allemaal verband houden met Zuid-Amerikaanse ondernemingen en onmogelijk te herleiden zijn tot Dodewaard.

Renate is van mening dat ze moeten kijken naar de leningen die Meichenbeck Medical is aangegaan om de kerncentrale te exploiteren.

'Meichenbeck Hillman Inc. financiert Meichenbeck Medical uit eigen vermogen. Dat is op zich niet gek, maar het feit dat Aurora bv geld heeft geleend bij een bank in Moskou is, nou, toch op zijn minst spannend te noemen. Zeker omdat onduidelijk blijft wie de eigenaar van Aurora is.'

'Dat betekent zwart geld uit Rusland,' stelt Suzy tevreden vast.

'En verder?' wil Lucas weten.

'Het opvallendst vind ik dat ze miljoenen euro's in een nieuw product investeren waarvan absoluut niet zeker is dat het zo'n grote markt zal vinden.'

'Die dotterbehandelingen?'

Renate knikt.

'Zelfs voor risicozoekende investeerders is het vroeg om er zo veel geld in te stoppen.'

'Dat het een witwasoperatie is, wisten we al,' zegt Lucas teleurgesteld.

'Dat weten we helemaal niet zeker. Er wordt in diverse ziekenhuizen onderzoek naar gedaan,' protesteert Suzy. 'Misschien blijkt het over twee jaar een groot succes te zijn.'

'Bij al die onderzoeken zijn cardiologen betrokken die ook verbonden zijn aan Meichenbeck Medical, dus erg onafhankelijk kun je die onderzoeken niet noemen,' vindt Renate.

'Dus het zaakje stinkt?' vraagt Suzy opgewonden.

'Het ruikt niet helemaal fris,' beaamt Lucas chagrijnig. 'Maar we kunnen hiermee niet aantonen dat het een witwasoperatie is.'

'Wat zou het nog meer kunnen zijn?' vraagt Suzy.

'Van alles. Dat moet je mij niet vragen.'

Geërgerd loopt Suzy naar de badkamer om te plassen.

Renate steekt een nieuwe sigaret op en kijkt Lucas niet aan.

'Je moet niet zo onaardig doen tegen dat meisje, dan raakt ze overstuur.'

Lucas kijkt Renate verbaasd aan.

'Zo snel raakt die niet van de kook, hoor.'

'Wel als jij zo doet.'

Veelbetekenend blaast Renate de rook in Lucas' gezicht. Om zich een houding te geven, begint Lucas de tafel af te ruimen.

In de badkamer kan Suzy het niet laten even door de kastjes te snuffelen. Tot haar verbazing vindt ze een pak haarverf en een tandenborstel met donkerbruine haren. Verft Lucas zijn haar? Het was nooit in haar opgekomen dat mannen hun haar zouden kunnen verven, maar ja, als je grijs bent... Zo oud is hij toch niet? Suzy besluit er extra op te letten. Op de een of andere manier kan ze de haarverf niet rijmen met zijn onachtzaamheid ten aanzien van de strijkbout.

Als ze uit de badkamer komt, is het huis stil; Suzy hoort geen gepraat meer als ze door de gang loopt. Is Renate al vertrokken? Ze duwt zachtjes de deur naar de eetkamer open en kijkt naar binnen. Lucas staat voor de geopende balkondeuren. Renate is nergens te bekennen. Lucas rekt zich uit, waardoor zijn broek losjes om zijn heupen hangt en Suzy's ogen onwillekeurig naar zijn billen gaan, die hard en gespierd zijn. Als hij zich omdraait en lichtelijk betrapt naar haar glimlacht, heeft ze moeite haar blik niet te laten afdwalen naar de voorkant van zijn broek.

'Wil je nog iets drinken?'

Suzy aarzelt. Is dat een uitnodiging tot meer of gewoon vriendelijkheid? Lucas heeft zijn eigen glas al bijgeschonken, ziet ze. Weer gaan haar ogen naar die plek waar – ja, dat ziet er prettig gevuld uit. Helemaal niet slecht.

'Is er iets?' hoort ze hem opeens zeggen.

Ze kijkt hem geschrokken aan. Betrapt. Moet ze hem nu zeggen waar ze aan denkt? Dat ze met hem wil zoenen, dat ze wil weten hoe dat is, dat ze hem leuk vindt?

'Staat mijn gulp soms open?' vraagt Lucas. Hij zet zijn glas neer om het euvel te verhelpen, maar ziet dan dat er niets aan de hand is. Met een verontschuldigende glimlach – zoiets zeg je niet tegen een dame – kijkt hij haar weer aan. Ze weten allebei niets te zeggen.

'Ik kan beter naar huis gaan,' zegt Suzy.

'Morgen weer een lange dag,' zegt hij begrijpend en hij begeleidt haar naar de deur, waar ze elkaar geen hand geven en geen zoen, maar wel tegenover elkaar blijven staan. Suzy haalt diep adem.

'Tot morgen.'

Lucas knikt. 'Ik ben er om een uur of half tien. Dan gaan we maar eens aan een vluchtelingenstuk werken.'

Suzy knikt en blijft staan terwijl ze hem aankijkt. Hij ontwijkt haar blik en wrijft over zijn stoppelige kin. Is hij verlegen? Of wil hij gewoon dat ze weggaat? Opeens kijkt hij haar weer aan.

'Dag,' zegt hij.

'Dag,' zegt Suzy en ze loopt de trap af.

Op de fiets merkt ze dat ze nog niet naar huis kan. Ze is veel te ongedurig om te slapen. Ze zet koers naar het danscafé waar Elvira vanavond bardienst heeft.

Elvira springt meteen op haar nek als ze binnenkomt.

'Goed dat je er bent. Er is helemaal niemand vanavond, behalve je ex. Dus zeg niet dat ik je niet heb gewaarschuwd.' En ze trekt Suzy mee naar de bar, waar het stervensdruk is.

'Floris?' vraagt Suzy.

'Yep.'

Het idee dat ze Floris na al die jaren zal terugzien, doet haar verbazingwekkend weinig. Misschien is het zelfs wel leuk. Ze begint om zich heen te kijken.

'Rode wijn?' vraagt Elvira.

'Graag.' En de wijn staat al voor haar neus.

'Dag Soes.' Iemand drukt een kus op haar hoofd. Dat gaat ook snel. Ze draait zich om naar de vertrouwde armen en gaat op haar tenen staan om hem een zoen te geven. Gewoon precies als vroeger. Niks aan de hand.

'Ben je weer terug?'

'Al maanden,' meldt hij tevreden.

'Waarom weet ik daar niets van?' vraagt ze nonchalant.

'Waarom *indeed*. Het is een grote schande.'

Ze kijken elkaar grijnzend aan.

'Waarschijnlijk had ik het te druk met het beëindigen van mijn relatie en het verliezen van mijn baan.'

Zo is Floris: hoe meer het tegenzit, hoe luchtiger zijn verhaal. Vooral niet zeggen dat iets hem heeft gekwetst.

'En? Opgelucht?'

'Enorm! Kom hier.'

Hij trekt haar tegen zich aan en kust haar op haar wangen.

'Woon je nog steeds in Amsterdam?'

Suzy knikt.

'Afgestudeerd?'

'Allang.'

'Baan?'

'Bij de krant, verslaggeving binnenland.'

Een waarderende blik.

'Een contract voor een jaar. En jij?'

'Ik ben voor mezelf begonnen,' zegt hij spottend.

'Met je relatie?'

'Ook ja. Ik ben in alle opzichten mijn eigen baas.'

Waarom wil ik weten of hij vrij is? Ik wil toch niets meer met hem? Ze kijkt naar zijn beweeglijke gezicht waarin de grote ogen spottend naar haar kijken.

'Dus, eh, nu ben je freelanceprogrammeur?'

Floris schudt zijn hoofd.

'Boekhandelaar. Ik heb een antiquariaat gekocht aan de Kloveniersburgwal.'

Suzy lacht van verbazing.

'Zo gek is dat toch niet?'

'Ik moet even wennen aan de nieuwe jij. Floris: boekverkoper.'

'Antiquaar.'

'Natuurlijk. En dat vond Janneke niet leuk?'

'Janneke woont nog steeds in Californië,' meldt Floris opgewekt.

Ze kijken elkaar aan. Toch vreemd dat de vrouw die haar opvolgde nu zelf is gedumpt. Ze zou medelijden met Janneke moeten hebben, maar dat voelt ze niet. Ze ziet dat Floris naar haar borsten kijkt en kijkt hem recht aan. Als hij haar blik opmerkt, kijkt hij brutaal terug, met een grote grijns op zijn gezicht. 'Dus hier hang jij uit als je zin hebt in een borrel?' vraagt hij nonchalant.

Suzy knikt langzaam en glimlacht. De gedachte dat ze vannacht – over een paar uur of een paar minuten – met Floris zou kunnen vrijen, is aantrekkelijk. Net als Floris zelf, met zijn slecht geschoren, slordige hoofd. Maar ze weet dat hij fris en pittig ruikt en hoe zacht zijn huid is.

'Zullen we gewoon meteen gaan?'

Terwijl hij het zegt, pakt hij het glas uit haar hand en zet het op een plankje naast hem.

'Ik moet Viertje gedag zeggen.'

Suzy loopt naar de bar.

'Je gaat gewoon meteen met hem mee naar huis, het is niet te geloven,' verwijt Elvira haar met gespeelde verontwaardiging.

'Hoe weet je dat?'

'Je komt binnen, drinkt één wijntje en opeens staat Floris zijn jas aan te trekken. Duh.'

Suzy kijkt achter zich en ziet dat Floris inderdaad zijn jasje aantrekt. Ze kijkt Elvira verontschuldigend aan.

'Even kijken of hij het nog een beetje kan.'

'Constante kwaliteit, daar gaat het om.'

'Ik bel je morgen.'

'Dat is je geraden!'

Buiten blijkt Floris een heuse auto te hebben klaarstaan.

'Stukje varen op het IJ?' stelt hij voor. Suzy glimlacht. Dat deden ze vroeger ook altijd: 's nachts heen en weer varen met de pont tussen het Centraal Station en Amsterdam-Noord.

'Maar eerst even zoenen,' zegt Suzy.

Meteen brengt Floris zijn lippen naar haar mond om haar te kussen. Of eigenlijk om hapjes te nemen, zoals hij altijd deed. De lippen van Floris willen knabbelen en zuigen, je altijd doen vrezen dat hij je zal opeten. Heerlijk vindt ze het. Ze springt op, waardoor hij gedwongen is haar benen op te vangen. Hij zet haar met haar kont op de motorkap. Zijn hand gaat meteen aan de achterkant haar broek in om haar billen te betasten. Dan gaan zijn handen onder haar truitje over haar rug. Hij geeft een rukje aan haar bh, bevoelt even beide borsten en zet haar dan weer op de grond.

'Je woont zeker nog steeds met Elvira in één huis?'

Zonder haar antwoord af te wachten, opent hij het portier en vouwt zich het autootje in. Suzy buigt zich naar hem toe en wil weer zoenen, maar Floris trekt haar op schoot en schuift haar door naar de passagiersstoel. Ze stoot haar hoofd tegen het dak en haar dijbeen tegen de versnellingspook. Voor ze goed en wel zit, heeft Floris de motor gestart en scheurt, net zo onbeheerst als ze van hem gewend was, de weg op. Zo ergerlijk als ze zijn rijstijl vroeger vond, zo amusant vindt ze die nu. De wetenschap dat het maar voor een keertje is, maakt het idee dat ze ieder moment een ongeluk kan krijgen draaglijk, mijmert ze vergevingsgezind.

Floris rijdt naar de achterkant van het Centraal Station, waar hij zijn auto parkeert en haar aan haar hand meevoert naar de pont naar Noord. Hij is opeens zwijgzaam, nerveus bijna. Tegen de reling op het achterdek geleund, roken ze een sigaret. Het uitzicht over het IJ, de roep van een verwarde meeuw en de frisse avondlucht vormen de ideale ingrediënten voor een romantische stemming, maar die slaat niet aan bij Suzy. Ze wordt eerder lacherig als Floris zich met een ernstige blik in zijn ogen naar haar toe buigt en haar een officiële romantische kus wil geven. Ze schudt grinnikend haar hoofd en draait zich met haar rug tegen zijn buik. Ze is opgelucht als Floris de hint lijkt te begrijpen en zijn armen om haar heen slaat. Ze kijken naar de stad.

'Daar kon ik dus niet van loskomen. Raar hè?'

Braaf is hij: hij maakt de stemming niet te zwaar, anders is het niet meer gezellig. Ze aait hem over zijn wang.

'Helemaal niet raar.'

Negen

Suzy is half rennend op weg naar haar werk, haar telefoon aan haar oor.

'Suzy Zomer.'

'Hoe was het?'

Ongelooflijk dat Elvira nu al aan de telefoon hangt, meestal slaapt ze op dit tijdstip.

'Het was leuk. Hé, ik ben laat voor...'

'Leuk. Is dat alles?'

'Jezus, Vier...'

'Ik wil het graag weten. Heeft hij een leuk huis?'

'Ja! Ben jij nog steeds wakker, of zo?'

'Ja, natuurlijk. Ik ben wakker gebleven zodat ik je kon bellen. Vertel nou even.'

'Ik ben te laat voor mijn werk. Kan dit niet op een ander moment?'

'Nee.'

Suzy laat haar blik over het drukke metroperron gaan. Ze dempt haar stem: 'Het was lief. Het was gezellig en lekker. Maar het was ook de laatste keer.'

'O? Waarom?' vraagt Elvira onschuldig.

'Zeg niet dat je Floris zult missen.'

'Ik hoef niet met hem naar bed. Waarom viel het tegen?'

'Weet ik niet. Het blijft toch een beetje een...'

'Zacht ei.'

'Zo ver wilde ik niet gaan. Maar goed: een zacht ei, het zal wel,' bromt Suzy, die inmiddels schouder aan schouder met de rest van werkend Nederland in de metrowagon staat.

'Niet dan?'

'Ja. Maar dat wil niet zeggen dat het niet leuk kan zijn,' fluistert Suzy.

'Leuk wel, spannend niet.'

Suzy kijkt geërgerd naar de graffiti op de wanden van het rijtuig.

'Het hoeft toch niet altijd spannend te zijn?'

'Jawel, tenzij je depressief of labiel bent, dan kan een zacht ei uitkomst bieden.'

'Ik ben altijd depressief en labiel.'

Gegrinnik aan de andere kant van de lijn. Dan: 'Ik ga pitten.'

'Slaap lekker,' zegt Suzy, en ze stopt haar telefoon weg. Door de nacht met Floris voelt ze zich moe, maar ook aangenaam loom en aantrekkelijk. Ze koopt een extra grote cappuccino en een bagel met zalm en probeert zich te concentreren. Werk. Krant. Dodewaard. Hoe zat het ook alweer?

Op de redactie is Lucas al bezig een stuk over een Iraakse asielzoeker te tikken.

'Hoi. Sorry dat ik zo laat ben. Het is een beetje laat geworden...'

Lucas wuift het geërgerd weg. 'Dit moet over twee uur klaar zijn, dus als je het niet erg vindt...'

Suzy voelt zich lullig. Ze verslaapt zich nooit; ook als ze om vijf uur naar bed gaat, wordt ze stipt om zeven uur wakker. Maar vandaag niet.

'Kan ik iets voor je doen?'

Lucas schudt zijn hoofd en negeert haar verder. Is hij kwaad? Ja logisch. Suzy wil het goedmaken. Ze gaat achter haar computer zitten en bedenkt dat ze een manier moet verzinnen om Dodewaard te ontmaskeren als witwasmachine voor Russisch maffiageld. Dat zou een mooie zaterdagkop op de voorpagina opleveren en Lucas zou daar beslist van opknappen. Maar hoe kan ze bewijzen dat de lening van de Russische bank zwart geld betreft? Wat is het toch raar dat dingen die iedereen weet, soms zo moeilijk aan te tonen zijn. Na een tijdje vruchteloos surfen op het internet, vraagt ze aan Lucas: 'Heb je een idee hoe ik zou kunnen achterhalen wie de eigenaren zijn van de Moskouse bank die Aurora heeft gefinancierd?'

'Dat doe ik vanmiddag wel.'

'Ik kan het toch proberen?'

'Tuurlijk. Ik denk alleen niet dat je ver komt als je geen Russisch spreekt,' zegt hij zonder haar aan te kijken. Hij blijft wel heel lang kwaad, vindt Suzy. Ze trekt de jaarverslagen maar weer eens naar zich toe en gaat verder waar ze de vorige dag gebleven was. Katerig bladert ze door de rapporten, op zoek naar onregelmatigheden. Maar de door Meichenbeck opgevoerde medici zijn allemaal verbonden aan toonaangevende kankerinstituten en cardiologenclubs; keurige mensen die met hun cv en telefoonnummer op het internet staan. En dan ontdekt ze dat Roel van Velde, de voorzitter van Betuwe Boys, in een investeringsmaatschappijtje zit dat geld in Meichenbeck Medical heeft gestoken. Roel van Velde, de man die tegenover Lucas volhield dat hij Volosjin niet kende, investeert in Meichenbeck Medical! Suzy spat bijna uit elkaar van opwinding. Ze wil het Lucas vertellen, maar die loopt weg om koffie te halen. Ze belt Betuwe Boys, maar daar is Van Velde niet. Op zijn kantoor is hij net vertrokken en de secretaresse is uiterst vaag over de mogelijkheid hem te spreken te krijgen. Suzy dringt aan en net als de secretaresse haar Van Veldes e-mailadres wil geven, komt Lucas terug. Als hij de naam van Van Velde hoort, pakt hij de hoorn uit Suzy's hand en legt die op de haak.

'Wie was dat?'

'De secretaresse van Roel van Velde. Hij heeft via een investeringsmaatschappij geld gestoken in Dodewaard.'

Lucas kijkt haar woedend aan. Hij praat zacht.

'Wij hadden een afspraak.'

'Ja, maar als jij alles naar je toe blijft trekken en mij nooit eens wat alleen laat doen, leer ik niets en heb je ook niets aan me. Dus waarom...'

'Het gaat nu even niet over jou, Suzy.'

Suzy zwijgt beledigd. Lucas vervolgt: 'Als het waar is wat jij ont-dekt hebt, als het klopt dat Van Velde investeert in Meichenbeck terwijl we tegelijk vermoeden dat Sergej via Wegman het stadion van Betuwe Boys financiert, is er iets heel raars aan de gang tussen die twee. Ik wil er meer van weten voordat jij overal het alarm laat afgaan. Begrepen?'

'Nee, niet begrepen. Het kan helemaal geen kwaad als er een alarm afgaat. Misschien gaat dan eens iemand praten.'

Verschillende redactieleden kijken hun kant op. Lucas fluistert bijna: 'Daar is het veel te vroeg voor. Ik wil eerst al ons materiaal doorspitten voordat we mensen op de kast jagen.'

'Wat levert dat op?'

'Meer dan wat jij uitvreet. Van Velde gaat jou echt niet spon-taan opbiechten dat hij zijn zwarte geld wit via een constructie met Sergej Volosjin, zo stom is hij niet.'

Suzy kookt van woede en kijkt Lucas uitdagend aan. Lucas kijkt bepaald niet vriendelijk terug. Opeens kan het haar allemaal niets meer schelen. Ze staat op.

'Oké. Prima. Stik dan maar met je artikel.'

Suzy begint haar computer af te sluiten.

Lucas schrikt: 'Zo bedoel ik het niet. Je hebt een belangrijke ontdekking gedaan en dat...'

'Doe er je voordeel mee. Hier.'

Ze geeft hem de notities die ze heeft gemaakt.

'Suzy...'

Suzy reageert niet en propt haar spullen in haar tas. Ze duwt Lucas bijna omver als ze naar de lift loopt. Lucas ziet haar rode laarsjes wegstampen. Waarom dragen boos weglopende vrouwen altijd laarzen?

Zina droeg die laatste herfst het liefst een paar met bont gevoerde bruine laarsjes met onbegrijpelijk hoge hakken. De ruzies tussen haar en Lucas werden steeds heviger. Zina leek hem soms iets te willen vragen, maar als hij vroeg wat ze wilde weten, leek ze weer te willen dat hij háár iets vroeg. Of verweet ze hem dat hij niet genoeg van haar hield, wat hij een belachelijk verwijt vond. Na de ruzies deed hij zijn best de dingen te doen waarvan hij wist dat zij die waardeerde: hij bracht parfum mee uit Europa, was vriendelijk voor haar grootouders en dronk bijna niet. Zina leek wel blij te zijn met die attenties, maar reageerde vooral verstrooid, wat Lucas weer toeschreef aan het feit dat ze hard werkte.

Later begreep hij dat ze diep in haar hart wilde dat hij haar terugwon. Door haar ten huwelijk te vragen, bijvoorbeeld. Dat hij toen niet wist dat ze bezig was hem te verlaten, was geen excuus. Hij had het móéten weten, jaloers moeten zijn. Eigenlijk was een aanzoek het enige wat haar ervan had kunnen weerhouden op Sergejs avances in te gaan. In al die jaren was het nooit in Lucas opgekomen dat de huwelijkse staat gevolgen kon hebben voor de gevoelens die twee mensen voor elkaar koesteren. Zijn Nederlandse, antiautoritaire jaren-zeventigmentaliteit weerhield hem ervan de waarde van het huwelijk in te zien. Boterbriefje, formaliteit: 'In mijn hart ben ik al jaren met jou getrouwd, liefje,' zei hij wel eens tegen haar en dan lachte ze lief. Later begreep hij hoe slecht ze elkaar op die momenten begrepen. Zijn maag draait zich nog steeds om als hij denkt aan de laatste nacht die ze samen doorbrachten. Hij wist al dat ze bij hem wegging, maar hij wilde toch weten of er iets was wat hij had kunnen doen om de breuk te voorkomen. Voor de grap riep hij dat hij haar toch moeilijk op zijn knieën kon smeken met hem te trouwen. Toen Zina stilletjes knikte en daarna een wegwuivend gebaar maakte alsof ze wel wist dat zij zo'n offer niet waard was, lachte hij van verbazing. Was dat wat Zina wilde? Zijn Zina, die volstrekt zelfstandig was, wilde zich afhankelijk maken van een man? En daar gingen de laarsjes. Beledigd en gekwetst haastten ze zich de trap af en de straat op.

Lucas heeft nadien nooit meer een boze vrouw laten weglopen. Als Suzy beneden in de hal komt, hoort ze Lucas roepen. Hij heeft blijkbaar de trap genomen.

'Suzy!' Nog steeds kwaad beent Suzy het gebouw uit. De plukjes uit haar knotje wippen boos op en neer.

'Suzy, wacht nou even.' Lucas loopt naast haar. Ze blijft staan. Lucas is buiten adem.

'Wil je echt niet verder, of zeg je dat alleen maar omdat je boos bent?'

Suzy zwijgt en kijkt hem recht aan. Achter haar raast het verkeer door de straat. Ze begint zich ietwat belachelijk te voelen. Waarom is ze zo kwaad?

'Ik zou het jammer vinden als je nu stopte. Het kan een grote klapper worden en dan moet jouw naam er ook onder staan.'

'Meen je dat serieus?'

'Ja. Ik wil alleen dat je met mij overlegt.'

Een stuurse blik naar de grond, maar als Suzy opkijkt, ziet ze Lucas grijnzen.

'Wat?' probeert ze nog bozig, maar er breekt al een glimlach door op haar gezicht.

'Niets. Ik moet weer naar boven. Het stuk afmaken.' Lucas loopt snel naar de lift, die hij nog net kan tegenhouden. Na een aarzeling stapt ook Suzy in. Een collega die hen eerder zag ruziemaken, bekijkt hen nieuwsgierig. Suzy is opgelucht als Lucas droog de casussen voor de vluchtelingenreeks met haar begint door te nemen. Die middag schrijven ze samen nog twee stukken, voor het geval Jetze komt zeuren. Intussen zoekt Renate uit hoe het zit met het maatschappijtje waarmee Van Velde in Meichenbeck investeert.

Die avond, als Lucas een dutje doet op de bank, gaat de bel. Vermoeid sloft hij naar de deur en pakt de hoorn van de intercom.

'Wie is daar?'

Stilte. Lucas is meteen op zijn hoede.

Voor de zoveelste keer neemt hij zich voor een cameraatje in het portiek te plaatsen zodat hij kan zien wie er voor de deur staat.

'Als je niet zegt wie je bent, doe ik niet open,' zegt hij uiteindelijk. Hij ergert zich aan de bange trilling in zijn stem.

Weer niets.

Even weet Lucas niet wat hij moet doen. Dan hangt hij de hoorn van de intercom op de haak en wacht. Dertig seconden lang gebeurt er niets. Hij overtuigt zichzelf ervan dat het waarschijnlijk buurtkinderen zijn en wil weer naar de bank lopen, als de bel weer gaat. En nu hoort hij duidelijk iemand aan de voordeur trekken. Verdomme! Wie probeert zich met geweld toegang tot zijn huis te verschaffen? Volosjins mannetjes? Koortsachtig probeert Lucas na te gaan waar hij een fout heeft gemaakt. De internetaangifte? Dan hebben ze Suzy ook te pakken. Hij controleert zijn op hol slaande gedachten zo goed mogelijk en pakt de hoorn van de intercom.

'Ja?'

Stilte. Of hoort hij iemand ademen?

'Lucas?' klinkt het zacht. De stem van een Nederlander. Geen Rus.

'Ja?'

'Grimbergen?'

'Ja,' zucht Lucas. Dat staat goddomme op het naamplaatje.

'Wie is daar?'

'Ik ben het.'

Dan herkent Lucas de stem: 'Rinus?'

'Ja.'

Meteen drukt Lucas op de deuropener.

'Kom boven.'

Lucas haalt de grendel en de ketting van zijn bovendeur en loopt de trap af om te voorkomen dat Rinus meteen weer vertrekt. Maar Rinus komt hem al tegemoet, met de bouwtekeningen van de kerncentrale onder zijn arm.

'Komt het wel gelegen?'

'Altijd, kom erin. Leuk dat je er bent. Het is hier een beetje een rommeltje, maar daar moet je maar niet op letten.'

Lucas heeft de neiging te blijven praten, omdat hij bang is dat Rinus wegvlucht als hij daarmee ophoudt.

'Wat wil je drinken? Koffie? Bier? Jenever?'

'Voor mij geen drank. Doe maar een kop thee.'

Terwijl Lucas theezet en naar zijn idee steeds grotere onzin staat uit te kramen over de buurt waar hij woont en het weer, staat Rinus met zijn lange regenjas en zijn pet met oorflappen in de deuropening van de keuken. Als Lucas dicht bij hem in de buurt moet zijn om een blikje thee te pakken, bemerkt hij de krachtige lichaamsgeur van iemand die zich zelden wast of schone kleren aandoet.

'Ben je met de trein gekomen?'

'Nee, met de fiets.'

Lucas schrikt.

'Een racefiets? Staat die beneden?'

'Ja?'

'Op slot?'

'Nee.'

'Blijf hier, ga binnen even zitten. Ik ben zo terug.'

Met zijn eigen fietssleutels rent Lucas de trap af. Dat hij daar niet meteen aan gedacht heeft. Natuurlijk gaat Rinus niet in een trein tussen de brave burgers zitten. De fiets – van een superieur Japans merk, maar wel dertig jaar oud – blijkt er nog te staan. Lucas zet hem aan zijn eigen fiets vast en loopt weer naar boven. In de keuken ziet hij Rinus snel een hap doorslikken en iets in zijn zak steken. Lucas doet of hij niets heeft gezien, en loopt naar de ijskast.

'Heb je honger? Zal ik een biefstukje bakken?'

'Jee joh, dat zou wel lekker zijn. Het is best een eind fietsen vanuit Dodewaard.'

Minstens honderd kilometer, schat Lucas.

'Gebakken aardappeltje erbij?'

'Te gek, vogel.'

Lucas gaat aan de slag en wijst Rinus op een krukje.

'Of wil je even slapen? Je kunt zo op de bank gaan liggen.'

'Nee, dan word ik niet meer wakker.'

Even overweegt Lucas hem een douche aan te bieden, maar dan bedenkt hij dat Rinus – mensenschuw als hij is – zich waarschijnlijk niet graag uitkleedt waar anderen bij zijn.

Als Rinus even naar de wc is, stuurt Lucas een sms naar Suzy: *Heb Rinus op bezoek. Kom langs.*

'Wauw!'

'Wat?' Verwachtingsvol kijkt Elvira Suzy aan. Suzy aarzelt even. Dan steekt ze nonchalant haar telefoon in haar zak.

'Eh, niets. Een expert is met informatie voor een artikel gekomen.'

Hoewel ze Lucas' paranoïde regels zwaar overdreven vindt, besluit ze zich er vooralsnog aan te houden. Ze steekt nog een hap in haar mond en staat op.

'Ga je weg? We gingen toch uit?'

'Werk, het is belangrijk.'

'Het is weekend, mens! Ambitie is leuk, maar als je op vrijdagavond aan het werk gaat, ben je gestoord.'

'Ik wil zelf horen wat die man te vertellen heeft.'

'En dat kan niet op maandag?'

Suzy peinst: hoe leg je uit dat Rinus iemand is die je niet zomaar kunt laten opdraven?

'Nee.'

'Waar ga je dan heen?'

'Naar Lucas.'

'Aha! Dat soort werk,' zegt Elvira grijnzend.

'Nee, er is iemand langsgekomen met wie we al dagen willen praten.'

'Onder het genot van een glaasje wijn.'

'Vier, ik kan het niet uitleggen, maar het is bloedserieus.'

'Schat, ik ben alleen maar blij dat je eindelijk begrijpt dat de liefde het belangrijkste is in een mensenleven.'

Suzy opent haar mond om te protesteren, maar beseft dat het

geen zin heeft. 'Ik bel je over een uur en dan gaan we uit. Oké?'

'Geen dingen beloven die je niet kunt waarmaken.'

'Die man ziet me niet staan.'

'En daarom stuurt hij om half elf een sms of je meteen kunt komen? Ik snap het, hoor. Veel plezier!'

Onderweg koopt Suzy een pakje Gauloises Blondes voor Rinus. Haar Marlboro's steekt ze diep weg in haar tas. Als ze bij Lucas arriveert, zitten de heren aan de biefstuk met gebakken aardappelen. Rinus heeft nog steeds zijn lange jas aan en zijn pet op, het zweet druipt van zijn gezicht.

'Hé, hoi, gezellig. Goed zeg. Sfeertje,' zegt hij terwijl hij naar het huis gebaart. Suzy en Lucas laten de suggestie dat ze samenwonen maar voor wat ze is, blijkbaar is het Rinus ontgaan dat Suzy door Lucas is binnengelaten. Als Rinus zijn bord heeft leeggegeten en een jointje mag draaien met de sigaretten van Suzy, lijkt hij helemaal te ontspannen.

'Heeft hij al iets gezegd over de kerncentrale?' fluistert Suzy als ze even met Lucas samen in de keuken staat.

'Nog niets. We gaan het hem zo vragen. Geef jij hem nog maar een kop thee en zeg dat hij zijn jas uitdoet.'

Suzy kijkt hem geschrokken aan.

'Gaat het dan niet nog meer stinken?'

'Dan zetten we de balkondeuren open. Als hij alles aanhoudt, ontploft hij.'

Suzy loopt de kamer in.

'Heb je het niet heel warm?'

'Gaat wel,' zegt Rinus, terwijl het zweet in straaltjes langs zijn slapen loopt.

'Weet je wat? Ik zet de balkondeuren even open,' zegt Suzy en ze voegt de daad bij het woord. Als Lucas even later binnenkomt met koffie en koek, ziet hij Rinus nog altijd rood aangelopen in de kamer zitten, met zijn jas aan. Suzy heeft haar armen over elkaar geslagen; het is fris buiten.

'Rinus, je moet je niet zo aanstellen. Trek die jas gewoon uit,' moedigt Lucas Rinus aan. Hij geeft Suzy een dikke wollen trui. Die zal ze nodig hebben.

'Jullie weten niet wat ik eronder aan heb,' sputtert Rinus nog.

'Daar schrikken we niet van. Heus,' zegt Lucas terwijl hij zelf ook een trui aantrekt. Rinus staat op. Hij opent de grote oliejas, die Lucas meteen van hem aanneemt en naar het balkon brengt, terwijl Suzy verbijsterd naar Rinus staart. Het duurt even voor ze begrijpt wat ze ziet: Rinus heeft van oude kranten, een zwemvest en vele meters gaffertape een soort isolerende onderjas gemaakt die, zo te ruiken, zijn beste tijd gehad heeft.

'Ik heb het nooit koud. Ook niet als het tien graden vriest.'

Suzy vriest liever dood dan in zo'n geur te moeten leven.

Lucas pelt het ding van Rinus' lijf en zet het op het balkon. Nu draagt Rinus alleen nog een T-shirt met een smiley erop. De stank is onverdraaglijk.

'Hè hè, dat scheelt,' verzucht Rinus opgewekt. 'Nu heb ik het bijna koud.'

In paniek kijken Suzy en Lucas elkaar aan. Niet die balkondeuren dicht! Maar Rinus lacht gnuivend door zijn neus, het was een grapje. Suzy is blij als Lucas haar een glas cognac voorzet, zodat ze daaraan kan ruiken als de stank haar te machtig wordt. Ook de vage eau de toilette in de trui van Lucas helpt om Rinus' lijflucht op afstand te houden.

'Vertel nu maar eens waarom je helemaal hiernaartoe bent gekomen,' zegt Lucas.

'Ja, dat vraag jij je natuurlijk af. Nou kijk, dat heeft te maken met die bouwtekeningen.' Rinus haalt de tekeningen tevoorschijn en spreidt ze uit over de eettafel.

'Volgens de vergunning moet het gaan om een herinrichting van het terrein van de kerncentrale, maar dat kan niet.'

'Hoezo: kan niet?'

'Te weinig overeenkomsten, te veel verschillen.'

Ze kijken hem geconcentreerd aan. Wat bedoelt Rinus?

'Kijk: zoals het hier getekend is, zo hebben ze het niet gebouwd. In de bouwtekeningen zijn hier en hier gebouwen voorzien. Nu kan ik toevallig ook een beetje tekenen, en dat ziet er in werkelijkheid heel anders uit.'

Hij pakt een schets waarin Suzy en Lucas het uitzicht vanaf zijn landje op de kerncentrale herkennen.

'Die gebouwtjes zijn twee keer zo hoog geworden als gepland en het zijn er meer. Dan zou je denken: ach, ze hebben een aanpassing moeten maken, dat zou natuurlijk kunnen. Maar het is niet het enige. Ik ben een beetje aan de wandel gegaan.'

Rinus haalt nog meer schetsen tevoorschijn.

'Laat je niet afleiden door de schilderachtige stijl, de afmetingen kloppen. Ik heb steeds het reactorgebouw als uitgangspunt genomen. Kijk: deze gebouwen ten noordoosten van de reactor staan niet op de bouwtekeningen. Da's best gek, vind je niet?'

Lucas knikt.

'Er klopt eigenlijk helemaal niets van. Want hier zouden volgens de tekeningen parkeerplaatsen moeten zijn. Die zijn er ook, maar daar zit iets onder. Dat weet ik omdat ik een paar maanden geleden een geit kwijt was. Toen kon je op die plek zo twintig meter naar beneden kijken. Ze hadden damwanden neergezet en waren de boel aan het leegpompen. Nu is er asfalt op straatniveau. Dat is de vierde afwijking van de tekening. Heb ik ze allemaal?'

Er valt een stilte. Rinus zit over de bouwtekening gebogen, maar kijkt er niet naar. Hij lijkt te wachten tot iemand antwoord geeft. Suzy werpt Lucas een vragende blik toe, maar Lucas knikt geruststellend.

'Ja, dat was het, geloof ik,' zegt Rinus uiteindelijk. Hij kijkt hen trouwhartig aan.

'Dat is best vreemd allemaal,' begint Lucas rustig.

'Het is een raadsel. En raadsels zijn er om opgelost te worden, zei mijn oude vader altijd. Dus ik ben die tekeningen eens wat beter gaan bekijken en toen vond ik dit.'

Rinus' zwartgerande nagel landt trillend op de tekening. Suzy en Lucas buigen zich eroverheen: ze zien vooral een wirwar van lijnen en cijfers. Wat zou hij bedoelen?

'Zie je daar *"yd"* staan? Dat is de afkorting voor yard. Een *yard* is een Angelsaksische lengtemaat, maar het architectenbureau is Nederlands.'

'Ja?'

'De bouwtekening die jullie mij hebben gegeven, is een kopie. Waarvan, vraag je je dan natuurlijk af.'

Suzy knikt, maar Rinus heeft geen aanmoediging nodig en graaft enthousiast in zijn papieren.

'Nou dat heb ik ook even uitgezocht: van een bouwtekening van een kerncentrale in Amerika. De Hillman *Plant* in Illinois om precies te zijn.'

Met een zwierig gebaar legt Rinus een luchtfoto naast de tekeningen.

'Deze foto klopt precies met de bouwtekening. Het architectenbureau heeft de tekeningen voor die tent in Illinois gekopieerd en een beetje aangepast. Ze zijn alleen vergeten de yards te vervangen door meters.'

'Weet je dit heel zeker?' vraagt Lucas dringend. 'Als het klopt, is de provincie opgelicht om de vergunning te krijgen. Dat zou tot een strafzaak kunnen leiden.'

'We weten natuurlijk nooit iets zeker, hè. Tegenwoordig staan zelfs de wetten van Newton op losse schroeven. Nou ja, dat interesseert jullie misschien niet. Maar ik durf hiervoor wel mijn hand in het vuur te steken.'

'Dus deze tekeningen zijn vervalst,' zegt Lucas terwijl hij achterover gaat zitten.

Rinus knikt.

'Rare boel, hè?'

Lucas buigt zich nogmaals over de tekeningen. Suzy kijkt naar de twee mannen. Hoe kunnen ze zo rustig blijven zitten? Rare boel? Het is doodeng! Valse bouwtekeningen van een kerncentrale, de Russische maffia die erbij is betrokken, dat noemen ze een rare boel? Ze zouden de politie moeten waarschuwen! Waarom doen ze dat niet?

'Als je ze beter gaat bekijken, zie je meer slordigheden. Die vogels hebben er niet veel tijd voor gehad,' gnuift Rinus.

Wel ja, laten we het hebben over die jongens bij het architectenbureau! Alsof Nederland niet in brand staat!

'Hoe kom je eigenlijk aan die luchtfoto's?' wil Lucas weten.

'Die staan gewoon op internet. Ik dacht: als die tekening niet klopt met het terrein in Dodewaard, dan klopt ze misschien wel met een ander terrein, in Engeland of Amerika. Zo veel kerncentrales zijn er nou ook weer niet.'

'Lucas, moeten we niet naar de politie of zoiets?' zegt Suzy zacht.

Lucas schudt kort zijn hoofd en kijkt Rinus aan.

'Heb je hier met andere mensen over gesproken?'

'Nee zeg, ik kijk wel uit. Gaan ze allemaal dingen vragen.'

'Hoe kom jij op het internet?' dringt Lucas aan.

'O, een beetje creatief met wifi.'

'Van wie pik je dat op? Van de kerncentrale?'

'Nee, aan de andere kant zit een heel moderne boer die ook zijn privéleven heeft geautomatiseerd. Maar daar kan ik verder beter niets over zeggen,' vindt Rinus, met een blik op Suzy.

Een blik van verstandhouding tussen de mannen. Suzy vraagt zich af waar ze zo moeilijk over doen. Porno? *Boer zoekt vrouw*?

'En toen je die tekeningen maakte, ben je toen gezien door de bewaking?' dringt Lucas aan.

'Nee joh. Ik ga daar niet open en bloot zitten schetsen. Ik loop gewoon mijn vaste rondje met Goof en ik kijk goed uit mijn doppen. Na een paar keer kan ik het uit mijn hoofd natekenen.'

Lucas kijkt naar Rinus, die zich steeds meer op zijn gemak voelt, getuige het feit dat hij zijn derde joint opsteekt en zonder te vragen een koekje uit de koektrommel neemt.

'Als jij naar deze tekeningen kijkt, wat denk jij dan? Wat wordt daar gemaakt?'

'Allerlei radio-isotopen.'

'Voor medisch gebruik?'

'Ook, maar ook voor industrieel gebruik. Vliegtuigbouw, dat soort dingen.'

'Een nette tent dus,' concludeert Lucas.

'Ja, in Illinois. Maar dat is dus niet wat er in Dodewaard staat,' zegt Rinus.

'Wat gebeurt daar dan?' vraagt Suzy dringend. Eindelijk komen ze to the point.

'Geen idee. Maar ze hebben er wel heel veel ruimte voor nodig.'

'Wat dénk jij dat daar gebeurt?'

Rinus haalt zijn schouders op. Lucas denkt hardop: 'Iets waarmee je veel geld kunt verdienen, anders ga je de boel niet zo ingrijpend verbouwen.'

'Wapens? Energie?' oppert Suzy.

'Kan allemaal. Biologische geitenkaas kan ook.'

Lucas glimlacht. De wetenschapper in Rinus zal hem er altijd van weerhouden uitspraken te doen die hij niet hard kan maken.

'Als wij hier een artikel over schrijven, mogen we dan jouw tekeningen gebruiken? Zonder dat we zeggen wie ze gemaakt heeft, natuurlijk,' voegt Suzy er snel aan toe. Vanuit haar ooghoek ziet ze Lucas fronsen.

'Eigenlijk hebben we foto's nodig,' zegt hij.

Rinus staat op en loopt naar het balkon om zijn jassen te pakken. Suzy kijkt Lucas aan. Hebben ze hem weggejaagd.

'Rinus, wat doe je? Je gaat toch niet weg?'

'Ik moet de dieren eten geven.' Rinus heeft zijn onderjas al aan.

'Wacht even. Neem nog een kopje thee,' probeert Suzy, maar Rinus schudt zijn hoofd en pakt zijn overjas. Lucas staat op en loopt naar hem toe.

'Er zal jou niets gebeuren, dat beloof ik je.'

Onzeker kijkt Rinus Lucas aan.

'Als het moet, laat ik me opsluiten, maar ik vertel niemand dat jij ons geholpen hebt.'

Suzy beseft dat Lucas deze belofte ook namens haar doet.

'Jij bent een goed mens, Grimbergen,' zegt Rinus zachtjes. Dan gaat hij weer zitten.

'Als we foto's nodig hebben, kunnen we die ook zelf maken,' oppert Suzy voorzichtig, maar zelfs daarvan schrikt Rinus.

'Jullie moeten daar niet gaan rondlopen, dat valt op.'

'Voorlopig gaan wij in Dodewaard geen foto's maken,' stelt Lucas hem gerust.

'En jullie kunnen niet meer langskomen.'

'Dat is ook nergens voor nodig,' sust Lucas. Suzy schenkt thee voor Rinus in. Hij klemt de mok tussen zijn knokige knieën en kijkt naar het spiegelende oppervlak van de thee. Lucas en Suzy kijken zwijgend toe. Zolang hij blijft zitten...

'Als ik gewoon op mijn eigen kaveltje was gebleven, was dit allemaal niet gebeurd.'

Hij kijkt mistroostig voor zich uit.

'Ik woon daar al zo lang. Het is altijd goed gegaan.'

'Toen zat er een fatsoenlijke exploitant in,' brengt Lucas er voorzichtig tegenin. 'Wat er nu gebeurt, klopt niet; dat heb je zelf aangetoond met die tekeningen.'

'Het kan ook twintig jaar goed gaan, weet je wel.'

'Als jij dat dacht, was je niet naar ons toegekomen,' zegt Suzy zachtjes.

Rinus haalt zijn schouders op. Dan knikt hij. Hij heeft zich overgegeven.

Ze praten nog wat over de tekeningen, die Lucas en Suzy mogen hebben. Rinus laat zich een digitaal cameraatje toestoppen om foto's te maken als de situatie het toelaat. Hij is Suzy en Lucas niets verplicht. Als hij na twaalven naar huis wil, weet Lucas hem over te halen zijn fiets achter in de auto te gooien, waarna Lucas Rinus naar de Betuwe rijdt. Hij laat zich tot de rijksweg thuisbrengen. Het laatste stukje fietst hij.

Tien

Maandagochtend om één minuut over negen belt Lucas vanaf de redactie met de voorlichter van Gedeputeerde Staten van de provincie Gelderland. Hij legt uit dat hij wat vragen heeft over de bouwtekeningen en dat hij een afspraak wil maken met de gedeputeerde voor ruimtelijke ordening. De voorlichter klinkt behoorlijk geërgerd, maar belooft wel terug te bellen. Lucas legt neer en kijkt Suzy tevreden aan.

'Dat wordt een hectische ochtend, daar in Arnhem. Wat vind je? Zullen we Jetze maar eens inlichten?'

Spottend kijkt Suzy hem aan. Ze slaat haar armen over elkaar.

'Je hebt nu serieus besloten dat we een stuk hebben?'

'Misschien.'

Suzy schatert het uit.

'Misschien?'

Een paar matineuze redactieleden kijken nieuwsgierig naar hen. Lucas praat iets zachter.

'Als de gedeputeerde een nette verklaring heeft voor het geheel, hebben wij niets te vertellen.'

'Dan verzinnen we wel wat. We hebben altijd nog dat architectenbureau.' In het weekend heeft Suzy uitgezocht dat de betreffende architect nagenoeg failliet was toen hij de valse bouwtekeningen voor Dodewaard afleverde. Alweer iemand die weinig keus had. Ze hebben Renate gevraagd de man op te sporen.

Wanneer Jetze hoort wat Lucas en Suzy ontdekt hebben, is hij onder de indruk, maar hij wordt minder blij als ze hem vertellen dat hun informant anoniem wil blijven: 'Eerst de boel keurig in kaart brengen en dan terugkrabbelen, wat is dat voor iemand?'

Suzy opent haar mond om Rinus te verdedigen, maar Lucas is vlugger.

'Het is iemand die ons vertrouwt,' zegt Lucas beslist.

'Dan moeten jullie maar een kernfysicus vragen ernaar te kijken.'

'Op dit moment wil ik er zo min mogelijk mensen bij betrekken. Als ik het met één hoogleraar bespreek, weet binnen een dag de rest het ook, inclusief de mensen die bij dit project betrokken zijn.'

Jetze slaat zijn armen over elkaar.

'Jij wilt toch een stuk schrijven over de kwestie?'

'Doe niet zo vervelend, Jetze. We weten voorlopig genoeg over die tekeningen, ik wil het eerst bestuurlijk...'

'Hebben jullie al een verklaring voor wat daar aan de hand is?'

'Niet echt.'

Jetze kijkt Suzy aan. Suzy aarzelt. Nog steeds heeft Lucas Sergejs naam niet genoemd. Beter dat zij zich ook op de vlakte houdt.

'Nee. Kan van alles zijn,' zegt ze met een onschuldig gezicht.

Jetzes ergernis is overduidelijk.

'Morgenochtend wil ik een verslag.'

'Hij heeft tien minuten voor jullie en geen seconde langer.'

Gehaast loopt de voorlichter voor Suzy en Lucas uit door de gangen van het provinciehuis. Hij houdt galant de deur voor hen open, en verzoekt hen even te wachten. Suzy en Lucas bekijken de lichte, ruime kamer, waarvan één wand wordt gedomineerd door een modern bas-reliëf van steen, dat op ergerlijk symbolische wijze, vindt Suzy, zoiets als democratie of rechtvaardigheid moet voorstellen. 'Koop dan gewoon een Picasso.'

'Het is van een Nederlandse kunstenaar,' ziet Lucas in de rechterbenedenhoek.

'Die moeten ook eten,' geeft Suzy toe. 'Waar blijft die vent, zeg.'

Lucas wil net reageren als de deur openzwaait.

De gedeputeerde voor ruimtelijke ordening, toerisme, milieu, buitenlandse betrekkingen en economische zaken, Cornelis Kneipert, treedt hen hevig transpirerend tegemoet. Tegelijk beseffen Lucas en Suzy dat ze beet hebben: deze man stond ook op de tribune bij Betuwe Boys. Cornelis Kneipert is een reus van een vent en hoewel hij vele tientallen kilo's te zwaar is, beweegt hij zich energiek. Zijn ronde vlezige gezicht oogt vriendelijk en dom; het is zo iemand die je elleboog vasthoudt als hij je de hand schudt, zodat je het gevoel hebt nergens heen te kunnen.

Het besef dat ze tot de kern van de zaak kunnen doordringen als deze man gaat praten, maakt Suzy bloednerveus. Nooit eerder is ze zo dicht bij een onthulling geweest. Als dit Volosjins man bij de provincie is, zal hij alles doen om dat te verbergen. Lucas, echter, lijkt volkomen op zijn gemak te zijn. Hij wijst naar het afschuwelijke bas-reliëf aan de muur en vraagt of het soms een Picasso is.

Kneipert reageert enthousiast.

'Dat zou je denken, hè, maar het is niet zo. Het is van een Nederlander,' vertelt hij trots. 'We hebben het pas laten opknappen en toen is de kunstenaar zelf nog komen kijken of het allemaal goed was verlopen. Hij vond het geweldig dat het er nog steeds hangt.' Kneipert babbelt verder over de recente opknapbeurt die het gebouw heeft ondergaan. Als Lucas besluit dat hij genoeg tijd heeft weggekletst, kapt hij hem vriendelijk af.

'Wij hebben begrepen dat de provincie Gelderland een heel bijzondere oplossing heeft bedacht voor het terrein van de voormalige kerncentrale in Dodewaard. Kunt u daar iets meer over vertellen?'

Slim, denkt Suzy, stel de vraag zo open dat de man zelf kiest waar het antwoord over gaat. Dan krijg je altijd iets te horen wat je niet had verwacht.

'De oude kerncentrale is al een aantal jaren gesloten. De bedoeling was om het terrein af te grendelen tot er genoeg geld was om over te gaan tot ontmanteling. Maar daar waren wij als provincie natuurlijk niet blij mee: het gaat om een groot stuk grond dat veertig jaar lang niet gebruikt kan worden, terwijl wij zitten te springen om ruimte in het kader van het provinciaal herstructureringsplan.'

'En daarom ging u op zoek naar iemand die die ruimte te gelde kon maken, vóór het einde van uw ambtstermijn.'

Te scherp, denkt Suzy.

'Het gaat natuurlijk niet om mijn persoontje.'

Lucas maakt een verontschuldigend gebaar.

'In het provinciaal herstructureringsplan worden verschillende belangen tegen elkaar afgewogen en het is mijn taak al die zaken met elkaar in overeenstemming te brengen.'

'Dus toen heeft u de firma Meichenbeck bereid gevonden eens na te denken over die tweedehandsreactor.'

'Zo is het niet precies gegaan, maar...'

'Hoe is het dan wel gegaan?'

'Laat ik zeggen dat we in overleg hebben besloten de opties te onderzoeken.'

'En daar kwam uit?'

'Dat de centrale zou worden omgebouwd tot een fabriek waar medische producten worden gemaakt.'

'Medische producten waarin radioactief materiaal is verwerkt.'

'Exact. Meichenbeck is een groot internationaal farmaceutisch bedrijf en wij zijn heel trots dat we ze hebben binnengehaald; ze hadden ook naar Duitsland of België kunnen gaan, maar dat hebben ze niet gedaan. Omdat wij een goede infrastructuur hebben: Rotterdamse haven, Betuwelijn. Je mag erop schelden, maar als die eenmaal...'

'Als ik u even mag onderbreken...'

'Ik wil wel dat je opschrijft dat Gelderland er bijna vierhonderd arbeidsplaatsen bij heeft gekregen, puur op de locatie. Dan heb ik het dus niet over de perifere werkgelegenheidseffecten.'

'Dat zullen we zeker noemen, maar ik wil nog iets anders van u weten. Kunt u ons uitleggen waarom de bouwtekeningen op basis waarvan vergunning is afgegeven, niet overeenkomen met de feitelijke situatie die uiteindelijk na de herinrichting van het terrein is ontstaan?'

Dit valt Kneipert zo rauw op zijn dak, dat hij rood aanloopt, maar hij blijft vriendelijk.

'Wat bedoelt u precies?'

'Wij hebben bouwtekeningen zoals die op het provinciehuis ter inzage liggen vergeleken met de gebouwen die in Dodewaard staan, en daar klopt niet veel van.'

'Ik ben er niet bij geweest toen u dat ging bekijken, maar ik kan me niet voorstellen dat een aannemer zou afwijken van de tekeningen van de architect. Het lijkt me dat je dan snel van de klus wordt gehaald,' zegt Kneipert met een zuur lachje.

'Dat ben ik helemaal met u eens. Ik denk ook dat de aannemer precies heeft gedaan wat de architect wilde, maar dat de tekeningen die u hebt goedgekeurd, niet kloppen.'

'Onzin.'

'Wij hebben sterk de indruk dat de tekeningen helemaal los staan van wat daar is gebouwd. Misschien zijn het wel tekeningen voor een heel ander terrein.'

Kneipert trekt een vrolijk gezicht.

'Maar dat kan toch helemaal niet, meneer! Die tekeningen zijn goedgekeurd door Gedeputeerde Staten, er is een inspraak- en bezwarentraject geweest. Dat zou iemand toch gezien moeten hebben?'

De man kijkt Lucas vriendelijk aan, alsof hij hem zijn vergissing niet kwalijk neemt. Lucas laat zich echter niet verleiden.

'Het meest curieuze is dat de tekeningen wel overeenkomen met een fabriek van Meichenbeck Hillman in de Verenigde Staten.'

Kneipert valt stil.

Lucas wacht rustig op een reactie. Hij weet wat hij doet, denkt Suzy bij zichzelf: vooral niets invullen nu, geen leugens voor hem klaarleggen.

Cornelis Kneipert kijkt even naar de deur, alsof hij daar een antwoord van verwacht.

'Niet dat ik er iets van geloof, maar...' Hij bedenkt zich en kijkt Lucas nu recht aan. 'Hoe komt u aan deze informatie?'

'Uit uw eigen archief.'

Kneipert knikt vaag. Suzy durft zich, afgezien van een snelle blik op de dictafoon om te zien of die nog opneemt, niet te bewegen.

Lucas is onverstoorbaar: 'Hebt u een verklaring voor het feit dat een Nederlandse architect een kopie heeft gemaakt van de bouwtekeningen van een Amerikaanse fabriek en dat...'

De deur zwaait open en de voorlichter staat in de deuropening, tikkend op zijn horloge.

'De auto staat klaar.'

Kneipert gooit theatraal zijn armen in de lucht.

'Dat is nu jammer.'

'Zou u nog één vraag...'

'Helaas. Er wordt op mij gewacht.'

Kneipert geeft eerst Suzy een hand en daarna Lucas: 'Ik zal de zaak tot op de bodem uitzoeken.'

Lucas glimlacht alsof hij dat enorm waardeert. Dan zegt hij: 'Ik ben bang dat onze hoofdredacteur vanavond al een stukje van ons verwacht. Wat wilt u dat ik opschrijf?'

'Moet ik dat verzinnen?'

'Ik kan nu alleen opschrijven dat u er niets van gelooft en dat u volhoudt dat alles is gegaan zoals het hoort. Dat staat best gek als wij onze foto's naast de bouwtekeningen plaatsen. Op onze website komt een driedimensionale animatie van de situatie. En we hebben vanmiddag een afspraak met de architect,' bluft Lucas.

'Kunt u het niet een dagje uitstellen?'

'Morgen werken we aan een ander stuk,' zegt Lucas spijtig.

Een snelle blikwisseling tussen de gedeputeerde en zijn adjudant.

'Misschien dat ik vanmiddag nog even tijd voor u heb.'

'Hoe laat?'

'Daar gaat mijn voorlichter u nog over bellen,' gromt Kneipert, terwijl hij met grote passen de kamer uitloopt.

De voorlichter kijkt hen verwijtend aan, maar dat kan Lucas helemaal niets schelen: 'Wij zijn om één uur terug,' zegt hij monter.

Suzy's voorkeur ging uit naar Dudok, een hip café dat wordt bezocht door studenten en artistieke types, maar Lucas wist een geweldig biefstuk-met-brood-en-juscafé: De Waag. En omdat hij Kneipert zo knap had klemgezet, kreeg hij zijn zin.

'Echt geweldig hoe je dat deed: heel aardig blijven en tegelijk steeds meer druk uitoefenen,' jubelt Suzy.

Lucas haalt zijn schouders op.

'Ik was gewoon pissig omdat hij zo ontwijkend deed.' Hij drukt de telefoon wat steviger tegen zijn oor.

'Helemaal niets?'

Lucas prikt een stukje vlees aan zijn vork terwijl hij met gefronste wenkbrauwen luistert naar Renate aan de andere kant van de lijn.

'Ja, dat kan natuurlijk ook nog. En wat zeiden ze bij de beroepsvereniging?'

Zijn frons wordt nog dieper.

'Graag. We hebben hem echt nodig.'

Hij hangt op.

'Steeds dat adres in Amersfoort waar hij niet meer woont. Renate gaat het nu proberen via Delftse studentenverenigingen, maar daar moet hij dan wel lid van zijn geweest.'

'Een architect kan toch niet zomaar verdwijnen?'

Lucas haalt zijn schouders op. Suzy verwondert zich over zijn humeurigheid. Ze staan op het punt een doorbraak te forceren en Lucas lijkt alleen maar bozer en opgefokter te worden.

'Kun jij je nog iets herinneren van wat je Kneipert hebt zien doen op die avond in het stadion? Maakt niet uit wat.'

Suzy schudt haar hoofd.

'Ik herinner me alleen maar die glimmende kop en dat slechte pak: double-breasted kan echt niet meer, maar hij denkt natuurlijk dat het afkleedt. Heel triest.'

Suzy's modereportage interesseert Lucas niet.

'Met wie heeft hij gepraat?'

'Dat weet ik niet. Ik mocht niet met je mee, weet je nog,' grapt Suzy. En meteen vraagt ze zich af of dat niet te flirterig overkomt. Lucas reageert niet en Suzy probeert zich eruit te redden: 'Jij hebt ertussen gestaan.'

Lucas knikt. 'Ik weet alleen nog dat ik die ronde kop zag en dacht: die vent kan ieder moment een hartaanval krijgen.'

Suzy grijnst. 'Ik ben benieuwd wat hij straks te zeggen heeft.' Ze heeft er zin in.

'Ik zou er niet te veel van verwachten.'

'Hij weet dat er iets niet klopt met die tekeningen. Anders gedraag je je niet zo spastisch.'

'Kan, maar dat wil niet zeggen dat hij precies weet hoe het zit. Misschien heeft hij van een ambtenaar gehoord dat die tekeningen niet kloppen en wil hij dat onder de pet houden.'

Suzy begint eraan te wennen dat Lucas geen hooggespannen verwachtingen wil koesteren.

'Ben jij wel eens heel erg teleurgesteld in je leven?'

'Vanwaar die vraag?'

'Zomaar,' glimlacht Suzy.

Lucas vermijdt het Suzy aan te kijken door een stuk van zijn boterham af te snijden.

'Ik denk dat iedereen wel eens teleurgesteld raakt. Met mij is dat niet anders.'

'Ja, dus.'

Lucas kijkt haar spottend aan: 'Jawel, hoor. En jij?'

'Ik vroeg het aan jou.'

'En dan mag ik het niet meer aan jou vragen?'

'Jij praat niet graag over jezelf, hè?'

'Jawel, maar op dit moment brand ik van verlangen om te weten wat de grootste teleurstelling in jouw leven is geweest.'

'Oké, dat was het moment dat ik ontdekte dat Johnny Depp verkering had met Winona Ryder.'

'Waarom vond je dat zo erg?'

'Omdat Winona een hysterische doos is.'

'Misschien vindt Johnny dat wel aantrekkelijk. Sommige mensen vinden dat leuk.'

'Sommige mánnen, bedoel je.'

Lucas lacht toegeeflijk, maar Suzy ziet het niet, want tot haar afgrijzen ziet ze opeens haar vader binnenkomen. Haar vader! Wat doet die hier! Voor ze besloten heeft of ze zal wegduiken of niet, heeft hij haar al gezien.

'Suzy?'

Hans komt meteen naar haar toe en Suzy versteent. Lucas kijkt lichtelijk verbaasd toe als vader en dochter elkaar stijfjes omhelzen.

'Hoi, Hans.'

'Dag, meid.'

Suzy wendt zich tot Lucas.

'Dit is mijn vader.'

En dan realiseert ze zich dat ze Lucas heeft verteld dat haar vader dood is. Wat was dat nou weer voor domme streek? Dat soort dingen komt altijd uit, en altijd op de slechtste momenten. Suzy probeert iets te verzinnen om zich eruit te redden, maar Lucas lijkt zich niets te herinneren en steekt vriendelijk zijn hand uit naar Suzy's vader, die ongeveer even oud is als hij.

'Lucas Grimbergen.'

'Hans Zomer.'

'Lucas is een collega. Van de krant.'

Hans knikt. Hij is nerveus.

'Gaat het goed?' Hij lijkt het meer aan Lucas dan aan Suzy te vragen, waardoor Suzy zich pissig afvraagt of hij soms denkt dat Lucas haar cijfers geeft, aan het eind van het jaar.

'Ja. Met jou? En Marijke en Fleur en Roos?'

'Goed, heel goed,' knikt Hans. 'Nog gefeliciteerd met je verjaardag.'

'Nog bedankt voor je kaart.' Hoeveel plichtplegingen kunnen we nog oplepelen?

Lucas onderbreekt het gestuntel door wijzend naar zijn telefoon naar buiten te lopen. Suzy knikt.

'Zijn jullie aan het werk?'

'Ja, nogal.'

'Interessant artikel?'

'Zo interessant dat ik je er niets over kan vertellen.' Dat klonk wel erg bits.

Hans knikt.

'Met je moeder alles goed?'

'Ja.'

Stilte.

'Ik zou het leuk vinden als je eens langskwam.'

Suzy zucht, dat zat eraan te komen.

'Op een zaterdag of zo. Dan kun je blijven slapen.'

Toe maar, een heel etmaal.

Hans geeft niet op: 'De kinderen zouden het leuk vinden.'

Ja ja, chanteer me maar.

'En je mag ook iemand meenemen.'

Dat zou je wel willen.

'Zie maar wat je doet.'

Suzy knikt en haalt adem om te zeggen dat ze verder moet met haar werk.

'Maar jij moet verder met je werk, denk ik,' zegt Hans met een vaag gebaar naar de met papieren bezaaide tafel. 'Doe de groeten aan...' Hij probeert op de naam te komen, maar helaas.

'Met Floris is het al drie jaar uit.'

'O ja, sorry.'

'Geeft niet, doe jij de groeten thuis?'

Hans knikt, kust haar nogmaals op haar wang en gaat verderop aan een tafeltje zitten. Suzy neemt een hap van haar soep en kijkt naar buiten op het moment dat Lucas even naar binnen gluurt. Ze beginnen allebei te lachen en Lucas komt weer binnen. Als hij bij de tafel staat, vraagt hij: 'Komt je vader er niet even bij zitten?'

'Hij was aan het werk.'

'Dus niet dood?' vraagt Lucas olijk.

'Nee. Dat was een sterk verhaal.'

Lucas knikt. Suzy schaamt zich en zoekt naar een grap die al het voorgaande kan uitwissen, maar Lucas doet alsof er niets bijzonders is gebeurd en gaat zitten.

'Renate gaat kijken of ze iets kan vinden over Kneipert en ik heb het nummer van de architect, maar die hing na één vraag op en daarna kreeg ik zijn voicemail.'

'Heb je zijn adres?'

Lucas knikt. 'In Utrecht.'

Suzy kijkt op haar horloge.

'Nee nee nee, we gaan er niet heen. Later misschien. Eerst terug naar vriend Kneipert.'

Oude as en sigarettenrook domineren de atmosfeer in de rookruimte van de redactie. Veel rokers houden hier hun kranten bij en meestal is het er dus vol. Maar aan het einde van de middag, wanneer iedereen zijn stukjes zit te tikken, is er niemand.

Jetze staat in zijn karakteristieke houding: handen in de zij, de rug gebogen, het hoofd iets naar de zijkant: de jongen die altijd de langste van de klas was en in een kronkel moest staan om zijn leeftijdgenoten te kunnen aankijken.

'Meer niet?'

'Hij begrijpt er niets van en hij gaat het tot op de bodem uitzoeken,' zegt Lucas sarcastisch. 'En daarvoor hebben we meer dan twee uur moeten wachten.'

'Godverdomme.'

'Zeg dat wel.'

'En die architect?'

'Onvindbaar. Toen ik zei waar het over ging, hing hij meteen op. Daarna hebben we geen contact meer gehad. Op zijn adres in Utrecht wordt niet open gedaan.'

Suzy kijkt van Jetze naar Lucas. Is dit het einde van hun verhaal?

'Nou, dan maken we ervan: PROVINCIE STELT ONDERZOEK IN NAAR BOUWTEKENINGEN.'

'Dat weiger ik.'

Jetze kijkt Lucas verbaasd aan.

'Het is te neutraal,' legt Lucas ongeduldig uit. 'Kneipert heeft boter op zijn hoofd. Geef me op zijn minst de kans wat vuil over hem op te duiken. Er is altijd wel iets met dit soort kerels.'

'Ik heb geen zin in snoepreisjes en andere *French benefits*. Het moet één verhaal worden. Niet de zoveelste volksvertegenwoordiger aan de schandpaal, dat interesseert me niet.'

'Zeg je nu dat we niet op de man mogen spelen?'

'Ik wil dat het ergens over gáát. Zo'n kerncentrale is explosief materiaal. Als we fouten maken, wordt ons dat zwaar aangerekend.'

'Dat hoef je mij niet uit te leggen, Jetze.'

De mannen kijken elkaar even aan. Jetze zucht.

'Nou goed, praat me morgen aan het einde van de dag maar bij, dan kijken we verder.'

Jetze loopt naar de deur en draait zich nog even om.

'Heb je Suzy morgen ook nodig?'

Suzy probeert niets te laten merken, maar haar hartslag gaat na Jetzes vraag meteen twee keer zo snel. Het was nog niet bij haar opgekomen dat ze van het verhaal afgehaald kon worden.

Lucas is de rust zelve.

'Ja, dat lijkt me wel. Anders zijn we een halve dag bezig met het overdragen van informatie. En als we iets vinden...'

'Prima. Nog één dag. Laat me weten als ik iets voor jullie moet doen.'

En weg is Jetze. Suzy haalt opgelucht adem.

De volgende uren zoeken Suzy en Lucas naar een smerig verhaal over Kneipert, maar veel verder dan een paar onsmakelijke foto's van de goede man verkleed als Prins Carnaval komen ze niet. Als ze tegen negenen het gebouw verlaten, pakt Suzy nog even Lucas' arm.

'Dank je wel.'

Verbaasd kijkt Lucas haar aan. Ze laat zijn arm los.

'Dat je zei dat je me nodig had. Dat ik morgen niet de hele dag ANP-berichten zit over te tikken.'

'Dat is puur eigenbelang, hoor.'

Nog een scheve grijns en hij stapt op zijn fiets.

Op weg naar huis piekert Suzy over die laatste zin. Meende hij dat nou, of neemt hij haar in de maling? Terwijl ze de Amsterdamse terrassen passeert, groeit haar verwarring. De gedachte de hele avond thuis te moeten zitten, staat haar tegen. Maar de uitgelaten mensen op de terrassen ook. Ze gedragen zich alsof ze op vakantie zijn. Alsof er reden is om hardop te lachen en elkaar te zoenen en over een terras te roepen dat het prachtig weer is. Ze haat hen: de luchthartigen, de mensen die denken dat succesvol lijken hetzelfde is als succesvol zijn. Maar die zijn nog niet zo erg als blijmoedigen: zij die genieten van kleine dingen, zoals die minkukels in televisieprogramma's plegen te zeggen als ze kanker of iets anders naars hebben overleefd. Ze verdenkt hen er allemaal van aan de Prozac te zijn, en dan kan ik het ook, denkt ze grimmig. Onderdruk je gevoelens maar, waarom zou je je rekenschap geven van je persoonlijk falen en de leegte in je leven, als je het met een pilletje kunt wegslikken? Ze gaat steeds harder fietsen. Ze weet dat ze in zo'n stemming haar vrienden moet bellen; die kunnen haar boosheid weglachen en haar het gevoel teruggeven dat sommige mensen wel de moeite waard zijn. Maar op de een of andere manier kan ze het niet opbrengen. Staand op de pedalen fietst ze door de nauwe straten van de Pijp naar huis, waar ze buiten adem aankomt. Als ze na de diepvriespizza wegdoezelt voor de televisie, schiet het nog even door haar heen dat Lucas nu waarschijnlijk ook op zijn bank ligt te pitten. Dan valt ze met een glimlach in slaap.

Elf

Een hartvormig bubbelbad wordt omringd door imitaties van klassieke vrouwentorso's en plastic palmen. In het bad zitten enkele schaars geklede vrouwen en een naakte man met een kalend hoofd en een bril. Hij is achter in de vijftig en tenger gebouwd; zijn magere gezicht is keurig geschoren en hij heeft een vriendelijke oogopslag. Een beschaafd mens. Een van de vrouwen schenkt champagne in, terwijl een andere vrouw zacht tegen de man praat, vermoedelijk om hem gerust te stellen. Door het hoge camerastandpunt en de subtiele verlichting is het lastig mensen te herkennen, maar als er een fors mannenlijf door het beeld schuift en een stem '*Don't start wisaut me*' roept, weten Suzy en Lucas meteen dat het gedeputeerde Kneipert is, die zich tot grote hilariteit van de dames in het bad werpt en zodoende forse waterschade aan de onderliggende verdiepingen veroorzaakt.

'Man, doe even rustig!' giechelt de andere man, maar Kneipert is al bezig het meisje naast hem te betasten.

Jetze, Lucas en Suzy staan voor de televisie in de viewingruimte. Lucas heeft de afstandsbediening in zijn hand.

'*My friend is shy,*' galmt Kneipert, '*but if we give him more drinks, he will...* Ontspan nou even, jongen! Kijk nou wat een mooie meiden.' En Kneipert duwt een van de meiden naar voren om haar boezem te laten inspecteren door zijn vriend.

'Helemaal echt, hoor. Ik heb er kijk op.'

Hij trekt de dame op zijn schoot en pakt haar vol bij haar borsten. Suzy kan haar ogen er niet vanaf houden. Onwillekeurig kruist ze haar armen voor haar borsten.

'Genoeg gezien?' vraagt Jetze. Suzy negeert zijn bezorgdheid.

'Wie is die andere man?' vraagt ze.

'Geen idee,' zegt Lucas terwijl hij geconcentreerd naar het scherm kijkt. De heren worden op erotische wijze gewassen en Kneipert amuseert zich kostelijk door de meiden zachtjes op hun natte billen te slaan.

'Aan wie was het geadresseerd?' vraagt Suzy.

'Aan Lucas.'

'Is het door de post bezorgd, of door iemand afgegeven?'

'Dat zijn we nu aan het nagaan,' zegt Jetze.

'En een afzender...' probeert Suzy nog.

'Heel vreemd, maar die heeft zijn naam er niet opgezet,' meldt Jetze. Hij kijkt olijk naar Lucas, maar Lucas heeft zich op het scherm geconcentreerd. Hij zet het beeld stil. Het gezicht van de onbekende man is nu duidelijk te zien: hij heeft donkere ogen en een forse haakneus onder zijn gouden bril. Hij maakt een vermoeide indruk. Lucas loopt naar een computer.

'Hebben we deze man bij Betuwe Boys gezien, Suzy?' Lucas tikt iets in.

'Volgens mij niet,' zegt Suzy.

Lucas knikt, vergelijkt het gezicht van de onbekende bordeelbezoeker met een groepsfoto van het personeel van de Gedeputeerde Staten van Gelderland. Suzy en Jetze komen naast hem staan.

Jetze wijst een kalende brildrager aan.

'Is dat hem niet?'

'Nee, die man heeft een heel klein kinnetje, een meisjesgezicht,' zegt Suzy misprijzend. Onwillekeurig denken Jetze en Lucas aan hun eigen kin. Jetze loopt naar de deur.

'Nou, jullie komen er wel uit? Kon wel eens de één worden.'

Suzy knikt enthousiast; ze ziet de voorpagina al helemaal voor zich: 'van onze verslaggevers, Lucas Grimbergen en Suzy Zomer'. De stem van Lucas haalt haar uit de droom.

'Ik wil eerst weten waarom we dit toegespeeld krijgen.'

Jetze begint te lachen.

'Kom Lucas, je hebt goud in handen! Je denkt toch niet dat ik ga wachten? Morgen heeft iedereen het!'

'Als wij alle drie onze mond houden...'

'Dan ligt er morgen een dvd'tje bij *HP/De Tijd*.'

'Wat hebben we aan een gedeputeerde in een bordeel? Ik geloof dat ik een politicus die nog nooit in een bordeel is geweest pas bijzonder vind.'

'Daar gaat het niet om. Deze man staat op film.'

'En hij heeft een stel rare bouwtekeningen goedgekeurd,' voegt Suzy eraan toe.

'Juist!' Lucas is fel. 'Ik ga dit pas gebruiken als ik precies begrijp waar het over gaat.'

Jetze is onverstoorbaar.

'Wat mij betreft laat je het Dodewaardverhaal eruit. Ik wil morgen een halve pagina en je zorgt maar dat je iets hebt. Desnoods laat je Kneipert dit filmpje zien, misschien gaat hij dan praten.'

'Dat is chantage,' stelt Suzy ietwat geschokt vast.

Jetze begint er genoeg van te krijgen: 'Dan zég je dat je het hebt. Kijk je hoe hij reageert.'

Dat ziet Suzy wel zitten, maar Lucas blijft onwillig.

'Met het risico dat hij dan helemaal niets meer zegt.'

Jetze steekt zijn hand op. 'Sterkte ermee, hou me op de hoogte.' En weg is hij.

'Altijd hetzelfde met die zak,' moppert Lucas. Hij haalt de dvd uit de speler. 'Als het spannend wordt, moet het afgeraffeld worden: snel snel snel, voordat de concurrentie ermee vandoor gaat.'

'Dat is toch ook zo?'

'Nee, Suzy, wij zijn de enigen die deze opnames krijgen. Geloof me.'

'En als we er niets mee doen?'

'Dan krijgen we een ander filmpje, waar Jetze nog veel geiler van wordt.'

Suzy begrijpt het niet, Lucas legt het ongeduldig uit: 'Dit dvd'tje is om ons zoet te houden. Het is de bedoeling dat wij dit gaan uitpluizen: waar is het opgenomen? Wie is die andere man? Gaan die meiden praten? Dan zijn we dagen verder. Genoeg tijd voor Volosjin en Wegman en weet ik veel wie nog meer, om een mooi verhaal te verzinnen over die bouwtekeningen en eventuele lekken te dichten.'

'Dus jij denkt dat Volosjin en Wegman dit hebben opgestuurd?'

'Vooralsnog is dat de enige logische verklaring. Ze zijn waarschijnlijk door Kneipert gealarmeerd.'

Suzy knikt. 'Wat gaan we nu doen?'

'We moeten kijken wat er op dit moment in Dodewaard gebeurt. En we gaan op zoek naar die architect. We moeten ook nog aan Van Velde vragen of hij heeft geïnvesteerd in Meichenbeck, en ik wil weten wie die andere vent in dat bordeel is; waar dat bordeel is...'

'Dus dat wil je wél weten?'

'Natuurlijk wil ik met die meisjes praten! Die weten voor wie die opnamen zijn gemaakt!'

'Goed,' zegt Suzy. 'Ik ga naar Dodewaard, praatje maken met Rinus. Ik heb nog een oude mobiele telefoon, die mag hij van me...'

'Jij gaat niet in je eentje naar Dodewaard, dat is te gevaarlijk.'

'Hoezo? Ik ga gewoon een kopje koffie drinken bij de dorpsgek.'

'We weten niet wat ze daar uitspoken.'

'Jawel: ze maken kernwapens. Of kernenergie, of ze doen alsof ze medische isotopen maken om zwart geld wit te wassen.'

Lucas kijkt Suzy geamuseerd aan.

'Ja, ik ben overtuigd. Dus: wat zal ik doen? Zal ik met Kneipert gaan praten? Of met Van Velde?'

Lucas schudt zijn hoofd.

'Jij kunt echt niet delegeren, hè?' zegt Suzy plagend.

Lucas grijnst. 'Ik ga naar Rinus, jij gaat op zoek naar de man op de dvd. En we houden contact.'

Lucas parkeert zijn auto enkele kilometers voor het landje van Rinus tussen een schuur en een rij bomen. Terwijl hij naar de caravan loopt, zorgt hij dat hij vanuit de omliggende boerderijen niet gezien kan worden. Rinus lijkt, anders dan de laatste keer dat ze elkaar zagen, zeer opgetogen en totaal niet bang. Op samenzweerderige toon vertelt hij dat de activiteit op het terrein de laatste vierentwintig uur enorm is toegenomen. Busjes met personeel en vrachtwagens vol bouwmaterialen rijden af en aan – allemaal van Wegman Werken. En er loopt ook nieuwe bewaking rond.

'Lelijke mensen in zwartleren jassen. Ze zijn doodsbang voor de waakhonden van de centrale,' gnuift hij.

Lucas schrikt.

'Zijn ze hier geweest?'

'Eén keer. Toen heb ik gedaan of ik gek was, nou, ze wisten niet hoe snel ze weg moesten komen,' lacht Rinus.

'Wat doe je dan?' vraagt Lucas nieuwsgierig.

'Heel veel praten en lachen en in hun billen knijpen, daar kunnen mannen niet tegen. Bij vrouwen hoef ik me alleen maar uit te kleden, dan ben ik zo van ze af.'

Hoewel Lucas zich gelukkig prijst dat hij zo'n behandeling nooit heeft hoeven ondergaan, maakt hij zich zorgen om Rinus.

'Heb je nog tekeningen gemaakt?'

'Foto's.'

Rinus kijkt even snel uit het raampje en zet zijn computer aan. Hij heeft opnamen gemaakt van de hele centrale. Ze laten vooral zien dat er veel bouwvakkers aan het werk zijn; ze bedienen betonmolens, hangen rond en vlechten betonwapening. Op een van de foto's is te zien dat een tiental kleine vrachtwagens in colonne het terrein op rijdt.

Lucas wijst naar de vrachtwagens, waarop geen herkenningstekens zichtbaar zijn; geen naam, geen logo, niets.

'Enig idee wat daarin zit?'

Rinus schudt zijn hoofd.

Op een andere foto staan de nieuwe bewakers; zelfs van grote afstand zijn ze te herkennen als de gorilla's van Volosjin.

'Wanneer heb je hen gezien?'

'Die zijn er elke dag. Ze lopen rondjes.'

'Heb je met ze gepraat?'

'Alleen gisterochtend.'

'Waar komen ze vandaan?'

'Weet ik niet. Ze praten Engels. Hoe wil je ze hebben? Zal ik ze mailen?'

'Graag.'

Rinus begint met het versturen van de foto's, terwijl hij af en toe schichtig naar buiten kijkt. Zijn stemming is opeens omgeslagen.

'Je moet maar weer eens gaan, ik heb nog een hoop te doen.'

'Gaat het wel goed met je? Ben je niet bang?'

'Een bange wetenschapper is een luie wetenschapper. Ik ben druk bezig met de oplossing, maar daar kan ik niet te veel over zeggen, helaas.'

Rinus heeft een sigaret gepakt uit het pakje dat Lucas heeft meegenomen en snuift zo begerig de tabaksgeur op, dat de sigaret bijkans in zijn neus verdwijnt.

'Is het een oplossing van metafysische aard?'

'Nee zeg, voor mij geen luchtfietserij. Ik ben heel praktisch bezig.'

Nu is Rinus op zoek naar een aansteker. Hij zoekt in al zijn jaszakken en dat zijn er nogal wat. Lucas begrijpt er steeds minder van.

'Ben je niet bang dat ze hierheen komen?'

'Nee hoor, dat kan geen kwaad.'

'En de dieren?'

'Met de dieren komt het allemaal goed, die vertrouwen mij.'

Lucas' bezorgdheid wordt nog groter.

'Rinus, is er iets wat ik voor je kan doen?'

Rinus schudt zijn hoofd terwijl hij een sigaret opsteekt.

'Moet je niet tijdelijk ergens anders heen? Wil je even bij mij logeren?'

'Alsjeblieft niet, ik word doodzenuwachtig in die vieze stad.' Rinus sluit zijn ogen en wiebelt zijn hoofd heen en weer alsof hij niet wil horen wat Lucas zegt.

Lucas haalt een mobiele telefoon uit zijn zak en geeft die aan Rinus: 'Voor noodgevallen. Ik heb een paar nummers voor je geprogrammeerd: mijn nummers, die van de krant, van Suzy. Je kunt ons altijd bellen.'

Rinus knikt en staat snel op. Hij lijkt opgelucht dat Lucas opstapt.

Lucas drukt hem nogmaals op het hart contact op te nemen als er iets gebeurt bij de centrale of als hij zich bedreigd voelt. Dan loopt hij via een houtwal in de richting van de kerncentrale. Verscholen tussen de knotwilgen kijkt hij naar de westkant van het complex. Op het terrein ziet hij een groepje van vijftien bouwvakkers in de zon op hun koelboxen zitten. Het is half elf; in de bouw is dat lunchtijd. De mannen zitten ontspannen onderuit en kauwen pratend en lachend hun boterhammen weg. Als er een vrachtwagentje aan komt rijden, moeten de mannen een beetje opzij, en Lucas is stomverbaasd als hij het vrachtwagentje vervolgens de grond in ziet verdwijnen! Hij loopt een eindje door, klimt in een boom en ziet dan een brede inrit de grond in gaan naar een onderaardse ruimte. Grote stalen deuren sluiten zich achter de vrachtwagen. Lucas klimt uit de boom en begint terug te lopen naar de auto. Hij is bijna bij het landje van Rinus, als hij de honden hoort blaffen en hij schrikt zich een ongeluk. Waar komen die opeens vandaan? Hij kijkt om en ziet twee forse Rottweilers tegen het hek springen en woest naar hem blaffen. Snel kijkt hij of de honden ergens door het hek zouden kunnen, maar dat is niet het geval. Hij haalt diep adem en loopt verder, hopend dat niemand poolshoogte komt nemen. Hij is bijna bij zijn auto als zijn telefoon gaat. Hij vloekt binnensmonds terwijl hij het ding zoekt.

'Grimbergen.'

'Met Suzy. Ik heb het bordeel gevonden.'

'Dat is snel.'

'Bordelen moeten ook adverteren, hè? Op de website van de club staan foto's van hun Griekse kamer met bubbelbad. Dat is de kamer van de dvd.'

'Weet je het zeker?'

'Ja. Het behang, het bubbelbad, de palmen en de beelden. Zelfs het champagnemerk klopt.'

Lucas stapt grinnikend in zijn auto.

'Waar zitten ze?'

'Aan de A12, voorbij Arnhem, vlak bij de Duitse grens. Wij zoeken Janine, blond, volslank, dubbel D, een meter zeventig, of: Maria, slank, cup C, licht getint, een meter vijfenzestig. Maar ook kan het zijn: Yasmin, cup C – niemand heeft kleiner dan C, maar als je naar foto's kijkt, nou ja, dat zie je het zelf wel. Waar was ik?'

'Bij Yasmin, maar ik kan het nu niet noteren.'

'Dat hoeft ook niet, ik zit al in de trein. Over een uur ben ik in Arnhem en dan rijden we samen naar Club Intiem. Kan ik ook een keer een bordeel vanbinnen zien. Gratis.' Lucas vraagt zich af waarom ze dat zou willen. 'En om te voorkomen dat jij de krant in verlegenheid brengt,' voegt Suzy er snel aan toe.

Hij grinnikt. 'Fijn dat je zo bezorgd om me bent.'

Suzy reageert opgetogen als Lucas haar vertelt over de onderaardse ruimte. 'Dus ze hebben een geheime fabriek gebouwd?'

'Of een extra parkeergarage.'

Suzy lacht: 'Tuurlijk, waarom niet?'

Ze rijden in de richting van de Duitse grens.

'Denk jij dat Rinus tot bedrog in staat is?' vraagt Lucas.

'Hoezo?'

'Hij was anders dan anders. Rustig.'

'Misschien begint hij aan je te wennen?'

'Hij gedroeg zich alsof hij al weet hoe alles gaat verlopen. En hij wilde me weg hebben.'

'Dat is vreemd.'

'Dat vond ik ook.' Stilte.

Suzy kijkt naar Lucas. Hij is in gedachten verzonken, en ze weet dat het dan geen zin heeft om iets te zeggen, want het komt toch niet bij hem binnen.

'We moeten hem maar een tijdje met rust laten,' zegt Lucas uiteindelijk. 'We kunnen hem toch niet citeren en ik weet niet zeker of we hem nog kunnen vertrouwen.'

'Waarom?' Suzy is verbaasd.

'Omdat ik het voor mogelijk hou dat hij het op een akkoordje heeft gegooid met...'

'Volosjin? Dat zou hij nooit doen. Rinus is een vluchter. Als het te ingewikkeld wordt, gaat hij ervandoor.'

'Dat is precies wat hij nu doet: hij probeert van ons af te komen met een paar foto's die hij van Volosjin heeft gekregen.'

Nog voor Suzy kan protesteren, zegt Lucas: 'Maar ik realiseer me ook dat dat een paranoïde gedachte is.'

Lucas rijdt de parkeerplaats van Club Intiem op. Het gloednieuwe, uit gele bakstenen opgetrokken gebouw heeft twee verdiepingen en de weinige ramen bevinden zich op de eerste etage. Op het parkeerterrein aan de achterkant staan enkele dure auto's. In een van de auto's zit een chauffeur de krant te lezen. De ingang is aan de achterkant van het gebouw: een donkerpaarse stalen deur met een minuscuul raampje op ooghoogte. Lucas drukt op de koperen bel onder het raampje. Terwijl ze wachten, kijken ze elkaar even aan. Suzy is gespannen omdat ze zich realiseert dat de dvd niet zonder medewerking van de club gemaakt kan zijn. Lucas is de kalmte zelve om precies dezelfde reden: hun bron bevindt zich aan de andere kant van deze paarse deur.

Als die eindelijk opengaat, kijken ze in het ongezond bleke gezicht van een lange kerel die ongetwijfeld beresterk, maar niet al te snel is. Lucas begroet hem alsof hij hier dagelijks komt en de man stapt opzij om hen door te laten. In de garderobe neemt hij hun jassen aan, waarna hij hen door een duizelingwekkende spiegelgang naar de halfduistere bar begeleidt, waar een pornovideootje de klanten alvast in de stemming moet brengen. De man schenkt een drankje voor hen in. Dan komt een struise blondine van een jaar of zestig met een oranje gezicht en een decolleté als een bergravijn hen allerhartelijkst vragen waar ze zin in hebben. Als Lucas haar vertelt wie ze zijn, verandert de uitdrukking van haar zwartomrande ogen op slag, van mild spottende moederlijkheid naar venijnige achterdocht.

'En waar gaat het over?'

'Wij hebben een dvd ontvangen waarop te zien is hoe een paar van uw werkneemsters, ehm, tijd doorbrengen met – laat ik zeggen, hooggeplaatste personen. Mensen van wie de reputatie beschadigd kan worden als wij de beelden uit de film openbaar maken.'

'En wat heb ik daarmee te maken?'

'Waarschijnlijk helemaal niets en daar gaat het ons ook niet om. Er komen twee mannen in beeld van wie we er één kennen, maar de andere niet. Wij willen graag zijn naam weten.'

'Ik ken niet al mijn klanten bij naam.'

'Dat begrijp ik, maar misschien wilt u het eens proberen.'

Argwanend kijkt de vrouw Lucas aan. Het liefst zou ze hem de tent uit gooien, maar ergens lijkt ze te beseffen dat dat geen goed idee is.

Suzy pakt de dvd uit haar tas.

'Kan ik hem ergens afspelen?'

Suzy kijkt naar de televisie, waarop de pornofilm vrolijk verdergaat.

'Ik kijk achter wel even. Geef maar hier.'

Het spook heeft de dvd al uit Suzy's hand gegrist.

'Het is misschien handig als u uw werkneemsters ook laat kijken,' oppert Suzy.

'Dan zal ik toch eerst moeten kijken wie dat zijn,' riposteert de dame vinnig.

'Ik vermoed dat het gaat om Janine en Maria. Maar Yasmin kan ook,' zegt Suzy meteen.

Dat had de bordeelhoudster niet verwacht, maar ze houdt het hoofd koel.

'Ik ga toch eerst even zelf kijken.'

'Voor de goede orde: de heer Kneipert, Cornelis Kneipert, gedeputeerde voor de provincie Gelderland, kennen we al. Het gaat om de andere man.'

De schrik doet de rimpelige boezem trillen en via de spiegel checkt de blonde dame of de portier het heeft gehoord.

'Ik zou het prettig vinden als u dat niet zo hard zei. Onze klanten zijn gesteld op hun privacy.'

'Natuurlijk,' glimlacht Lucas en hij vervolgt poeslief: 'Eigenlijk is het best raar dat er dvd's van uw klanten op krantenredacties bezorgd worden, vindt u niet?'

'Als u mij gaat bedreigen...'

'Ik stel alleen een vraag.'

De bordeelhoudster besluit haar woede elders af te reageren en beent op haar gouden naaldhakken de bar uit. Suzy en Lucas blijven staan en nippen van hun drankjes. Na enige tijd gaat er achter de bar een rood lampje branden. De portier legt zijn krant neer en loopt naar de voordeur. Die gaat open. Suzy en Lucas horen de stemmen van enkele mannen. Er wordt Duits gesproken. Tegen de verwachting in komen de mannen niet de bar in, maar lopen ze direct de trap op. De portier komt terug en neemt weer plaats achter de bar. Er zoemt een telefoon. De portier neemt op.

'Ja?'

De portier kijkt Suzy en Lucas strak aan terwijl hij uitsluitend eenlettergrepige antwoorden mompelt. Suzy en Lucas kijken geïnteresseerd terug. Als hij heeft opgehangen, loopt hij naar hen toe: 'Willen jullie nog iets drinken?'

Suzy en Lucas wijzen schaapachtig naar het eerste drankje dat ze nog niet op hebben. De portier haalt zijn schouders op: dat wist hij ook wel, maar orders zijn orders. Hij loopt terug naar zijn plek.

Suzy gaat zitten – met haar rug naar de porno – en Lucas volgt haar voorbeeld. Voor het eerst voelt Suzy zich veilig genoeg om iets tegen Lucas te zeggen: 'Wat vind jij nou van dit soort muziek? Van die gewatteerde lovesongs?'

Lucas haalt zijn schouders op.

'Kan altijd erger.'

Suzy knikt en zakt onderuit. De ruimte maakt haar slaperig, en dat is misschien maar goed ook, bedenkt ze. Als je hier werkt en het mannen als Cornelis Kneipert naar de zin moet maken, kun je er maar beter niet helemaal bij zijn met je gedachten. Het ergste aan Kneipert is niet dat hij dik of oud is, het ergste is dat hij zo gewoon is. Door zijn gewoonheid vertegenwoordigt hij dat onafzienbare leger van mannen die naar bordelen gaan om te neuken met vrouwen die daar hun werk van hebben gemaakt. En dan moeten die vrouwen ook nog doen alsof ze het leuk vinden. Achteraf is dat wat haar het meest stoorde aan de dvd: het onechte gedrag van de meisjes. De gilletjes, het gelach en gehijg, de complimentjes, het was allemaal gespeeld en de tegenzin van de vrouwen was duidelijk. Suzy gelooft niet dat de mannen dat niet merken. Ze weet zeker dat de mannen het bewust negeren omdat ze zich anders zouden moeten afvragen of wat ze doen wel door de beugel kan.

De terugkeer van de bordeelhoudster haalt Suzy uit haar overpeinzingen. Haar groeiende boosheid over de vrouwenexploitatie in het pand maakt haar blik uitdagend en ze slaat haar armen over elkaar. Het vrouw geeft het dvd'tje maar aan Lucas.

'Ik ben bang dat ik die andere meneer niet ken.'

'En de meisjes?'

'Ook niet,' liegt ze.

'Geen van tweeën?' vraagt Suzy scherp.

'Nee.'

'Hebt u het hun gevraagd?'

'Ja,' antwoordt ze glashard.

'Kunnen wij ze even spreken, misschien?' vraagt Lucas vriendelijk.

'We willen er wel voor betalen,' zegt Suzy fel. Te fel, beseft ze.

'Ze zijn vandaag vrij,' zegt het spook met een boze blik op Suzy.

'Dan zoeken we ze thuis op. Kunt u ons hun adressen geven?'

'Ik heb gezegd dat we die man niet kennen.' Nu begint het spook echt kwaad te worden. 'Waarom gaan jullie niet gewoon weg?'

Suzy wil in de aanval gaan, maar Lucas gebaart haar te zwijgen. Hij legt de dvd op de bar.

'Misschien dat iemand anders hier weet wie hij is. Zou u...'

'Meneer, ik heb hier een mooi bedrijf, ik doe niemand kwaad en ik betaal keurig belasting. De arbodienst is hier zelfs geweest om de boel te keuren. Wat willen jullie nou?'

'Wij willen een naam, meer niet. En als we die niet krijgen, moeten we het doen met wat we hebben.'

De bordeelhoudster kijkt Lucas niet-begrijpend aan. Lucas doet nonchalant: GEDEPUTEERDE BEZOEKT BORDEEL, zo'n kop wordt het dan ongeveer.'

Nu spuwen haar ogen vuur: 'Dat flik je me niet! Dan stuur ik een advocaat op je af!'

'Als wij de feiten publiceren, kunt u ons niets maken. Dus als we opschrijven dat dvd's die hier zijn opgenomen naar krantenredacties worden gestuurd, is dat geen laster,' zegt Lucas rustig.

Het spook verandert van tactiek en heft haar armen ten hemel in een poging hulpeloos over te komen: 'Als jullie dat opschrijven, gaat mijn zaak kapot. Ik heb een hypotheek van drie ton op dit pand, hoe moet ik dat betalen als mijn klanten wegblijven? Ik heb hier mijn hele leven voor gewerkt.'

Haar stem breekt op het klaaglijke hoogtepunt en er verschijnt zowaar een traantje in haar ooghoek. Lucas blijft haar vriendelijk aankijken en geeft haar zijn visitekaartje.

'Als u iets te binnen schiet, moet u me maar even bellen. Wij hebben tot morgenmiddag één uur om aan dit artikel te werken, dus wacht niet te lang.'

Lucas loopt naar de uitgang, en Suzy gaat met hem mee.

'Maar ik weet toch niets!'

Suzy volgt Lucas, die onverstoorbaar doorloopt. Ze halen zelf hun jassen uit de garderobe en lopen zwijgend naar de auto. Terwijl Lucas kalmpjes het parkeerterrein af rijdt, pakt Suzy haar sigaretten: 'Vind je het heel erg als ik een sigaretje rook? Ik heb een beetje de zenuwen.'

Glimlachend drukt Lucas op een knop om het raam te openen: 'Ga je gang, kan ik ook een beetje meegenieten.'

'Heb jij gerookt?' Suzy kan dat moeilijk geloven van deze fijnproever.

Ze rijden de provinciale weg op, in de richting van de snelweg.

'Waarom denk je dat ik zo dik ben?' zegt Lucas terwijl hij in zijn achteruitkijkspiegel kijkt. Hij fronst zijn wenkbrauwen. Achter hem rijdt een rood Fiatje en de bestuurder knippert driftig met het grote licht.

'Jij bent niet dik,' vindt Suzy, maar Lucas luistert niet. Hij kijkt in de achteruitkijkspiegel. De auto achter hem heeft de rechter richtingaanwijzer aangezet. Lucas ziet een zijweg en slaat op het laatste moment rechts af, waardoor Suzy zich moet vastgrijpen en bijna haar sigaret verliest.

'Jezus, man!'

Lucas reageert niet. Nog steeds in zijn achteruitkijkspiegel kijkend, rijdt hij door. Suzy kijkt nu ook om. Het rode Fiatje achter hen zet opnieuw de rechter richtingaanwijzer aan. Lucas ziet een lange parkeerhaven en zet zijn richtingaanwijzer aan.

'Wie is dat?'

Lucas stuurt zijn auto de parkeerhaven in en zet de motor uit. Het rode Fiatje is vlak achter hen tot stilstand gekomen. Suzy en Lucas stappen uit en lopen ernaartoe. Uit de Fiat stapt een jonge mooie vrouw met donker haar. 'Yasmin,' zegt Suzy zacht.

Yasmin is bang. 'Jullie mogen niet over mij schrijven,' zegt ze meteen. 'Mijn familie weet niet dat ik dit werk doe, die denken dat ik thuis zit met de kinderen. Maar de zaak gaat zo slecht dat we onze vaste lasten niet kunnen betalen als ik dit niet doe. En als het bekend wordt, krijgt mijn man nooit meer een klant: hij zit in de verzekeringen.'

'Yasmin,' zegt Suzy.

Verwilderd kijkt Yasmin haar aan.

'Ik herken je van de dvd. Wij willen alleen maar weten wie die andere man is die met jou en Cor Kneipert in het bubbelbad zat.'

'Ik ken hem niet.'

'Kom, je weet wel wie Kneipert is, dan moet je ook weten wie die andere is.'

'Ik weet alleen dat hij op het provinciehuis werkt. Iets hoogs. Ze hadden het over de begroting van de provincie, belangrijke dingen.'

'Over de kerncentrale in Dodewaard?' wil Lucas weten.

Yasmin staart hem aan.

'Nee, dat niet. Wel over de staten en de commissaris.'

'Op de website van de provincie staat een foto van het personeel,' dringt Suzy aan, 'en daar staat hij niet op. Weet je zeker dat hij op het provinciehuis werkt?'

'Hij eet daar elke dag in de kantine, daar zat hij over te klagen.'

Lucas gelooft Yasmin.

'Hoe was de sfeer tussen die twee mannen?'

'Och.' Ze haalt haar schouders op.

'Niet goed?'

'Je weet hoe mannen zijn.'

Suzy knikt begrijpend. Lucas kijkt over de velden en probeert zich voor te stellen hoe mannen eigenlijk zijn.

'Die grote dikke, Kneipert, had de grootste bek, maar Janine was in twee minuten met hem klaar. Ik had die stille. Meestal zijn die het meeste werk, ze willen lang en veel extra's. Maar deze wilde helemaal niets, hij zat te wachten tot die dikke klaar was.'

'Gebeurt dat wel vaker?'

Yasmin knikt en grijnst: 'Als ze in een groep komen, is er altijd wel eentje die doet alsof. Dat zijn de beste klanten. Om ze te bedanken doen we achteraf alsof ze ons helemaal achter het behang hebben geneukt.'

Suzy grijnst geamuseerd.

'Hoe lang is het geleden dat jullie die mannen... ontvangen hebben?' vraagt Lucas.

'Meer dan een jaar. Misschien wel anderhalf jaar geleden.'

'En komt Kneipert nog wel eens?'

'Nee, die heb ik al een tijd niet meer gezien.'

'Weet je ook waarom?'

Onzeker kijkt Yasmin van Suzy naar Lucas. Dan haalt ze haar schouders weer op: 'Zal wel iets met die dvd te maken hebben, hè?'

'Weet jij wie die gemaakt heeft?'

'Nee, en als ik het had geweten, was ik er allang mee opgehouden,' zegt ze fel. Yasmin is duidelijk woedend over de gang van zaken in Club Intiem.

'Dat is een heel goed idee,' zegt Suzy. 'Ermee ophouden, bedoel ik.'

Lucas kijkt Suzy aan: waar ben je mee bezig? Even twijfelt Suzy, maar als ze de onzekere blik in de ogen van Yasmin ziet, zet ze door: 'Hou oud ben je? Vijfentwintig? Je gaat me toch niet vertellen dat je dit de rest van je leven wilt blijven doen?'

'Ik denk niet dat ze me tot mijn vijfenzestigste willen hebben,' zegt Yasmin berustend.

'Laat je man maar eens het geld verdienen. Er is ook ander werk dat hij kan doen. Bij de gemeentereiniging bijvoorbeeld.'

Lucas is verrast als hij Yasmin ziet lachen. Blijkbaar vallen Suzy's woorden in goede aarde.

'Dat doet hij nooit!'

'Als het geld op is, zal hij wel moeten, denk je niet?'

De vrouwen kijken elkaar glimlachend aan. Een band is gesmeed. Plotseling steekt Yasmin haar lange gelakte harsnagel uit naar Lucas, die daar een beetje van lijkt te schrikken.

'Bert! Hij heet Bert! Tenminste dat zei hij tegen mij.'

Lucas probeert zich een houding te geven door de naam in zijn opschrijfboekje te noteren.

'Komt hij uit de buurt? Of komt hij ergens anders vandaan?'

'Uit de buurt. Een slimme man. En aardig. Hij zei dat mijn man een geluksvogel was.'

'Wat zei hij nog meer?'

'Niet zo veel. Dat hij misselijk was. Van de drank waarschijnlijk. En dat hij de inrichting van de kamer lelijk vond. Hij wist veel van kunst.'

Een auto draait het weggetje op. Yasmin wordt wit van schrik en laat zich op de grond vallen. De auto passeert en Lucas en Suzy knikken de bestuurder vriendelijk toe. Als de auto weg is, wil Yasmin ook weg.

'Wie zat er in de auto? Een man of een vrouw?' vraagt ze zenuwachtig.

'Twee jongens, niks aan de hand,' zegt Suzy geruststellend.

Yasmin klopt haar kleren af en wil naar haar auto lopen, maar Lucas is nog niet met haar klaar: 'Nog één vraag: is Kneipert hier wel eens geweest met een aannemer: Rob Wegman?'

'Ja, een paar keer. Die avond was Wegman er ook bij. Hij ging naar een andere kamer,' zegt Yasmin haastig terwijl ze het verkeer op de provinciale weg in de gaten houdt.

Lucas en Suzy kijken elkaar aan: dit is goed nieuws.

'Komt Wegman nog steeds bij jullie?'

Yasmin knikt: 'Vaste klant. Hij komt al jaren bij Intiem. Als hij geld heeft, tenminste.'

'Neemt hij wel eens buitenlandse gasten mee?' vraagt Suzy.

'Een paar Russen. Of eigenlijk één. Hij komt altijd met drie of vier bodyguards.'

'Weet je hoe die man heet?'

Yasmin schudt haar hoofd en bukt als er een auto passeert

over de hoofdweg. Lucas buigt zich naar haar toe.

'Heeft die Rus of Wegman contact met jouw baas?'

'Alle klanten hebben contact met de baas; jullie hebben haar zelf ook gesproken.'

'Hoe heet zij?'

'Evelien. Luister, ik wil weg. Zo meteen zijn de meiden van de dagshift klaar en die rijden hier allemaal langs.'

'We zijn bijna klaar,' sust Suzy. 'Evelien weet van die opname, hè?'

Yasmin knikt. Ze is nog steeds woedend.

'Doet ze dat vaker?'

'Nee. Er hangen nu geen camera's meer, ik ben meteen gaan kijken toen ik hoorde dat ik was gefilmd. Er hangt helemaal niks!'

'Dus ze heeft het gedaan in opdracht van Wegman of van die Rus?'

'Weet ik veel!'

'Jij hebt nooit gezien dat Evelien een dvd'tje aan Wegman of die Rus gaf?'

Yasmin schudt haar hoofd.

'Wie komt er langer bij Intiem? Wegman of Kneipert?'

Hier moet Yasmin over nadenken: 'Ik denk Wegman, maar dat weet ik niet zeker. Hij kent Evelien al heel lang.'

Suzy vindt het mooi geweest. Ze pakt de handen van de schrikkerige Yasmin en kijkt haar in de ogen.

'Oké, Yasmin, je hebt ons heel erg geholpen. Ik beloof je dat we niets over jou zullen schrijven en ook geen foto's van je zullen plaatsen. Goed?'

Yasmin is zichtbaar opgelucht, Lucas zwaar geïrriteerd, maar hij past wel op dat te laten merken. In plaats daarvan neemt hij Suzy's vriendelijke toon over: 'We zouden het wel heel prettig vinden als we je ergens konden bereiken. Misschien thuis, als je man er niet is? Als hij opneemt, of iemand anders, zeggen we dat we verkeerd verbonden zijn. En als je niet kunt praten, hang je gewoon op.'

'Niemand hoeft het te weten,' voegt Suzy er nog eens aan toe.

Yasmin kan geen weerstand bieden aan hun trouwhartige blikken en pakt het blocnote dat Lucas haar voorhoudt.

'Ik heet eigenlijk Marjon. Dus niet naar Yasmin vragen.'

Als ze weer samen in de auto zitten, is Suzy uitgelaten: 'Wauw! Die liep leeg!'

Lucas grijnst.

'Dat kun je wel zeggen.'

'En het kwam door mij, hè?'

'Ik dacht even dat je bij de zusters ursuline aan solliciteren was, maar het effect was geweldig.'

'Ik vind dat echt, hoor, dat ze moet stoppen!' Suzy is verontwaardigd.

'Je bent vast niet de enige. En dat voorstel voor de gemeentereiniging maakt beslist indruk op haar man,' zegt Lucas geamuseerd.

'Je neemt me in de maling.'

'Nee, echt niet. Ik eh... voor mij als man, is het...'

'Ik weet het, je voelt je schuldig.'

'Nou, zo ver wilde ik niet gaan.'

'Ik begrijp het wel: als je een gesprek voert over verkrachting, voelen mannen zich ook altijd aangesproken. Gaan ze zeggen dat niet alle mannen zo zijn. Alsof je beweert dat zij medeplichtig zijn!'

Lucas probeert begrijpend te glimlachen, maar Suzy ziet dat hij haar niet kan volgen.

'Nou ja, laat maar zitten. Waar gaan we heen? Naar het provinciehuis?'

'Ik dacht het wel.'

Twaalf

Een warme regendreiging hangt in klamme nevels boven de stad, en de Arnhemmers haasten zich in hun meest regenbestendige kleding over straat. Het loopt tegen vieren. Suzy en Lucas hebben krijgsraad gehouden in café De Waag en zijn op weg naar het provinciehuis, waar de gedeputeerde Kneipert volgens zijn secretaresse in bespreking is. Telefoon.

'Renate hier. Ik heb iets leuks gevonden over Rocozi, een investeringsmaatschappijtje van de voorzitter van Betuwe Boys.'

Suzy aarzelt. 'Renate heeft iets over Van Velde.'

'Later,' besluit Lucas.

'Renate? Kunnen we je straks even terugbellen? We zijn op weg naar Cor Kneipert en...'

'Het gaat over hem.'

'O.'

Suzy blijft staan. Lucas wacht af.

'Van Velde is niet de enige die heeft geïnvesteerd in Rocozi. Kneipert heeft er ook geld in zitten. Ik weet niet waar het vandaan komt, maar samen zitten ze voor minstens twee miljoen in Meichenbeck Medical.'

'Van Velde en Kneipert?'

'Ja.'

'Weet je wanneer deze transacties hebben plaatsgevonden?'

'Een jaar geleden.'

'Oké, verder nog iets?'

'Kijk of je erachter kunt komen wie "Zi" is.'

'Zi?'

'"Ro" staat voor Roel van Velde, de voorzitter van Betuwe Boys,

"Co" staat voor Cornelis Kneipert en "Zi" moet voor de derde man staan, lijkt me.'

'Ja, dank je wel.'

'Ik zie jullie wel verschijnen.'

Suzy hangt op.

'Weet jij een voornaam die begint met Zi?'

Geschrokken blijft Lucas staan, hij kijkt Suzy onderzoekend aan. Dan begint hij weer te lopen, zijn blik op de gevel van het provinciehuis gericht.

'Nee.'

Van een hoogleraar middeleeuwse geschiedenis verwacht je niet dat ze betrokken is bij criminele activiteiten. Maar van een maffiameisje natuurlijk wel. Lucas kon Zina's transformatie niet verwerken. Na zijn terugkeer in Nederland had hij sporadisch contact met oude vrienden en Zina's grootouders, en zo hoorde hij soms iets over haar verdere levenswandel. Dat ze trouwde in de kerk terwijl hij haar had gekend als een overtuigd atheïst en dat ze nauwelijks meer op de faculteit kwam, omdat ze zo vaak in het buitenland was. Dat ze in roddelbladen te zien was, steevast aan de arm van Sergej, en probeerde in verwachting te raken. Maar ook dat ze nooit zonder bewakers door Moskou reed; zelfs naar de datsja van haar grootouders stuurde Sergej bewakers mee: luidruchtige mannen die in hun auto sliepen en om de haverklap bezoek kregen van collega's met wie ze pakketjes uitwisselden. Er was ook wel eens geschoten, 's nachts in het bos. Zina hield vol dat er niets aan de hand was en dat ze nergens van wist, maar ze was vaak nerveus. Om Sergejs welzijn, heette het dan. Lucas wist hoe zoiets ging: natuurlijk werd ze overal buiten gehouden, maar bij een aanslag op Sergej zou ze onherroepelijk in de vuurlinie staan. En als het nodig was, gebruikte Sergej haar. Om te beginnen moest Zina een studie- en werkvisum voor de Verenigde Staten verwerven met behulp van haar wetenschappelijke netwerk, zodat ze samen konden emigreren. Zina wilde helemaal niet naar

Amerika, maar deed wat Sergej haar opdroeg. Ze was zijn visitekaartje in de fatsoenlijke wereld. Maar ze was ook een doelwit voor ontvoerders, en Sergej zou zonder aarzeling smokkelwaar in haar bagage stoppen als hij dat nodig vond. Zina was geen crimineel geworden, dat wist Lucas zeker, maar ze was wel besmet. Niemand durfde haar nog te vertrouwen en de afstand tussen haar en hen die ooit de haren waren, werd groter en groter.

Na een vol uur wachten, worden Suzy en Lucas eindelijk toegelaten tot het kantoor van Cor Kneipert. Kneipert komt hen al pratend tegemoet en blijft staan om duidelijk te maken dat dit onderhoud snel zal worden afgehandeld.

'Jullie zijn te ongeduldig. Ik heb de dienst ruimtelijke ordening opdracht gegeven de tekeningen te onderzoeken. Maar met alle vakanties verwacht ik de eerste drie weken geen rapport.'

'Daar komen we niet voor. Mogen we even gaan zitten?'

'Ik heb het stervensdruk vandaag, kan het...'

'Het is nogal belangrijk.'

Enigszins overbluft gebaart Kneipert hen plaats te nemen. Terwijl Lucas de dictafoon tevoorschijn haalt, kwebbelt Suzy met Kneipert over het weer. Kneipert laat zich ontvallen dat hij met dit plakkerige weer het liefst drie keer per dag zou douchen, en Suzy ziet zijn grote logge lichaam weer op de rand van het bubbelbad zitten. Het kost haar moeite het gesprek gaande te houden, maar gelukkig is Lucas snel klaar.

'Het eerste wat we van u willen weten is of u Roel van Velde kent,' begint Lucas.

'Van Velde? Natuurlijk ken ik die: vastgoedondernemer, heeft veel mooie projecten neergezet in de provincie.'

'Een nieuw stadion voor zijn voetbalclub, bijvoorbeeld. Is uw departement daarbij betrokken?'

'Nee, dat is een zaak van de gemeente.'

'Zijn er andere projecten van Van Velde waarbij u betrokken bent geweest?'

Kneipert zet zijn vingers tegen elkaar en neemt de tijd om daar eens rustig over na te denken.

'Ik kan zo een-twee-drie niets bedenken.' En dan veert hij op. 'Maar ik nodig hem ieder jaar uit voor het ondernemersdiner van Economische Zaken.'

'Dan praat u over...?'

'Over het ondernemingsklimaat in dit deel van het land.'

'En doet u privé wel eens zaken met hem?'

Lucas kijkt niet op van zijn blocnote, waardoor de vraag klinkt als een logisch vervolg op het voorgaande. Kneipert schept al adem om het te beamen als hij zich realiseert dat het een valstrik is.

'Natuurlijk niet, hoe komt u daarbij? Ik ben lid van het college van gedeputeerden van de provincie.'

Lucas laat een stilte vallen in de hoop dat Kneipert zich nader zal verklaren, maar Kneipert gaat zwijgend achterover zitten. Suzy neemt het over.

'Hoe zou u uw relatie met de heer Van Velde omschrijven?'

'Ik heb ambtshalve wel eens met hem te maken en ik vind het een aardige kerel. Verder niets.'

'U hebt nooit zaken met hem gedaan?'

'Nee. Dat heb ik al gezegd.'

'Geïnvesteerd in een project?'

'Nee.' Cor Kneipert kijkt Suzy triomfantelijk, bijna uitdagend aan.

'Kent u Rob Wegman?' probeert Lucas nonchalant.

'Wie?'

'Rob Wegman. Van Wegman Werken,' verduidelijkt Lucas.

Langzaam zakt Kneiperts bolle hoofd naar achteren terwijl zijn ogen het plafond afspeuren naar deze Wegman.

'Nee, die ken ik niet.'

'Hij was een van de inschrijvers voor de waterzuiveringsinstallatie in Heteren, maar hij is eruit gegooid. Kunt u zich dat niet meer herinneren? Het lijkt me dat dat onder uw departement viel.'

Terwijl Lucas sprak, is Kneipert eerst rood en daarna gelig bleek geworden. Hij kijkt naar Suzy, die stil op haar stoel zit en aantekeningen maakt. Lucas wacht rustig op een antwoord.

'Ja, ik geloof dat ik weet wie u bedoelt.'

'Kunt u ons uitleggen waarom Wegman die aanbesteding niet heeft gekregen?'

'Dat zou ik moeten opzoeken.'

'U herinnert zich niets bijzonders?' dringt Lucas aan.

'Als ik zeg dat ik het moet opzoeken, dan herinner ik me niets bijzonders!'

'Prima,' zegt Suzy gerststellend. 'Nog even over het nieuwe stadion van Betuwe Boys...'

'Daar heeft de provincie niets mee te maken! Dat is een...'

'Gemeentezaak, dat begrijp ik. En daarom vind ik het ook zo vreemd dat u aanwezig was op de avond dat de nieuwbouw van het stadion werd aangekondigd.'

Kneiperts gezicht is nu zo bleek dat het een groene glans krijgt.

'Hoe komt u daarbij?'

'Wij waren er ook.'

Kneipert kijkt van Suzy naar Lucas in een poging zich te herinneren of hij hen gezien heeft. 'U moet zich vergissen.'

'Rob Wegman was er die avond ook. U weet zeker dat u hem niet kent?'

Geen antwoord. Kneipert staart naar buiten.

'Wij hebben een getuige die beweert dat u samen met Rob Wegman Club Intiem hebt bezocht.'

Dit is de doodklap, weten Suzy en Lucas.

'Club Intiem is een bordeel bij de Duitse grens, niet ver hiervandaan. Wij hebben begrepen dat u daar geïntroduceerd bent door Rob Wegman,' ging Suzy verder.

'Ik weet niet waar u het over hebt.' Kneipert maakt zijn stropdas los en gooit die op een stoel achter zich.

'Het heeft niet veel zin te ontkennen, want wij hebben op de re-

dactie een dvd waarop te zien is dat u gebruik maakt van de dien-
sten van de aanwezige prostituees.'

'Jezus, godverdomme.' Kneipert staat op en loopt naar het
raam.

'Wist u van het bestaan van die dvd?' vraagt Lucas koel.

Kneipert draait met een ruk zijn hoofd om en kijkt hen verwilderd aan. 'Ik laat me niet kapotmaken, als je dat maar weet!'

'Weet u wie die dvd heeft gemaakt?'

'Ik weet niet waar u het over hebt,' zegt Kneipert nog maar
eens. De vastbeslotenheid van zijn woorden wordt weersproken
door het feit dat hij zich moet vasthouden aan het kozijn om niet
om te vallen.

'Er is een opname gemaakt van een bezoek dat u – samen met
een collega overigens – aan het bordeel bracht. De opnamen zijn
expliciet seksueel te noemen.'

Kneipert knikt alleen maar en kijkt voor zich uit. Suzy praat
zacht.

'Hebt u ooit overwogen aangifte te doen van chantage?'

'Doe niet zo belachelijk,' mompelt Kneipert.

'Wanneer zag u de opname voor het eerst?' probeert Suzy.

'Ik heb niets gezien.'

'Heeft uw vrouw hem gezien?'

Kneipert geeft geen antwoord. Zijn lichte ogen kijken Suzy verdrietig aan.

'Wij zijn niet per se geïnteresseerd in een verhaal over het bor-
deelbezoek van een gedeputeerde. Wij willen liever weten wie er
betrokken zijn bij de verbouwing van de kerncentrale. En wat
daar op dit moment precies gebeurt.'

Kneipert schudt zijn hoofd. De blik in zijn ogen is bepaald
wanhopig.

'Kunt u ons daar iets over vertellen?' De toon in Lucas' stem is
bijna troostend. 'U moet daar toch van op de hoogte zijn.'

'Ik weet niet waar u op doelt.'

Lucas pakt een foto van de opnamen uit het bordeel en legt die voor Kneipert neer. Op de foto zijn Kneipert en zijn kompaan goed te herkennen.

'Zou u even naar die foto willen kijken? En kunt u ons dan zeggen wie die andere man is?'

Kneipert werpt een blik op de foto en kijkt weer voor zich uit. Lucas en Suzy blijven, in de verwachting dat hij zijn gedachten ordent en zijn woorden goed wil kiezen, muisstil zitten. Ze zijn dan ook stomverbaasd wanneer hij opeens aankondigt dat hij een andere afspraak heeft.

'U kunt ons er niet zomaar uit gooien, we zijn in gesprek!' werpt Lucas tegen.

'Ik bel u nog wel. Ik moet eerst het een en ander overleggen.'

'Met wie?' wil Suzy weten.

'Mevrouw, dat gaat u helemaal niets aan.'

'Wat is uw commentaar op de opnamen, gemaakt in het bordeel?'

'Geen.'

'U begrijpt de consequenties als wij dit naar buiten brengen?'

'Ja, maar ik weet ook dat jullie eigenlijk een ander verhaal willen brengen.'

Binnen enkele seconden staat de secretaresse in de kamer om Suzy en Lucas de deur uit te werken.

'Als jij gewoon je telefoon zou opnemen!'

'We zaten in een interview!' werpt Lucas tegen.

Boos beent Jetze voor hen uit door de redactiezaal. Verbaasde collega's kijken hen na. Jetze pakt een kartonnen rol van zijn bureau en geeft die aan Suzy. Suzy pakt de rol – die aan haar geadresseerd is – met trillende handen aan en haalt de inhoud eruit: bouwtekeningen die ze – door de karakteristieke vorm van het perceel met brug en slotgracht – direct herkent als van de kerncentrale in Dodewaard.

'Wanneer is dit binnengekomen?'

'Vanmiddag.'

Lucas en Suzy buigen zich over de tekeningen. Jetze staat met zijn armen in zijn zij naar hen te kijken. Hij is merkbaar ongeduldig.

'Ga voorlopig uit van twee kolommen op de één. Misschien is het slim...'

Lucas vliegt overeind.

'Heb jij dit besproken met Jan?' briest hij.

'De hoofdredacteur gaat over de voorpagina, zoals je misschien weet.'

'Je zou het voor je houden tot we een verhaal hadden!'

'Dat hebben we: Kneipert en de meisjes. En deze tekeningen voegen vast iets toe. De fotoredactie probeert het beeld op te peppen van de dvd. Als dat lukt, krijgen jullie ook de foto. Hoe reageerde hij?'

'Geen commentaar,' zegt Suzy, die ook niet blij is met Jetzes beslissing, maar niet zo fel van leer durft te trekken als Lucas.

'Voor mij is dat genoeg. Even bellen met de commissaris der Koningin en wat fractievoorzitters, en we zijn klaar.'

'Jetze, je bent gek!' barst Lucas uit.

'Op deze tekeningen staat precies wat daar gebeurt! En Kneipert heeft beloofd dat hij ons nog het een en ander meedeelt,' bluft hij.

'Waarom heeft hij dat nog niet gedaan dan?'

'Die man is een strateeg.' Suzy springt bij. 'Hij moet er even over nadenken.'

'Maar als we hem morgen in zijn blootje op de één zetten, kunnen we het wel vergeten,' zegt Lucas boos.

'Als onze Cor echt zo'n strateeg is, belt hij zijn advocaat. En die advocaat zegt dan dat hij zijn mond moet houden.'

Klopt, denkt Suzy. Ook Lucas kan er niets tegen inbrengen.

'Oké, vertel me dan waarom een blote gedeputeerde op één moet. Wat is daarvan de relevantie?'

'Niet dat ik jullie verantwoording hoef af te leggen, maar het raakt aan een aantal thema's: imagoschade aan het ambt, voorbeeldfunctie, kwetsbaarheid voor chantage. Moet ik verder gaan?'

'Verder hebben jullie niets,' constateert Suzy somber.

'Inderdaad Suzy, het is juli, dan wil het wel eens tegenzitten met het nieuws,' bijt Jetze haar toe.

Suzy denkt opeens aan haar belofte aan Yasmin: 'Komen die hoertjes ook in beeld?'

'Eentje waarschijnlijk, hangt ervan af welke foto we kiezen.'

Suzy schrikt. 'Ik heb haar beloofd...'

Lucas onderbreekt haar: 'Ik heb een voorstel. Je geeft ons één dag om die tekeningen te analyseren en erachter te komen wat daar gebeurt. Met quotes van directe betrokkenen. Dan heb je een stuk over corrupt bestuur rond om een kerncentrale, met eventueel als sappig detail de seksuele uitspattingen van het provinciaal bestuur.'

Jetze twijfelt.

'Wie zegt dat het zaakje daar stinkt?'

'Cor Kneipert is gechanteerd en wordt nog steeds gechanteerd. Die man vreest voor zijn carrière, misschien wel voor zijn leven.'

'En er is een direct verband tussen hem en Rob Wegman, die zowel het stadion van Betuwe Boys als de kerncentrale verbouwt. En Wegman Werken is voor meer dan vijftig procent eigendom van...'

Lucas onderbreekt Suzy: 'Het is handjeklap van Zevenaar tot Tiel, en Cor Kneipert is de spin in het web. Als we hem morgen op de voorpagina gooien...'

'Je kijkt maar hoe je het doet, Lucas, maar ik wil morgen een smakelijk stuk op de één.'

'Prima,' zegt Lucas en hij loopt weg, met de bouwtekeningen onder zijn arm, gevolgd door een verbaasde Suzy. Als hij achter zijn bureau zit, begint hij vrijwel meteen te tikken. Suzy kijkt over zijn schouder mee en leest: VOETBALSTADION BETUWE BOYS: WITWASOPERATIE? Terwijl Lucas sneller tikt dan Suzy hem ooit heeft zien doen, bedenkt ze zich dat ze er niet onderuit kunnen

Jetze zijn zin te geven. Maar ze wil wel van Lucas weten waarom Sergej alweer buiten schot blijft.

'Omdat ik mijn lesje heb geleerd met die man. Deze keer pak ik hem voor hij mij kan pakken.' En meer wil Lucas er niet over kwijt.

Lucas is bezig Suzy's commentaar op het artikel te verwerken, wanneer de laatste collega naar huis gaat. Alleen de eindredactie is nog aan het werk. Jetze is vertrokken in de veronderstelling dat Lucas Kneipert op de voorpagina zal zetten, en Suzy krijgt al buikpijn als ze denkt aan zijn reactie als hij morgen de krant ziet. Ze heeft een tijdje vruchteloos naar de bouwtekeningen zitten kijken en voorgesteld Rinus te bellen, maar Lucas heeft dat van tafel geveegd. Nu zoekt ze de website van de provincie Gelderland af naar de onbekende man in het bordeel. Tot dusver heeft ze twee Barts, een Beatrijs, een Bouke en maar liefst drie Betty's weten op te sporen, maar geen Bert. Daarnaast heeft ze nog zeker vijftien mensen met voorletter B, waarvan de voornaam niet te achterhalen is. De B is een populaire letter in Gelderland. Suzy zucht.

'Wil het niet?' vraagt Lucas zonder op te kijken.

'Nee, ik kom er op deze manier niet achter. Ik moet ernaartoe en mensen die foto laten zien. Hoe vind je hem?'

Ze laat Lucas de afbeelding zien waarop ze Bert met behulp van Photoshop een net pak heeft aangetrokken.

'Is misschien niet zijn smaak maar...'

'Het haalt hem helemaal op.'

Geamuseerd kijken ze elkaar aan.

Lucas drukt een toets in om het stuk naar de eindredactie te sturen en staat op om zich uit te rekken, waarbij een stukje behaarde buik zichtbaar wordt. Suzy probeert niet aan de rest van zijn lichaam te denken. 'Ben je klaar?' vraagt ze dus maar.

Lucas humt iets bevestigends en vouwt de bouwtekeningen uit. Suzy ergert zich. Wat hoopt hij te bereiken? Dat het inzicht als vanzelf op hem zal neerdalen?

Na een paar minuten houdt ze het niet meer uit: 'Zullen we die tekeningen aan een expert laten zien?'

'Goed idee. Heb jij kernfysici onder je sneltoetsen?' vraagt Lucas zonder op te kijken.

'Ik dacht eigenlijk aan een professor bij het Instituut voor Kernfysica.'

'Te vroeg.'

'Rinus dan.'

Lucas schudt zijn hoofd. Suzy windt zich inwendig op. Ze vindt Lucas' wantrouwen jegens Rinus belachelijk.

'Rinus heeft voor ons gekozen en volgens mij is hij zo trouw als een hond.'

Stilte.

'Bovendien hebben we geen keus. Morgen wordt Jetze woedend, en dan moeten we heel snel met iets beters komen dan het stuk dat we net hebben opgestuurd.'

Zonder een woord te zeggen, pakt Lucas zijn autosleutels van zijn bureau, en vijf minuten later zijn ze op weg naar de Betuwe. Suzy weet dat ze haar mond moet houden en niet moet proberen haar gelijk te halen. Terwijl de regen over de voorruit gutst, proberen ze manieren te bedenken om de stille kompaan van Kneipert op te sporen. Dan schiet Suzy iets te binnen.

'Ik ken iemand die bij *de Gelderlander* werkt! Een jongen die ook de postdoctoraal op Erasmus heeft gedaan. Hoe heet hij ook alweer?'

'Bert?' probeert Lucas.

'Ben jij melig of zo?'

Lucas tuit zijn lippen terwijl hij zijn hoofd schudt. Misschien wel ja.

'Jeroen! Zo heet hij.'

Ze pakt haar agenda en begint te bladeren.

'Jeroen Brink, Trompsteeg 9 in Arnhem!' roept ze triomfantelijk. 'Hij heeft bij *de Gelderlander* stage gelopen en volgens mij werkt hij er nu als freelancer. Zal ik hem even bellen?'

Lucas knikt.

'Probeer hem niet te veel te vertellen.'

'Ik vertel hem helemaal niets.'

Maar Jeroen neemt niet op. Suzy spreekt een vrolijke boodschap in zonder te zeggen waarvoor ze hem nodig heeft.

'Zo goed?' vraagt ze als ze klaar is. Lucas knikt en even vraagt Suzy zich af of Lucas misschien denkt dat zij iets met Jeroen heeft gehad. Moet ze hem vertellen dat ze Jeroen een eikel vindt? Nee, natuurlijk.

Dertien

Bij het licht van de maan vinden Suzy en Lucas hun weg naar de caravan van Rinus, die is verplaatst. Hij staat dichter bij de zomerdijk. Rinus komt hen tegemoet en leidt hen over houten planken door de drassige uiterwaard. Hij is blij met de pompstationsnacks die ze voor hem hebben meegebracht en stopt ze weg in een kastje boven het aanrecht. Suzy is voor het eerst binnen en kijkt haar ogen uit in de volgepropte en dwangmatig geordende caravan. Lucas legt de koker met de tekeningen op tafel. Allebei houden ze hun mond als Rinus gaat zitten en de tekeningen eruit haalt. Minutenlang is het doodstil in de caravan, afgezien van het suizen van de gaslamp en het dreunen van de dieselmotoren van passerende vrachtschepen.

Rinus strijkt de tekening glad en neemt de lijnen en vlakken in zich op terwijl Lucas hem bijlicht. Rinus knikt, schuift een stukje op en strijkt de tekening weer glad. Na een tijdje pakt hij de volgende tekening. Voor hij een deel van een tekening bekijkt, strijkt hij het papier glad, alsof de waarheid zich door het gladstrijken zal openbaren.

'Deze kloppen wel, hè?' Tevreden glimlachend kijkt hij op.

'Dat dacht ik ook,' zegt Lucas rustig. Hij neemt een slok van zijn bier en kijkt door het caravanraampje achter hem naar de lichtjes op een passerende aak die rustig westwaarts glijdt. Zijn argwaan is verdwenen, al begrijpt hij zelf niet waarom. Omdat Rinus zo rustig is? Een dag eerder werd Lucas nog nerveus van die rust. Het moet de ernst zijn waarmee Rinus de tekeningen analyseert, zijn intense drang om te ontrafelen wat er gebeurt in de centrale. Als Lucas zich weer omdraait, kijkt hij recht in het gezicht van Suzy, wier wangen dieprood zijn van de warmte in de caravan. Haar ogen glanzen van opwinding en vermoeidheid.

En dan is Rinus klaar. 'Het is precies wat ik dacht,' lacht hij, terwijl hij zwaar door zijn neus ademt. 'Nou ja, niet precies, maar ik was aardig in de buurt. Aardig in de buurt.'

Suzy en Lucas kijken hem gespannen aan.

'Wat doen ze daar?'

'Volgens mij zijn ze in het geniep een beetje uranium aan het verrijken.' Hij kijkt nog eens naar de bovenste tekening. 'Mja, mja. Kijk dit hier: dit is dus acht meter onder straatniveau, hè. Dat is een centrifugecascade. Gebouwd volgens de nieuwste inzichten.'

Lucas en Suzy staren Rinus geschokt aan. Het is niet nieuw, maar wel een klap.

'Weet je dat zeker?' vraagt Lucas.

'Het kan niet anders. De codes kloppen en je ziet het ook aan de manier waarop is gebouwd: al die stalen cilinders naast elkaar. Ik bedoel, het zouden ook tienduizend aluminium melkflessen kunnen zijn, maar wat moet je daarmee, acht meter onder de grond? Melk steriliseren is volkomen legaal. Bovendien zijn die centrifuges met elkaar verbonden, da's nogal een sterke aanwijzing. Je weet toch wel wat een centrifugecascade is?'

Rinus kijkt Suzy aan, die nog steeds bezig is het nieuws te verwerken.

'Ja. Natuurlijk uranium is onzuiver, dat moet verrijkt worden voor je er bommen of energie van kunt maken.'

'Heb jij natuurkunde gestudeerd?'

'Nee, ik doe onderzoek naar een kerncentrale. Dit staat gewoon op het internet,' zegt Suzy. Net iets te fel.

Lucas en Rinus kijken elkaar even lachend aan. Waarom weet ze niet, maar Suzy krijgt opeens de pest in: eerst is Lucas hier niet heen te branden en nu hebben hij en Rinus onderonsjes ten koste van haar.

'Als daar een centrifugecascade staat, staat die er zonder toestemming. Want dat mag alleen Urenco, toch?'

De mannen knikken.

'Dan staat er dus een illegale kernwapenfabriek van de Russische...'

'Maffia. Jaaaa, daar zat ik ook al aan te denken, de laatste tijd,' vult Rinus aan. 'Da's niet best. Niet best.'

Lucas is verbaasd dat Rinus niet bang is. Hij tikt op de tekeningen.

'Weet je zeker dat het hier kan?'

'Ja, alles wat ze nodig hebben is er zo'n beetje: hotbox, centrifuges, reactor. Als ze die aan de praat krijgen, kunnen ze plutonium maken, ook handig. En hier staat een soort machinefabriek waar ze bommen kunnen assembleren.'

'Een machinefabriek?' vraagt Suzy verbaasd.

'Het gaat natuurlijk wel wat verder dan de productie van naaimachines.'

'O ja?' vraagt Suzy quasi-naïef. Ze ziet dat Lucas glimlacht. Rinus heeft niets in de gaten en gaat er eens lekker voor zitten: 'Omdat je wilt dat zo'n ding op het goede moment ontploft, en dat is nog niet zo makkelijk.'

Suzy glimlacht: nee, makkelijk lijkt het haar niet.

'Je moet het zo zien, hè. Er zit verrijkt uranium in een tonnetje en heel simpel gezegd gaat de bom af als je de druk binnen dat tonnetje verandert. Dan begint de boel met elkaar te reageren, ontstaat er een kettingreactie en dan eh...'

'Boem,' vult Suzy aan.

'Dat is de methode-Hiroshima, zal ik maar zeggen. Een beetje ouderwets. Later zijn ze met kernfusie gaan werken en toen werden die bommen veel krachtiger; daarmee kon je halve continenten wegblazen.'

'Waarom zouden ze nieuwe kernwapens maken als er in Rusland en Amerika nog duizenden van die dingen liggen te wachten op ontmanteling?' werpt Suzy tegen.

'Dat moet je mij niet vragen. Ik vond die bommen nooit zo'n goed idee.'

Alle drie kijken ze in de richting van de kerncentrale. Het is moeilijk voor te stellen dat uit die aantrekkelijke strakke gebouwen tussen de wilgen een verwoestende bom kan komen.

'Nu hebben we het bewijs,' zegt Suzy. 'Jammer dat de krant al op slot is.'

Lucas wuift die opmerking weg; hij wil nog niet aan een stuk denken. 'Ik geloof niet dat ze daar traditionele kernbommen maken, die raak je aan de straatstenen niet kwijt,' zegt hij peinzend. 'Als je in deze tijd als vrijgevestigd terrorist een bom koopt, wil je een lekker handzaam en compact dingetje waarmee je gericht kunt vernietigen. Niet zo'n alles verterend gevaarte, want dan is het feest te snel voorbij. En waarom moet zo'n bom helemaal opnieuw gemaakt worden, als je er een kunt jatten in Rusland of als je met kernafval vuile bommen kunt maken?'

'Omdat je wilt dat zo weinig mogelijk mensen het weten,' oppert Suzy. 'Dus de hoofdvraag is: wie zijn de klanten van deze tent?'

'Landen die zich niet verdedigd weten door een grote strategische club als de NAVO,' zegt Lucas.

'En landen die ruzie maken met andere landen,' vult Rinus aan.

'Dan hebben we ook nog volkeren die zich in de kou voelen staan: de halve Kaukasus, de Koerden, de Berbers, de Taliban... De klanten staan dus in de rij,' stelt Suzy vast.

'Wie heeft jullie dit eigenlijk gestuurd?' wil Rinus weten.

'Dat weten we niet,' antwoordt Suzy.

'Iemand die wil dat wij dit verhaal opschrijven,' zegt Lucas terwijl hij de tekeningen oprolt.

Ze nemen afscheid van Rinus en lopen door het drassige weiland naar de auto. Hoewel Suzy hier niet voor het eerst is, voelt ze zich niet helemaal op haar gemak. Op enkele honderden meters afstand worden kernwapens gemaakt en de omwonenden, gewone boeren en hun gezinnen, weten van niets. Hoewel? Het moet die mensen toch ook opvallen dat er opeens rare Russische bewaking rondloopt?

Ze hoort een auto naderen over de dijk en drukt zich instinctief tegen een boom. Lucas doet hetzelfde. Ze luisteren naar de auto die hen passeert. Als het weer stil is, lopen ze verder naar de auto en stappen in. Lucas haalt de bouwtekeningen uit de koker en legt ze onder zijn vloermat.

'Zullen we even bij Jeroen langsgaan, de jongen die bij *de Gelderlander* werkt? Misschien kan hij helpen de man te vinden die ons de tekeningen heeft opgestuurd,' zegt Suzy terwijl ze een gaap onderdrukt.

Lucas somt op: 'Iemand op het provinciehuis. Of iemand die voor Wegman of Meichenbeck werkt. En die mensen hebben allemaal huisgenoten en secretaresses. Bovendien, als je het echt wilt, kun je die tekeningen gewoon jatten bij het provinciehuis. Dus alle pacifisten, autonomen en milieuactivisten die daar niet voor terugdeinzen, zijn ook verdacht.'

Suzy ergert zich aan Lucas' defaitistische houding.

'Bedoel je dat we dan maar niet moeten zoeken?'

'Nee, ik ben gewoon moe. Laten we maar naar Arnhem rijden. Daar woont hij toch?'

Suzy knikt. Lucas start de auto en rijdt de dijk op.

Suzy denkt hardop: 'De vraag is natuurlijk: waarom zou iemand dit doen? Om Kneipert een pootje te lichten?'

'Er zijn ook mensen die uit overtuiging dingen aan journalisten vertellen. Omdat ze vinden dat de waarheid boven tafel moet komen,' zegt Lucas fijntjes.

'Ja, dat zal het wel zijn,' beaamt Suzy. 'Het is te groot, en er zijn veel simpeler manieren om een gedeputeerde af te serveren. De persoon die ons de tekeningen heeft gestuurd, wil dat het stopt, omdat het slecht is om kernwapens te maken. Bert dus.'

'Bert kan net zo goed Kneiperts broer zijn die een keertje mee mocht naar het bordeel.'

'No way, die mannen waren geen familie.'

'O nee?'

'Daarvoor zijn ze te verschillend.'

Lucas kijkt Suzy aan met een spottende blik.

'Sommige dingen kun je prima aan iemands uiterlijk aflezen. Bert is een goed mens, hij is sympathiek en intelligent.'

'Als jij het zegt, zal het wel zo zijn.'

'Ach man!'

Een kwartiertje later staan ze voor Jeroens deur. Suzy stapt uit en belt aan. Op de een of andere manier was ze er gewoon van uitgegaan dat Jeroen klaar zou staan om hen te helpen en het valt haar vies tegen dat er niet wordt opengedaan. Ze belt nogmaals aan en belt hem op, maar er wordt nergens op gereageerd. Na een paar minuten ongeduldig heen en weer stappen, loopt ze terug naar de auto.

'Hij is er niet,' meldt ze chagrijnig en ze begint meteen in haar tas te graven. Ze vindt pen en papier en krabbelt snel een briefje dat ze bij haar voormalige studiegenoot in de brievenbus gooit. Als ze weer in de auto zit en Lucas de motor start, kan Suzy een gaap niet onderdrukken. Lucas zet de motor weer uit: 'We kunnen hier natuurlijk ook blijven slapen.'

Verbluft kijkt Suzy hem aan.

'Morgenochtend beginnen we hier, lijkt me.'

Suzy knikt langzaam.

'Maar waar slapen we dan?'

'In een hotel,' zegt Lucas vriendelijk. 'Of wou jij in de auto slapen?'

'Nee,' haast Suzy zich te zeggen.

Lucas stuurt de auto naar het station, en daar hebben ze de keuze uit twee hotels. Ze kiezen voor Hotel Haarhuis, volgens Lucas 'een begrip'. Als ze de auto hebben geparkeerd en naar het hotel lopen, wordt Suzy besprongen door de vraag of ze één of twee kamers moeten nemen. Twee kamers is natuurlijk duurder en ze hebben bepaald geen toestemming om in een hotel te overnachten. Maar het idee om met Lucas in één kamer te moeten slapen, bezorgt haar een knoop in de maag. Wat moet ze doen? Ja, toeslaan, dát moet ze. Maar wil Lucas dat ook? Wil hij in Arnhem blijven slapen opdat ze dan op een vanzelfsprekende manier bij elkaar in bed kunnen belanden? Of is het echt vanwege het werk? En als hij geen romantische bijbedoelingen heeft, waarom kiest hij dan voor het duurste hotel? Wanneer Lucas met zijn spottende glimlach – die ze is gaan begrijpen als een teken van een goed humeur – de deur voor haar openhoudt, begint ze zich zorgen te maken over haar lichaamsverzorging. Wanneer heeft ze voor het laatst haar benen onthaard? En ze is nog een beetje ongesteld, dat vinden mannen soms vervelend. Hierover piekerend – en over de afgebladderde nagellak op haar tenen – loopt ze mee naar de receptie, waar Lucas zonder haar iets te vragen twee aparte kamers bestelt. Hij handelt het allemaal razendsnel af en als hij de *keycards* heeft gekregen draait hij zich stralend naar haar om.

'Zo, en dan gaan we nu doen waar journalisten goed in zijn: drinken.'

De halfduistere hotelbar met liftmuziek is zo leeg en droevig dat Lucas er zichtbaar van opkikkert. 'Dit is de ideale omgeving om te vieren dat we de beste scoop van het jaar in handen hebben.' Hij leunt tegen de toog en tuurt naar de flessen.

'Hou je van whisky?'

'Nee,' antwoordt Suzy, nog steeds verbaasd over de verandering in zijn humeur.

'Dan drinken we cognac,' beslist Lucas en hij wendt zich tot de toegeschoten ober om dure cognac te bestellen, die keurig wordt bezorgd aan een tafeltje bij het raam. Gezeten in bordeauxrode kuipstoeltjes kijken ze uit over het ontvolkte stationsplein van Arnhem, terwijl ze doornemen wat ze nog moeten uitzoeken en wie ze willen spreken. Helemaal onder aan het lijstje staat Volosjin, de grote baas, de spin in het web.

'Waarom ben jij er zo op gebrand om hem te pakken?' wil Suzy weten.

'Dat weet ik zelf ook niet precies,' zegt Lucas terwijl hij verontschuldigend glimlacht. 'Da's niet zo handig, hè?'

Suzy glimlacht. Ze is verlegen met zijn eerlijkheid en niet in staat een slimme vervolgvraag te stellen. Het blijft lang stil. Suzy overweegt of ze nu een gevoelige vraag moet stellen of bot moet roepen dat hij jaloers is op Volosjins rijkdom, of zoiets. Maar voor ze een keuze heeft kunnen maken, begint Lucas te praten: 'Ik denk dat ik het gewoon niet kan hebben dat hij me toen is ontsnapt.'

Suzy begrijpt het niet: 'Hoezo ontsnapt? Je hebt zo'n stapel artikelen over hem geschreven.'

Lucas schudt zijn hoofd: 'Ik had veel meer, maar ik kreeg het niet rond en ik kon daar niet langer blijven.'

'Waarom niet?'

'Laat ik zeggen dat niets me daar vasthield,' zegt hij met een geheimzinnige glimlach.

'En daarvoor wel?'

'Daarvoor wel,' beaamt Lucas terwijl hij zijn glas naar zijn mond brengt. Zijn blik is naar binnen gekeerd terwijl hij over het troosteloze plein kijkt. Het is nu zelfs gaan regenen.

'Een vrouw,' stelt Suzy vast, en ze kan zichzelf wel voor haar kop slaan: waarom begint ze nou over andere vrouwen?

'Ja,' bekent Lucas met een glimlach. 'Wil je er nog één?'

Suzy knikt en Lucas wenkt de ober. Ze wachten tot de man naar hen toekomt. Suzy voelt een vreemde opluchting nu ze weet dat hij een vrouw heeft gehad. Dacht ze dan dat hij maagd was, of homo? Nee, maar het verlicht de eenzame sfeer die om hem heen hangt. Hij heeft een vrouw gehad, met iemand geleefd en gegeten, gevreeën, ook. Ze kijkt naar Lucas terwijl hij met de ober praat en een hand door zijn haar haalt. Ja, ze kan zich voorstellen dat hij met die hand een pluk haar uit een vrouwengezicht strijkt en zich dan naar haar toebuigt om haar te kussen. Zou hij daarbij glimlachen? Of zou zijn blik naar binnen gekeerd en gepijnigd zijn alsof de opwinding een kwelling voor hem is?

Lucas kijkt haar aan: 'In de vijf jaar dat ik in Moskou woonde had ik een relatie met een Russische vrouw. En dat hield op, een paar maanden voor mijn vertrek.'

'Waarom?'

Lucas is verrast door de impertinentie van Suzy's vraag, maar als hij haar aankijkt is haar blik zacht en geïnteresseerd.

'Wil je dat echt weten?'

'Als jij het wilt vertellen.'

'Ik denk dat de oorzaak het verschil tussen onze culturen was en ons onvermogen dat te overbruggen.' Het antwoord bevredigt haar niet. Hij aarzelt terwijl hij naar zijn handen kijkt. Dan kijkt hij Suzy aan. 'Maar de directe aanleiding was het feit dat zij een relatie kreeg met een andere man. Met Sergej.'

Het duurt even voor het tot Suzy doordringt.

'Met Sergej Volosjin?! Die nu hier is?'

Lucas knikt en glimlacht verontschuldigend.

'Ik zou wel willen, maar ik kan niet ontkennen dat dat een extra stimulans is om hem te grazen te nemen.'

Suzy probeert het te begrijpen.

'Welke vrouw stapt over van een respectabel journalist naar een crimineel?'

'Tja...'

'Waarom?'

Lucas maakt een machteloos gebaar ten teken dat hij het nooit helemaal zal kunnen begrijpen. Suzy knikt. 'Vond je het erg?'

'Ja, dat was wel een van de grotere teleurstellingen in mijn leven,' zegt hij afgemeten.

Ze kijken elkaar even glimlachend aan. Lucas wendt zijn blik af en neemt een slok cognac. Even is Suzy bang dat dit het einde van de openhartigheid is, maar dan gaat hij verder: 'Het vervelende is dat we elkaar daarna nooit meer hebben gezien of gesproken, dat maakt het moeilijk te verwerken. Ik zal nooit weten of zij het eens is met mijn opvatting dat we te verschillend waren.'

'Wat voor verschillen waren dat dan?'

'Misschien geen culturele verschillen, maar verschillen tussen haar en mij. Ik... Het komt erop neer dat ik altijd dacht dat het allemaal wel vanzelf zou gaan. Ik was gelukkig en we hadden het leuk en dus dacht ik dat het leven zo door zou rollen.'

'Maar dat gebeurde niet?'

'Zíj was niet gelukkig en daar ben ik te laat achter gekomen.'

'Dat had ze toch tegen je kunnen zeggen?'

'Dat kan niet iedereen.'

'En dus is het jouw schuld?' Suzy klinkt feller dan ze zou willen.

'Het is niet mijn schuld. Maar ik had het graag voorkomen,' zegt Lucas op kalme toon.

'Nou, ik ben heel anders, hoor,' zegt Suzy terwijl ze haar glas pakt en zich met een driftige beweging onderuit laat zakken.

'Hoe ben jij dan?' vraagt Lucas geamuseerd.

'Als iemand mij niet heel graag wil, en dan bedoel ik echt héél erg graag, hoeft het voor mij niet.'

'Dus jij laat je uitkiezen.'

'Helemaal niet, ik kies uit en dan begint iemand mij heel graag te willen.' Dit klinkt verschrikkelijk, beseft Suzy. Misschien moet zij ook even eerlijk zijn: 'Waarschijnlijk ben ik zo bang om afgewezen te worden, dat ik die kans zoveel mogelijk wil minimaliseren,' zegt ze met een scheve grijns. 'Maar ik word in de liefde dan ook niet vaak teleurgesteld.'

'Ik geloof helemaal niet dat jij dat allemaal zo planmatig aanpakt.'

'Nee?'

Lucas schudt glimlachend zijn hoofd: 'Je bent wel verstandig en rationeel, maar je bent ook heel impulsief en je houdt ervan risico's te nemen. Ik kan me niet voorstellen dat jouw liefdesleven zo saai is als je net zei.'

'Wat is er dan saai aan?'

'Dat jij je pas geeft als je zeker weet dat de ander daar helemaal toe bereid is; op die manier maak je van iedere man een soort deurmat.'

Suzy wenst de ingenomen positie niet te verlaten: 'Dat zijn ze meestal ook.'

'Dan benijd ik hen niet.'

Het dringt tot Lucas door dat dit wel erg bot klinkt. Hij probeert het te verzachten: 'En jou ook niet, trouwens. Volgens mij ben je veel gelukkiger als je een relatie hebt met iemand die je gelijke is, die niet...'

'Ja, probeer je er maar uit te lullen!' roept Suzy lachend. 'Je hebt het al gezegd: ik ben arrogant en een controlfreak en ik behandel mannen als vuil.'

Lucas krijgt ook plezier in de gespeelde ruzie.

'En als je dat niet snel verandert, eindig je als een verzuurde vrijgezel die...'

'Zoals jij!' zegt Suzy triomfantelijk.

Lucas lacht: 'Inderdaad. Dat wens ik niemand toe.'

Ze klinken met hun glazen en drinken genietend hun glas leeg. Zonder overleg bestelt Lucas het volgende rondje.

Na vijf grote glazen cognac is Suzy aangeschoten.

'Ik ben aangeschoten,' deelt ze ernstig mee.

'Ik zie het,' zegt Lucas.

'Jij niet?'

'Mwa, gaat wel,' reageert hij droogjes.

Suzy lacht: 'Jij bent ook aangeschoten, je geeft het alleen niet toe. Maar dat geeft niet. Kom. We gaan naar bed.'

Ze staat op en bedenkt zich dat dat nu een slimme zet was: zeggen dat 'we' naar bed gaan. Zou hij de hint begrijpen? Lucas tekent voor de rekening. Als ze naar de lift lopen, houdt hij zorgzaam een hand in de buurt van haar elleboog voor het geval ze struikelt.

'Zo dronken ben ik nu ook weer niet, hoor,' zegt Suzy terwijl ze zijn hand vastpakt en vervolgens wegduwt. Lucas schudt lachend zijn hoofd.

In de lift beseft ze dat het nu of nooit is; ze heeft nog dertig seconden.

'Hoe zat het ook alweer met die sleutels?' Ze herinnert zich dat ze een tweepersoons- en een eenpersoonskamer hadden gekregen. Lucas geeft haar een keycard.

'Is dat de eenpersoonskamer?' vraagt ze.

'Die heb ik.' Lucas houdt zijn keycard in de lucht.

'Is dat niet een beetje krap, zo'n eenpersoonskamer?'

Lucas kijkt haar niet-begrijpend aan. Suzy weet ook niet hoe het moet, maar dit was een slechte openingszin. Als die tegen haar gezegd zou worden, zou ze er ook niets van begrijpen.

De liftdeuren gaan open, Suzy stapt de gang in en probeert de bordjes met kamernummers te lezen.

'Deze kant,' zegt Lucas terwijl hij naast haar komt staan. Suzy loopt in de aangewezen richting. Bij haar kamer steekt ze haar keycard in de daarvoor bedoelde sleuf, maar de deur gaat niet open. Ze ragt het ding een paar keer op en neer, maar de deur blijft ondanks flink trekken en beuken helemaal dicht.

'Zal ik even?' klinkt het achter haar. Ze draait zich om. Lucas is de rust zelve.

'Graag.'

Lucas weet in twee tellen de deur te openen en loopt een paar stappen haar kamer in. Hij steekt het pasje in een andere sleuf, en alle lichten in de kamer gaan aan. Suzy knippert met haar ogen tegen het felle licht en stapt in een reflex opzij als Lucas op haar af komt.

'Tot morgen,' zegt hij.

Ze kijkt hem aan, hun gezichten zijn dicht bij elkaar. Suzy zet het moment stil door afwachtend te glimlachen in plaats van antwoord te geven. Nu zou het kunnen gebeuren. Ze kijkt naar zijn gezicht, dat rozig is door de cognac. De huid onder zijn ogen is donker van vermoeidheid en baardstoppels kleuren zijn kin en wangen zwart. Dat moet ruig aanvoelen.

'Als er iets is, ik zit in kamer 231. Dat is die kant op,' zegt Lucas. En hij vertrekt. Suzy sluit de deur en blijft minutenlang staan met haar hand tegen de deur. Had ze meer moeten aandringen? Duidelijker moeten aangeven wat ze wilde? De met bordeauxrood behang en dito beddensprei uitgedoste hotelkamer benauwt haar – waarom is alles in deze provincie in die synthetische wijnkleur uitgevoerd? Ze loopt met grote passen naar het raam en gooit het met een ferme zwier open. Behalve een sputterend brommertje in de verte, is er geen mens op straat. Suzy trapt haar schoenen uit en zet de tv op een muziekzender. Keiharde hiphop. Lekker.

De koele avondlucht werkt ontnuchterend en ineens zakt ze door haar knieën van schaamte. Ze belandt op de grond met haar armen op het bed alsof ze het wil omhelzen. Nu begrijpt ze het pas: hij had precies door wat ze wilde, maar heeft ervoor gekozen de signalen te negeren om haar een afgang te besparen; want een duidelijke afwijzing zou de samenwerking fors bemoeilijkt hebben. Dat is het natuurlijk! Wat moet hij met zo'n kip zonder kop – of manieren – in beschonken toestand aanvangen? Met haar de liefde bedrijven? Haar de liefde verklaren? Ze is nog niet eens in staat een coherente zin te formuleren. Het is drie uur 's nachts; morgen moet er een belangrijk stuk geschreven worden en het enige waar Soes aan kan denken is seks. Een lichte misselijkheid vermengd met de neiging een beetje te huilen, doet haar naar de badkamer lopen, waar ze de douche aanzet en zich uitkleedt. Zittend onder de douche laat ze het hete water over haar lichaam klateren. Ze probeert een traantje tevoorschijn te persen, maar dat wil niet erg lukken.

Een kwartier later ligt Suzy met wijdopen ogen naar het plafond te staren, terwijl ze manieren verzint om Lucas de volgende dag niet onder ogen te hoeven komen. Ze kan een briefje onder zijn deur door schuiven met een smoes, en als ze zich dan bij Jetze aanbiedt voor andere stukken, hoeft ze Lucas dagenlang niet tegen te komen. Ze draait zich met een ruk om zodat ze op haar buik op bed ligt. Dat betekent wel dat ze haar eerste grote scoop weggeeft aan de man die haar meesleept naar een hotel in Arnhem om haar vervolgens met geen vinger aan te raken.

Ze richt zich op. Warm. In de badkamer tapt ze een glas water. Vanuit carrièreoogpunt moet ze nu doorgaan alsof er niets aan de hand is. Zij heeft geen versierpoging gedaan en Lucas heeft haar niet afgewezen. Met een scheve glimlach kijkt ze zichzelf aan in de spiegel: dat houdt ze nooit vol.

Twee deuren verder zit Lucas in verwondering op zijn bed met een handdoekje om zijn middel. Pas toen hij onder de douche stond, kwam de gedachte in hem op dat Suzy probeerde hem te versieren. Minutenlang is hij nu al bezig deze hypothese te toetsen en zich af te vragen waarom ze zoiets zou doen. Het antwoord op die vraag ligt voor de hand: ze was dronken en wist dus niet wat ze deed. Het is maar goed dat er niets gebeurd is. Hij lacht hardop: het idee dat een meisje als Suzy hem zou uitkiezen. Om dat te verzinnen moet je dure cognac drinken in een vertegenwoordigershotel in Arnhem, waar tot diep in de nacht schelle hiphop door de straten klinkt.

Veertien

Vijf uur slaap en hoteltandpasta zijn niet genoeg om de cognacsmaak uit te wissen, maar als Suzy met haar rug naar de bar aan de ontbijttafel plaatsneemt, gaat het beter. Lucas heeft, net als zij, een groot bord vol roerei en bacon opgeschept.

'Katertje?' informeert hij vriendelijk.

Suzy zucht en knikt tegen de ober, die koffie voor haar inschenkt.

'Ik heb uit voorzorg wat paracetamol geregeld,' zegt Lucas meelevend en hij schuift een stripje pillen naar haar toe. 'Bij mij hielp het meteen.'

'Dank je,' weet Suzy uit te brengen, maar hem aankijken kan ze niet; die medelijdende vriendelijkheid is vernederend; ze zou het prettiger vinden als hij deed alsof het een gewone doordeweekse dag op de krant was.

'Als het heel erg is, moet je ook wat jus d'orange nemen, die combinatie schijnt echt te helpen.' Hij geeft haar een vol glas jus. Suzy knikt en wil een slok nemen, maar zet het glas meteen terug omdat haar keel dichtzit van spanning en ergernis.

'Het is bij jou nog erger dan bij mij, geloof ik.'

'Ik ben een vrouw.'

'Ik ben oud.'

'Dat belooft wat als ik straks ook nog oud ben.'

Lucas grinnikt. 'Ik ga zo de krant eens halen,' zegt hij monter. 'Die hebben ze hier niet,' voegt hij er op fluistertoon aan toe.

Suzy kan er niet tegen dat hij zo jolig tegen haar doet. Ze knikt en neemt de paracetamol in met jus d'orange, wat haar op een warme glimlach komt te staan.

Om zich een houding te geven, belt ze Jeroen van *de Gelderlan-*

der, die eindelijk opneemt en belooft langs te komen. Hij is op weg naar het station en staat binnen vijf minuten aan hun tafel.

'Hé, Zomer, alles goed?' En meteen geeft hij haar een zoen op haar mond. Suzy pakt zijn hand en dirigeert hem naar Lucas.

'Uitstekend, dit is Lucas Grimbergen.'

Nadat ze elkaar de hand hebben geschud en Suzy summier antwoord heeft gegeven op Jeroens licht jaloerse vragen over haar baan, geeft Suzy hem de foto van Kneiperts metgezel.

'Weet jij wie dit is?'

Jeroens gezicht klaart meteen op: 'Dat is Bert Sybrands! Wat een rare foto.'

Suzy staart hem verbijsterd aan.

'De provinciesecretaris? Die heet E. Sybrands!'

'Engelbert,' grijnst Jeroen. 'Wat moeten jullie van hem?'

Hij kijkt nog eens naar de foto.

'Ik heb hem nog nooit in zo'n pak gezien.'

Suzy vertrekt geen spier: 'Een paar vragen stellen over een bedrijf.'

'Dat zal lastig worden,' fronst Jeroen, 'hij is ziek. Maar zijn vervanger ken ik goed. Wil je zijn nummer?'

Tot Suzy's verbazing wil Lucas dat wel. Jeroen zoekt het nummer voor hen op.

'Heb je ook het nummer of het adres van Sybrands?' vraagt Lucas zo nonchalant mogelijk.

'Eh, nee, alleen zijn nummer op kantoor, maar hij woont in Schaarsbergen.'

Jeroen heeft haast, maar hij is ook nieuwsgierig.

'Over welk bedrijf gaat dat artikel? Connexxion?'

Hij heeft de krant blijkbaar nog niet gelezen. Suzy buigt zich vertrouwelijk naar voren. 'Nuon.'

Een verbaasde frons op het gezicht van Jeroen.

'Wat dan?'

Suzy en Lucas glimlachen geheimzinnig, niet van plan er iets over los te laten.

'Ik lees het wel. En als je nog wat regionale kruimels overhebt, je weet mijn nummer,' zegt Jeroen knipogend, voor hij vertrekt.

'God, wat een eikel is het toch!' roept Suzy zodra Jeroen vertrokken is.

Lucas trekt verbaasd zijn wenkbrauwen op. 'Ik dacht dat jullie zo goed met elkaar konden opschieten.'

'Die jongen vaart puur op praatjes en status.' Met driftige gebaren illustreert ze Jeroens verwaandheid. 'Ik ken die en ik ken die en ik ken die.' De ober is gearriveerd. 'En ondertussen voert hij geen moer uit. Mag ik nog een kopje koffie?'

De ober vertrekt weer, en Suzy neemt geen tijd om adem te halen: 'Zijn zwager werkte al bij *de Gelderlander*, daarom zit Jeroen daar nu. Maar hij zag het natuurlijk alleen maar als een opstapje voor het grote werk. Ik zou niet verbaasd zijn als jij volgende week een mailtje van hem krijgt om eens gezellig bij te praten.'

'O, daar hou ik helemaal niet van.'

Glimlachend kijkt Suzy Lucas aan: helemaal opgeklaard.

'Wat gaan we doen?'

'Heb jij het nummer van het provinciehuis?' vraagt Lucas terwijl hij zijn telefoon pakt.

'Drie vijf negen negen, driemaal één.'

Lucas toetst het nummer in.

'Goedemiddag, met Lucas Grimbergen. Mag ik de heer Sybrands van u?'

Terwijl Lucas met het provinciehuis belt, gaat Suzy op zoek naar Sybrands' adres. Als ze terugkomt bij het tafeltje, is Lucas klaar met bellen.

'Er wonen twee Sybrandsen in Arnhem: één autorijschool, voorletter W en een E. Sybrands, Bakenbergseweg 58. Volgens de receptioniste is dat vlak bij Schaarsbergen.'

'Er is alleen één moeilijkheid: hij heeft kanker, en dus waarschijnlijk wel iets anders aan zijn hoofd dan een schandaaltje rondom een kerncentrale. Volgens zijn secretaresse was hij de laatste maanden meer in het ziekenhuis dan thuis.'

'O.' Suzy vindt het zielig dat Bert-met-zijn-mooie-pak ernstig ziek is en misschien wel doodgaat.

'We moeten ons ook afvragen hoe betrouwbaar het verhaal is van iemand die misschien al maanden onder de morfine zit.'

'We laten hem met rust.'

Lucas kijkt haar stomverbaasd aan. 'Onze favoriete bron? Terwijl híj ons waarschijnlijk die tekeningen heeft toegestuurd?'

'Dat is helemaal niet zeker.'

Lucas lacht.

'En gisteren...'

'Ja, ik weet ook wel wat ik gisteren zei, maar dit verandert de zaak.'

'Ik wil het toch proberen. We bellen hem op en proberen hem een beetje te peilen. Misschien wil hij niets liever dan zijn verhaal vertellen,' zegt Lucas beslist.

Suzy luistert met haar armen over elkaar geslagen toe terwijl Lucas de vrouw van Sybrands aan de lijn krijgt, die hem bits duidelijk maakt dat haar man niet met journalisten praat. Na enig aandringen noteert ze Lucas' nummer met de belofte aan haar man door te geven dat Lucas heeft gebeld.

Terwijl ze wachten op bericht van Sybrands, bellen ze alle mogelijke toeleveranciers en afnemers van de zogenaamde radio-isotopenfabriek van Meichenbeck Medical. Want als ze kunnen aantonen dat de fabriek klanten noch leveranciers heeft, kunnen ze de bewering dat het een radio-isotopenfabriek is, weerleggen. In een bordeauxrood vergaderzaaltje bellen ze met producenten van containers voor licht radioactief afval; van jodiumseparatie-filters en uraanverzamelfilters, en van koperoxideovens met isolatiemantels en andere procesonderdelen voor de gemiddelde fabriek voor radiotherapeutische producten. Alle firma's die ze benaderen, geven nul op het rekest.

Dan werken ze een lijst van ziekenhuizen en klinieken af, maar onder de Nederlandse ziekenhuizen is ook geen handelspartner van Meichenbeck te vinden. Om half twaalf stelt Lucas vast dat het tijd is de firma Meichenbeck om opheldering te vragen. 'Als ze het niet willen uitleggen, wordt het stuk: tekeningen, expert, illegale opwerkingsfabriek, geen commentaar. En als ze er wel iets over willen zeggen, wordt het alleen maar interessanter.'

Hij draait het nummer van het hoofdkantoor van Meichenbeck Medical om een gesprek aan te vragen met de CEO, de heer Galanos. Het duurt even voor de secretaresse de ernst van de situatie begrijpt, maar als Lucas uitlegt dat hij van plan is binnen vierentwintig uur te publiceren over de bedrijfsvoering in de kerncentrale, of Galanos nou reageert of niet, is een afspraak snel geregeld: ze kunnen meteen langskomen. Als Lucas ophangt, glimt hij van tevredenheid.

'Gaan we Rinus bij de naam noemen?'

Lucas schudt zijn hoofd.

'En dat vindt Jetze goed?'

'Geen zorgen, dat lossen we wel op.'

Lucas pakt de telefoon en draait een nummer. 'Jetze, Lucas hier.'

'Ja, dat werd een keer tijd zeg!' roept Jetze driftig over de speaker. 'Ik pik dit niet, hoor!'

Lucas en Suzy kijken elkaar schuldbewust aan.

'Ik wilde je even op de hoogste stellen van het feit dat we over een uurtje een afspraak hebben met de exploitant van de kerncentrale. We gaan hem confronteren met bewijs dat daar uranium wordt verrijkt.'

'Wat? Wat voor bewijs is dat?'

'Op de tekeningen die we hebben gekregen, staat een centrifugecascade.'

'Dat is eindelijk eens goed nieuws! Doen jullie wel voorzichtig?'

'Nou, ik bel jou nu, hè.'

'Ja, ja, ik begrijp het. Bel me ook even als je daar de deur uit gaat. Dat zou dan om een uur of twee moeten zijn?'

'Doen we.'

'Succes!'

Lucas hangt tevreden op. 'Eindelijk wordt ons stuk op waarde geschat.'

Een uur later rijden Lucas en Suzy bij de kerncentrale de dijk af. Suzy kan haar zenuwen nauwelijks de baas en steekt een sigaret op. Lucas werpt haar een geërgerde blik toe terwijl hij de auto stilzet voor de slagboom.

'Sorry,' zegt ze en ze dooft de sigaret. Lucas opent zijn raam.

'Grimbergen en Zomer voor de heer Galanos,' zegt Lucas tegen de intercom. Achter de slagboom, aan de overkant van het water, staat een wachthuisje. Ze zien iemand opstaan en een telefoon pakken. Een andere figuur staat op en kijkt hun kant op. Dan, zonder aankondiging, gaat de slagboom open. Ze rijden het bruggetje over en passeren het wachthuisje. Van zo dichtbij zijn Volosjins lijfwachten duidelijk te herkennen. Lucas stuurt de auto in een slakkengangetje naar een stel parkeerplaatsen dat bestemd is voor bezoekers, en zet de auto stil. Ze kijken om zich heen. Geen spoor van inritten naar kelderruimtes, wel lange muren en nieuwe gebouwen die nog glanzen van de verf. In de verte gaat een deur open. Een mevrouw in geruite plooirok met parelketting komt naar hen toe. Suzy en Lucas stappen uit. De vrouw stelt zich voor als de secretaresse van Galanos. Suzy en Lucas volgen haar door een wirwar van gangen, langs kantoren waarin het merkwaardig stil is. Uiteindelijk gaan ze een trappetje op en komen ze in een luxe directiekamer, waar ze meteen worden begroet door een lange man met donker haar en donkere ogen: 'Zia Galanos, ceo van Meichenbeck Medical.'

'Suzy Zomer. Wat een bijzondere naam hebt u.'

'Mijn vader was Griek,' licht Galanos vriendelijk toe. Maar Suzy denkt alleen aan zijn voornaam: dit is Zi. Ze kijkt naar Lucas, die beleefd glimlacht, maar Suzy weet hoe tevreden hij moet zijn: ze hebben de derde man van Rocozi gevonden.

Lucas steekt zijn hand uit om zich voor te stellen. 'Lucas Grimbergen.'

Op dat moment gaat een deur open en verschijnt een figuur die door het sterke tegenlicht moeilijk te herkennen is. Als hij dichterbij komt, herkent Suzy hem. Het is Volosjin: de lichtblauwe ogen, die aapachtige mond en neus. Suzy staart de Rus doodsbang aan. Volosjin knikt haar en Lucas minzaam toe en gaat in een fauteuil zitten, alsof de directiekamer zijn huiskamer is waar hij dagelijks de krant leest. Ook Galanos doet alsof het de gewoonste zaak van de wereld is dat Volosjin daar zit; hij stelt hem zelfs niet voor. In plaats daarvan nodigt hij Suzy en Lucas uit plaats te nemen in stoelen aan de andere kant van de kamer. Suzy vindt het doodeng dat ze gedwongen wordt met haar rug naar Volosjin te gaan zitten, maar ze heeft geen keus, want Lucas neemt de enige stoel vanwaaruit hij Volosjin recht kan aankijken. Uit zijn blik kan ze niets opmaken. Is het haat? Gaat hij zo meteen met Volosjin op de vuist? Haar handen zijn ijskoud. Pas als Galanos hen neerbuigend toespreekt, schiet Suzy wakker.

'U wilde mij een aantal vragen stellen, begreep ik?'

Suzy besluit het woord maar te doen, aangezien Lucas nog steeds naar Volosjin zit te staren. Ze zet haar recorder neer en concentreert zich op Galanos.

'Wat wordt er in deze fabriek gemaakt?' vraagt ze zo neutraal mogelijk.

'Wij maken medische radio-isotopen.'

Voor de vorm maakt Suzy een aantekening.

'Kunt u ons vertellen wie uw klanten zijn?'

'Dat soort informatie wordt hier discreet behandeld, het spijt me.'

'Wij hebben het grootste deel van de ziekenhuizen in de Benelux gebeld en geen van hen koopt bij u isotopen.'

'Dat is een zienswijze waar wij ze snel vanaf hopen te brengen.'

'Wij hebben ook geen bedrijven gevonden waar u onderdelen inkoopt.'

'De onderdelen komen uit Amerika.'

'Kunt u ons een bedrijf noemen waar we dat kunnen verifiëren?'

'Ook dat reken ik tot onze discretie, als u het niet erg vindt.'

'Geldt dat ook voor de grondstoffen?'

'Ja.'

'Als u laag verrijkt uranium inkoopt om radio-isotopen te maken, dan staat dat geregistreerd, dat is geen geheime informatie.'

'Dat klopt, maar ik wens niet uw bron te zijn in dezen.'

'Uitstekend. Kunt u mij vertellen wat er in de kelders van het complex gebeurt?'

'Er zijn helemaal geen kelders,' antwoordt Galanos op verbaasde toon. Suzy begint het somber in te zien.

'Op de bouwtekeningen zijn ze anders behoorlijk duidelijk aangegeven. Volgens onze waarnemingen kunnen er zelfs vrachtwagens in rijden.'

Galanos glimlacht vriendelijk. 'Ik weet werkelijk niet waar u het over hebt.'

'Wij beschikken over de tekeningen voor de laatste verbouwing van de centrale, en onze expert is tot de conclusie gekomen dat er in de nieuwe ondergrondse ruimte meer dan vijfduizend ultracentrifuges moeten staan.'

Ze pauzeert even om Galanos te laten reageren, maar Galanos knikt vriendelijk, alsof hij wil zeggen: ga verder.

'Zo'n installatie heet een centrifugecascade en wordt doorgaans gebruikt om uranium te verrijken. Wat is daarop uw reactie?'

Galanos glimlacht warm, alsof Suzy hem net heeft gefeliciteerd met zijn verjaardag: 'Ik ben eerlijk gezegd nogal verbaasd door de conclusie van uw expert. Er wordt bij ons geen uranium verrijkt. Mag ik vragen hoe u aan die bouwtekeningen komt?'

'U begrijpt dat we op dit moment liever geen namen noemen,' antwoordt Suzy zakelijk.

Een spijtige blik van Galanos.

'Maar als u ze wilt zien, kan dat.'

'Hebt u bewijs dat het daadwerkelijk tekeningen van ons terrein zijn?'

'Wij hadden gehoopt dat u dat zou willen bevestigen.'

Weer die beminnelijke glimlach. Suzy begint kwaad te worden: 'Zegt de naam "Rocozi" u iets?'

'Dat is een investeringsmaatschappij waarin ik participeer.'

'Samen met?'

'Ik heb het gevoel dat u dat al weet.'

'Ik wil het graag van u horen.'

'Ik denk niet dat het erg relevant is.'

Opeens staat Volosjin op, en verlaat de kamer. Suzy weet even niet wat ze moet doen. Ze kijkt vragend naar Lucas, die ook even van zijn à propos lijkt te zijn gebracht. Dan weer naar Galanos. Wat kan ze vragen over Rocozi? Of ze de jaarrekeningen mag inzien? Kansloos.

Dan mengt Lucas zich voor het eerst in het gesprek: 'Is het mogelijk een rondleiding te krijgen over het terrein?'

'Zoals u misschien weet is Meichenbeck een commercieel bedrijf. Rondleidingen voor het publiek laten we graag over aan de NRG in Petten of Urenco in Almelo.'

'U wilt niemand op uw terrein toelaten?'

'Dat heb ik niet gezegd.'

'Als hier werkelijk geen ultracentrifuges zijn, lijkt het me geen probleem als wij een kijkje nemen. Wij willen graag overtuigd worden,' zegt Lucas kalm.

'Dat moet ik intern bespreken.'

'Het zou prettig zijn als dat nu zou kunnen, we zijn er nu toch. En we willen niet al te lang wachten met publicatie.'

Heel goed, maak hem maar bang, denkt Suzy.

'Wat gaat u dan allemaal opschrijven, meneer Grimbergen?'

'Dat wij over tekeningen beschikken – die overeenkomen met de feitelijke situatie – waaruit blijkt dat er uranium wordt verrijkt in de centrale. En dat u dat ontkent. En dat we op het provinciehuis in Arnhem vervalste tekeningen hebben gevonden op basis waarvan de vergunning tot het fabriceren van medische isotopen is verleend.'

'Dat wordt een canard van jewelste,' zegt Galanos afgemeten; zijn goede humeur lijkt wat minder te worden.

'Daar denken wij anders over. En onze hoofdredacteur is ook erg enthousiast.'

'Ik kan u nu alvast vertellen dat wij niet zullen accepteren dat u onzin over ons schrijft.'

'Bewijs dan dat het geen onzin is. Geef ons een rondleiding.'

'Dat moet ik eerst overleggen.'

'Waarom? U bent toch de baas?'

'Meichenbeck Hillman is een internationaal bedrijf, zoals u misschien weet. Wij hebben een keur aan eersteklas-advocaten tot onze beschikking, dus ik zou maar eens goed nadenken voor u deze onzin publiceert.'

'Dat klinkt als een dreigement. Vergeet niet dat de bandrecorder loopt!'

Er valt een ijzige stilte. Suzy kijkt van Lucas naar Galanos, die er nu heel kwaad uitziet.

'Blijf even wachten, ik ben zo terug.' Met grote stappen beent Galanos de kamer uit. De deur valt dicht en meteen is het doodstil om hen heen. Suzy kan zich niet inhouden.

'Dat was toch...'

Lucas gebaart haar te zwijgen en pakt de bandrecorder. Met een verbeten uitdrukking op zijn gezicht haalt hij het bandje eruit en stopt het in zijn broekzak. De bandrecorder geeft hij aan Suzy. Ze pakken hun spullen in en trekken hun jassen aan. De stilte wordt steeds onheilspellender. Suzy moet zich beheersen om niet te gaan kwekken van de zenuwen. Ze ziet dat Lucas ook niet helemaal gerust is. Na een paar minuten komt de secretaresse met de parelketting tevoorschijn.

'Komt u mee?'

Even begrijpt Suzy niet wat ze bedoelt.

'Voor de rondleiding.'

'Graag,' zegt Lucas. Hij en Suzy volgen de secretaresse, die met een noodvaart de gang inloopt. Na drie bochten is Suzy haar oriëntatie kwijt.

'Dit zijn de controlekamers voor de assemblagelijn van de stents.'

Suzy ziet twee mannen in witte pakken, die naar computerschermen kijken.

'We kunnen ze nu beter niet storen.'

Verder gaat het, weer een hoek om. Suzy vraagt zich af hoe de secretaresse zo hard kan lopen op haar hoge hakken.

'Dit zijn de kleedruimtes voor het personeel.'

Suzy ziet lange rijen lockers, maar er is geen jas of schoen te bekennen. Waar is iedereen? Aan het einde van de gang wijst de secretaresse naar een deur met een rond raam.

'De personeelskantine.'

Suzy probeert iets van het interieur te zien door op haar tenen langs het raampje te lopen, maar ook daarbinnen ziet ze geen mens. Ze moet rennen om de secretaresse bij te houden. Hierna volgen nog meer controlekamers, assemblagelijnen en veiligheidsinstallaties, met als sluitstuk het reactorvat. De uitleg staat bol van vaktermen, die alleen voor afgestudeerde fysici te begrijpen zijn. Suzy vermoedt dat zelfs Rinus dit lastig gevonden zou hebben.

'Dit is het einde van de rondleiding. Hebt u nog vragen?'

'Loopt er altijd zo weinig personeel rond, hier?' vraagt Suzy voorzichtig.

'We zijn met onderhoud en controles bezig; dan ligt alles stil.'

Lucas en Suzy kijken elkaar even aan: wat een toeval!

Hierna worden ze zonder pardon naar de auto begeleid: hartelijk dank en tot de volgende keer. De secretaresse blijft wachten tot ze wegrijden.

In de auto checkt Suzy haar telefoontjes.

'Rinus heeft gebeld.'

'We kunnen nu niet naar hem toe, dat valt te veel op.'

Suzy knikt en luistert Rinus' berichten af. De eerste boodschap, die de vorige dag is ingesproken, begint midden in het verhaal. Zijn stem klinkt opgewonden.

'... sinds gisteravond te draaien. De hele nacht door. Er gaan duizenden liters beton doorheen, maar ik kan niet zien wat ze precies doen. Ik ga straks even aan de andere kant kijken, als het lukt. Als ik jou was, zou ik de boel even komen opnemen. Ze hebben flink de zenuwen gekregen,' besluit Rinus met zijn typerende nasale giechel.

De tweede boodschap is van die ochtend. Rinus moet per ongeluk Suzy's nummer hebben gedraaid, want het enige wat ze hoort is gestommel en het woeste geblaf van een hond. Dan onverstaanbare stemmen. Suzy gebaart Lucas de auto aan de kant te zetten en geeft hem de telefoon.

'Is dat Russisch?'

Lucas drukt de telefoon tegen zijn oor en luistert ingespannen. De klank van de taal is inderdaad Russisch, maar Lucas kan er geen woord van verstaan. Dan het geluid van een deur die dichtklapt, waarna de stemmen wegsterven in de verte.

'Dit is foute boel,' zegt hij, zijn gezicht wit van spanning.

Hij draait de auto en scheurt vervolgens over de smalle dijk naar Rinus' landje.

De caravan van Rinus staat vlak achter de zomerdijk, op enkele tientallen meters van de rivier. De trekhaak van de caravan is met een stalen kabel bevestigd aan een lier. De lier is op het hoogste punt van de zomerdijk bevestigd aan een paal die diep in de grond is geslagen. Terwijl Lucas en Suzy uit de auto springen, zien ze dat Rinus bezig is drijvers aan de caravan te bevestigen. Ze rennen naar hem toe.

'Rinus! Wat ben je daar aan het doen?' roept Suzy van een afstandje.

Rinus geeft geen antwoord. Onverstoorbaar klikt en schroeft hij aan zijn constructie. Rondom zijn caravan is het een geweldige puinhoop. Zijn hele wetenschappelijke bibliotheek ligt in de modder verspreid.

'Wie is hier geweest?' vraagt Lucas buiten adem.

Rinus neemt nog steeds niet de moeite antwoord te geven en gaat verder met zijn werk. Aan de wielassen van de caravan heeft hij een buizenconstructie bevestigd waaraan aan weerszijden vier knaloranje, cilindervormige drijvers van minstens twee meter lang zitten. Het geheel ziet eruit als een logge catamaran, zonder zeil.

'Waren het die gasten in die leren jassen?'

'Weet ik niet. Het maakt niet uit.'

'Maar je hebt ons gebeld toen ze hier waren, vanochtend. Ik hoorde ze Russisch spreken,' dringt Lucas aan.

Rinus kijkt Lucas verbaasd aan.

'Nee hoor.'

Suzy loopt tussen de spullen door in de hoop iets waardevols te kunnen redden. Ze hapt naar lucht als ze ziet dat Goof, de hond van Rinus, dood onder een stuk zeil ligt. Hij heeft een groot gat in zijn flank. De ogen van de hond zijn open en er staat schuim op zijn lippen. Blijkbaar heeft hij zijn longen uit zijn lijf geblaft voor hij de kogel kreeg. Suzy kan haar tranen niet bedwingen.

'Klootzakken! Vuile, gore klootzakken!' gilt ze. Rinus kijkt niet op of om, maar Lucas komt geschrokken naar haar toe. Als hij de hond ziet, kan ook hij een vloek niet binnenhouden. Hij gaat op zoek naar de andere dieren. Die vindt hij in de caravan. Dat wil zeggen: in de caravan huppen een paar konijnen rond en een geit heeft zich onder de tafel verstopt. De andere dieren zijn waarschijnlijk weggevlucht. Lucas en Suzy kijken elkaar geschokt aan.

'Hij wil varen met dat ding,' fluistert Suzy.

Lucas knikt. 'Dit is hij al die tijd van plan geweest.'

Dan horen ze een bonk op het dak van de caravan. Ze schrikken, maar als ze naar buiten komen, zien ze dat het geluid veroorzaakt werd door Rinus, die een wietplant heeft uitgegraven en op het dak van de caravan heeft gezet.

Voorzichtig zegt Suzy: 'Rinus, als je wilt kunnen wij woonruimte voor je regelen. Ik heb een zolderkamer...'

Rinus loopt zonder te luisteren weg. Suzy en Lucas volgen hem.

'Vertel dan in ieder geval wat er is gebeurd.'

'Ik ging even kijken aan de andere kant van de centrale en toen ik terugkwam was het zo. De wind kwam uit het zuidoosten, anders had ik misschien wel schoten gehoord.'

'Waarom hebben ze dit gedaan?'

'Nou, ik denk dat ze geen pottenkijkers willen, hè? Ze hebben Goof gedood.' Zijn blik is intens verdrietig. Even denkt Suzy dat Rinus zal gaan huilen, maar dan vermant hij zich: 'Hoogste tijd om over te gaan tot plan B.'

Rinus loopt naar de andere kant van de caravan om de bevestiging van de drijvers te controleren. Terwijl hij tegen verbindingen trapt en aan drijvers trekt, waarbij de caravan vervaarlijk mee wiebelt, probeert Lucas hem over te halen zijn plannen te herzien.

'Rinus, je neemt een veel te groot risico, en dat hoeft helemaal niet. Als je met ons meegaat...'

'Ik ga niet naar de stad.'

'Dit ding drijft niet en de stroming is veel te sterk.'

'Ik heb het uitgerekend, met alle boeken erin kon het, dus als er iets fout gaat, is het eerder omdat ik wegvlieg dan omdat ik zink.'

Hij controleert of de houten planken die hij voor de wielen van de caravan op de grond heeft gelegd, goed liggen en loopt langs de staalkabel naar de lier op de zomerdijk. Lucas gaat achter hem aan.

'Het is levensgevaarlijk, Rinus! Als de constructie maar even uit balans raakt, breekt-ie in stukken en dan zitten jij en de dieren tussen de brokken in een snelstromende rivier. En dan heb ik het niet eens over alle rijnaken die hier varen!'

Met zijn hand boven zijn ogen kijkt Lucas naar een enorme zandschuit die voorbij stoomt.

'Lucas!' roept Suzy.

Lucas draait zich om. Suzy staat beneden en wijst naar de winterdijk. Een kleine tweehonderd meter verderop is een grote zwarte auto verschenen. Rinus ziet het ook. 'Help je mee?' vraagt hij.

Rinus pakt de lier. Lucas aarzelt een moment; hij weet dat hij en Suzy zijn auto niet kunnen bereiken zonder de inzittenden van de zwarte auto tegen te komen. Suzy komt naar hen toe.

'Zie je ze?' vraagt ze ten overvloede.

Lucas pakt de lier ook vast. Hij kijkt Rinus aan.

'Een, twee...'

Ze trekken aan de lier, maar er komt geen beweging in.

'Duwen!' roept Lucas naar Suzy, die niet-begrijpend naar hem opkijkt.

'Je moet de caravan duwen!'

Suzy draait zich om en loopt naar de caravan. Lucas volgt haar. Ze pakken ieder een hoek van de caravan.

'Een, twee, drie!' schreeuwt Lucas.

Uit alle macht duwen Suzy en Lucas tegen de caravan, die meteen van zijn plaats komt. Rinus maakt een slag met de lier.

'Doorgaan!'

De caravan waggelt over het hobbelige grasveld de zomerdijk op, de drijvers als onzekere vlerken naast zich, en vreemd genoeg houdt het ding enige vaart. In de caravan horen ze de geit angstig mekkeren.

Als hij bijna op de zomerdijk staat, komt de caravan tot stilstand.

'Stop maar,' zegt Rinus kalm. Hij loopt naar de plek waar de caravan stond en begint de houten platen naar boven te slepen.

Op de winterdijk stappen drie mannen uit de zwarte auto.

Lucas ziet dat de caravan bijna bij de lier is, en beseft dat de lier nu in de weg staat. Hij koppelt de staalkabel los van de trekhaak. Beneden hem hebben Rinus en Suzy allebei een hoek van de caravan te pakken.

De mannen staan nog steeds bij hun auto en lijken te overleggen wat ze zullen doen.

'Eén, twee, drie!'

Met al hun kracht duwt en trekt het drietal de caravan over de laatste hobbel, en dan begint de caravan naar beneden te rijden. 'Opzij!' schreeuwt Rinus tegen Lucas. Net op tijd weet Lucas het gevaarte te ontwijken. Dan duwen ze het samen het water in. Hoewel de caravan behoorlijk scheef in de constructie hangt, blijft hij prachtig drijven. Rinus springt met verrassende lenigheid op een van de drijvers en klimt op het dak van de caravan. Hij pakt een lange paal die los op het dak ligt en duwt het vlot verder van de kant. Het duurt niet lang of de stroming neemt het vaartuig mee. Dan steekt Rinus zijn hand op. 'Tot in de pruimentijd, mensen.'

De wietplant wuift in de wind. De geit steekt zijn kop door de deur van de caravan en kijkt verdwaasd naar al het water.

Lucas en Suzy kijken toe vanaf de dijk, bezorgd en jaloers tegelijk. Het avontuur van Rinus kan in hun ogen alleen maar slecht aflopen: confrontaties met rijnaken, gebrek aan voedsel en water en de onbestuurbaarheid van het vlot zullen snel een einde maken aan deze glorieuze vlucht. Ze hopen maar dat Rinus ook daarvoor weer oplossingen zal verzinnen die zij zich niet eens kunnen voorstellen. Dan horen ze stemmen achter zich en ze draaien zich om. Twee mannen van Volosjin staan tegenover hen. Brede koppen met borstelig haar en ijskoude ogen. Onder hun zwartleren jassen zijn hun wapens goed te zien. Suzy staart angstig naar hen. Nu is het met hen gedaan.

'Bel jij Jetze even,' zegt Lucas rustig tegen Suzy. Zonder op antwoord te wachten, vraagt hij de heren vriendelijk wat hij voor hen kan doen. Hij glimlacht er zelfs bij.

'*You have no business here. This is a private property,*' bromt de kleinste van het stel met een zwaar Russisch accent.

'*I'm so sorry,*' zegt Lucas overdreven beleefd. '*We had no idea. My name is Lucas Grimbergen, I'm a reporter for a national newspaper. We're writing an article.*' Hij laat zijn perskaart zien. Terwijl de mannen zijn perskaart bestuderen, geeft Suzy hun precieze locatie door aan Jetze. Te oordelen naar het snelle uitwisselen van blikken, ontgaat het de mannen niet dat Suzy het woord 'Dodewaard' gebruikt. Ze overleggen even, maar nadat ze ook Suzy's perskaart hebben bekeken, laten ze Lucas en Suzy gaan.

Eenmaal in de auto begint Lucas hartgrondig te vloeken.

'Klootzakken! Ik haat het, dat intimideren. Het is inderdaad *private property*, maar eigendom van Rinus. Ze hebben godverdomme zijn hele bestaan verwoest!'

Suzy heeft Lucas nog nooit zo boos gezien. Hij krijgt het sleuteltje niet goed in het contact.

'Zal ik rijden?'

'Dat is niet nodig,' bromt hij. Lucas start de motor en geeft flink gas om de weg op te komen, graspollen vliegen door de lucht.

'Wat waren ze van plan, denk je?'

'Bang maken, maar ze zijn blijkbaar ook geïnstrueerd om het netjes te houden.' Hij ramt op zijn stuur. 'Dat is precies wat hier mis is. Rinus kan er niets aan doen, hij doet zijn best voor ons terwijl hij er zelf geen belang bij heeft, maar uiteindelijk is híj het slachtoffer! En alleen maar omdat wij de macht hebben om een stukkie over ze te schrijven, laten ze ons met rust.'

Lucas schept adem om door te gaan met zijn tirade, maar voor hij dat kan doen, wijst Suzy naar de rivier.

'Daar is hij!'

Tussen een paar bomen zien ze het vlot van Rinus drijven.

Lucas geeft gas en rijdt snel over de dijk naar een parkeerplaats een paar honderd meter verderop. Ze springen uit de auto en rennen naar het water. Als Rinus hen op de kant ziet springen en roepen, steekt hij gemoedelijk zijn hand op, alsof hij op een gerieflijk motorjacht vakantie houdt.

De rinkelende telefoon van Lucas maakt een eind aan de idylle.

'Met Sybrands.'

Vijftien

Op weg naar Sybrands probeert Suzy Kneipert, Van Velde en Wegman aan de lijn te krijgen, maar zij verschuilen zich allemaal achter hun secretaresse. Zelfs als Suzy duidelijk maakt dat het om Rocozi gaat en dat ze Galanos hebben gesproken, houden de dames de boot af. Maar vijf minuten later krijgt Lucas een telefoontje van Kneipert: 'Ik zeg helemaal niets meer.' Voor Lucas kan reageren, vervolgt hij: 'En ik heb ook niets gezegd. Luister je bandje nog maar eens af. Ik heb niets gezegd.'

'Waarover?'

'Over die zogenaamde kwestie waar jullie mee bezig zijn.'

Lucas zet zijn telefoon op de speaker. Hij articuleert duidelijk en praat langzaam in een poging Kneipert wat af te remmen: 'Volgens onze expert wordt er uranium verrijkt op het terrein van de voormalige kerncentrale Dodewaard...'

'Onzin.'

'... maar bij de heropening van de centrale zijn alleen vergunningen verleend voor de productie van medische isotopen. Hoe verklaart u dat?'

'Uw expert kletst uit zijn nek.'

'Hij baseert zich op bouwtekeningen die ons een paar dagen geleden zijn toegestuurd, tekeningen die perfect overeenkomen met de vorm en afmetingen van het perceel. Wij denken dat dat de tekeningen zijn die in uw archief hadden moeten liggen. En wij denken dat iemand ze heeft verwisseld met de onzintekeningen die wij van uw voorlichter hebben gekregen.'

'Wat wilt u daarmee zeggen?'

'Dat u, of iemand anders op het provinciehuis, betrokken is

bij de illegale productie van verrijkt uranium.'

'Dat is onzin, meneer. En ik zou maar eens goed nadenken voor u zoiets publiceert. Er zijn betere manieren om de komkommertijd door te komen.'

'Dat klopt. Zo hebben wij een dvd waarop u...'

'Je doet maar wat je niet laten kunt. Het maakt allemaal niets uit.'

'Waarom niet? Gaat u uw ontslag aanbieden?'

'Zeker niet. Daar is geen enkele reden voor.'

Einde gesprek.

Suzy kijkt Lucas aan. 'Je bent vergeten naar Rocozi te vragen.'

Lucas haalt zijn schouders op. 'Had hij toch geen antwoord op gegeven.'

Het gesprek dat Lucas heeft met Rob Wegman is vriendelijker van toon, maar bepaald niet informatiever.

'Wij zouden u graag een keer willen spreken over de verbouwing van de kerncentrale Dodewaard.'

'Ga je gang.'

Zijn accent is plat, maar Suzy kan het niet thuisbrengen. Utrechts?

'Kunnen we ergens afspreken? We willen u graag iets laten zien.'

'Heb ik geen tijd voor, ik heb een bedrijf te runnen.'

'Goed. Dan wil ik graag weten wat u voor de firma Meichenbeck Medical hebt gebouwd op het terrein van de voormalige kerncentrale in Dodewaard.'

'Pff, we hebben de hele boel daar aangepakt. Bruggetje opgeknapt, assemblagehal neergezet, ruimtes voor het personeel: douches, kantine, controleruimtes.' Nonchalant gaat hij verder: 'Parkeerplaatsen, technische installaties, laboratoriumruimte...'

'Ook nog ondergrondse ruimtes gemaakt?'

'Onder de grond? Ben je gek. Er is daar plek zat.'

'Voor een centrifugecascade?'

'Wat is dat?'

Alsof hij nog nooit van zoiets heeft gehoord, zo dom klinkt zijn vraag. Suzy schudt haar hoofd van verbazing. Lucas is onverstoorbaar. 'Een installatie om uranium te verrijken.'

Een brutale lach, deze bluffer is voor niemand bang. 'Waarvoor? Om energie op te wekken?'

'Of om kernwapens te maken,' zegt Lucas droog.

'Nou, ik dacht het niet. Daar hebben ze helemaal geen vergunning voor.'

'Wat voor vergunning hebben ze dan wel?'

'Een bouwvergunning, meneer. Meer hoef ik niet te weten.'

'Wij hebben anders begrepen dat uw zakenpartner Sergej Volosjin ook mede-eigenaar is van Meichenbeck Medical.'

'O, is dat zo?'

'U weet toch wel hoe u aan uw opdrachten komt?'

'Ga je nog een vraag stellen, of houden we dit slappe geouwehoer?'

'Wie is de grootste aandeelhouder in uw bedrijf?'

'Dat ben ik.'

Suzy en Lucas kijken elkaar aan. Ha!

'Bedoelt u dat u de eigenaar bent van Aurora bv?'

'Wat is dat?'

'Aurora bv bezit via Tulpjes bv en Ideal bv 51 procent van de aandelen van Wegman Werken. Maar Aurora is ook de medeoprichter van Meichenbeck Medical. Dus óf u bent mede-eigenaar van Meichenbeck en dan bent u op de hoogte van wat daar gebeurt, óf u bent niet de grootste aandeelhouder van Wegman Werken.'

'Zullen we dan maar voor het laatste kiezen?' antwoordt Wegman listig.

'U kent de mensen die u twee jaar geleden van het faillissement hebben gered, toch?'

'Ik heb een doorstart gemaakt en inmiddels draai ik weer winst. Daar ben ik tevreden mee.'

'En wat is de tegenprestatie die u daarvoor hebt geleverd?'

'Ik heb me het snot voor de ogen gewerkt om uit de rode cijfers te komen.'

'Ja, en nu bouwt u het goedkoopste voetbalstadion van Nederland voor Betuwe Boys.'

'Ik ben gek op voetbal.'

'Geldt dat ook voor uw vriend Cor Kneipert?'

'Wie?'

'Cornelis Kneipert, gedeputeerde ruimtelijke ordening en economische zaken voor de provincie Gelderland. U bent achttien maanden geleden samen met hem in een bordeel gesignaleerd,' legt Lucas geduldig uit.

'Mag een gezonde Hollandse jongen niet meer naar de hoeren?'

'Hebt u enig idee hoe een dvd van dat bezoek bij ons op de redactie terecht is gekomen?'

'Nee,' klinkt het olijk, pesterig bijna.

'U hebt hem niet op de post gedaan? Of daar opdracht toe gegeven?'

'Wat denk je zelf?'

Dit heeft geen zin, beseft Suzy.

'Goed, dan noteren wij dat u niet op de hoogte bent van het feit dat er een ondergrondse opwerkingsfabriek bij Dodewaard is gebouwd.'

'Dat kun je rustig doen.'

'En dat u niet bekend bent met de investeerders in uw eigen bouwbedrijf.'

'Ik heb die tent samen met mijn vader uit de grond gestampt, er zijn helemaal geen investeerders.'

'Uitstekend. Bedankt voor de medewerking.'

Suzy zet de opname stil.

'Wat een gehaaide kerel, zeg!'

Lucas knikt en kijkt naar het huis van Bert Sybrands, waar ze inmiddels voor staan. Een lommerrijke laan, een mooi rieten dak.

'Zullen we maar?'

Ze stappen uit en Suzy probeert zich voor te bereiden op een emotionele toestand terwijl ze naar de deur lopen en wachten tot er wordt opengedaan. Een magere man met een donkerblauw honkbalpetje staat in de deuropening, een zuurstoftank op wieltjes naast hem. Door de goudkleurige bril en de haakneus is het niet moeilijk Sybrands te herkennen, maar hij ziet eruit alsof hij ieder moment dood kan neervallen.

'Zo, daar zijn jullie dan. Kom maar gauw binnen, anders vat ik nog kou.'

Snel stappen Suzy en Lucas naar binnen, waarna Sybrands de deur achter hen sluit. Hij gebaart dat ze moeten doorlopen.

'Ik ga jullie niets te drinken aanbieden, dat is me te veel gedoe. Maar als je iets wilt,' hij gebaart naar de keuken, 'ga je gang. We gaan hier zitten.'

De laatste zin is hijgend en piepend uitgesproken en Suzy en Lucas zijn niet verwonderd als Bert even zijn mond houdt terwijl hij naar zijn gemakkelijke stoel schuifelt, zijn zuurstofmasker opzet en gebaart dat ze van wal kunnen steken. Lucas legt uit waar ze mee bezig zijn en wat ze gevonden hebben. Bert komt langzaam op adem en knikt geïnteresseerd, maar steekt voor Lucas hem om commentaar kan vragen, zijn hand op.

'Die tekeningen heb ik jullie gestuurd, maar dat hadden jullie waarschijnlijk al begrepen.'

Lucas knikt alsof hij dit altijd heeft geweten en hoewel Suzy nauwelijks kan geloven dat ze nu oog in oog zit met hun bron, doet ook zij alsof ze hier niet van opkijkt.

'Ik kan jullie precies uitleggen hoe het zit, maar ik wil niet met mijn naam in de krant. Zelfs een omschrijving als "zegsman op het provinciehuis" gaat te ver. Voor mij maakt het niet zo veel uit, maar ik wil niet dat mijn vrouw er last mee krijgt. Als ik er straks niet meer ben, moet dit hier,' – hij gebaart naar de duur ingerichte huiskamer waarin ze zitten – 'allemaal doorgaan. Het is voor haar al vervelend genoeg.'

Suzy en Lucas knikken begrijpend.

'Als secretaris van de provincie ben ik verantwoordelijk voor het ambtenarenapparaat en voor de uitvoering van het beleid. Hoewel ik in principe niets met de ideologische achtergronden van dat beleid te maken heb, ben ik wel getuige van het politieke spel waarin het tot stand komt. Ik ben bij de vergaderingen van Gedeputeerde Staten en ik overleg met de commissaris der Koningin en de gedeputeerden. Discretie is een belangrijke eigenschap voor een secretaris, maar soms gaan mensen te ver.'

Met een verontschuldigend gebaar zet hij het zuurstofmasker op. Terwijl Bert op adem komt en Lucas aantekeningen maakt, kijkt Suzy om zich heen. Achter Lucas – waar de royale huiskamer aan de tuin grenst – staat een hometrainer in de hoek. Het is moeilijk voor te stellen dat de broze Sybrands daarop plaatsneemt om een half uurtje te fietsen, temeer daar er in de andere hoek een rolstoel staat. Het tafeltje naast zijn stoel is bezaaid met spullen: een pillendoos, een karaf water, een schaal met snoepjes, een stapel tijdschriften, een opengeslagen boek, de afstandsbediening en de telefoon. Deze man woont in die stoel. Hij zit hier al maanden in zijn veel te ruime kaki broek en donkergroene katoenen trui, waar de schouders als tentstokken doorheen prikken. Op zijn wang zitten bruine vlekken en als hij het zuurstofmasker van zijn mond haalt, ziet Suzy dat zijn nagels afgebrokkeld zijn. Sybrands glimlacht.

'Erg fraai is het allemaal niet, hè?'

Suzy voelt zich betrapt en weet even helemaal niets te zeggen.

'Mijn dochter is net zo oud als jij, die kan het ook niet aanzien.'

En dan, alsof Suzy volkomen adequaat heeft gereageerd op deze ontboezeming, wendt hij zich tot Lucas: 'Het plan was om de ontmanteling van de kerncentrale te financieren door de liggende gelden te beleggen. Maar de aanhoudende ellende op de aandelenbeurzen heeft dat plan om zeep geholpen. Dus zaten ze zonder geld, met een kerncentrale die ontmanteld moest worden. In die situatie was het voorstel van Meichenbeck Medical – om de kerncentrale te heropenen – zo gek nog niet. Ik geloofde er toen ook in.'

Bert kijkt even peinzend voor zich uit. Suzy en Lucas wisselen een blik.

'Neem me niet kwalijk. Herinneringen.'

Hij glimlacht verontschuldigend en vervolgt zijn verhaal.

'Twee jaar geleden hebben Wegman, Volosjin en Kneipert...' Hij kijkt hen aan om te controleren of die namen allemaal bekend zijn. Suzy en Lucas knikken.

'... die drie hebben de koppen bij elkaar gestoken. Volosjin en Wegman wilden de kerncentrale heropenen, en Kneipert wilde dat voor hen regelen. Maar hij wilde er ook iets voor terug.'

'Rocozi?' suggereert Suzy.

'Precies: geld. Via Rocozi investeert hij zogenaamd in Meichenbeck Medical en de tevoorschijn getoverde winsten – allemaal zwart geld van Volosjin – vloeien naar zijn privérekening. Voor Van Velde en Galanos hebben ze dezelfde constructie gebruikt.'

'En Wegman?' vraagt Lucas.

'Wegman is van een zeker faillissement gered en heeft een florerend bedrijf. Niet in de laatste plaats door de twee grote orders van het laatste jaar.'

'De kerncentrale en het voetbalstadion,' vult Suzy aan.

'Op het voetbalstadion maakt hij verlies,' werpt Lucas tegen.

'Wat wordt gecompenseerd door de exorbitante aanneemsom voor de verbouwing van de kerncentrale.'

'Aha!' Lucas knikt heftig; dat hij daar niet eerder aan heeft gedacht! Bert glimlacht geamuseerd.

'Maar waarom is Betuwe Boys erbij betrokken?' wil Suzy weten.

'De provincie kan wel besluiten een vergunning af te geven voor de heropening van een kerncentrale. Maar als de gemeente waarin de centrale ligt daar bezwaar tegen maakt, kom je in jarenlange procedures terecht en dat kost handenvol geld. Dus toen bleek dat de gemeente Neder-Betuwe praktisch failliet was door een misstap van een wethouder, terwijl de plaatselijke voetbal-club een nieuw stadion nodig had... De afspraak was snel ge-maakt: Neder-Betuwe zou niet moeilijk doen over ingebruik-name van de kerncentrale, in ruil voor een nieuw stadion en tientallen goedkope winkelpanden en woningen voor de plaatse-lijke bevolking.'

Sybrands pakt zijn zuurstofmasker en neemt een ademteug.

'Maar ze hadden er niet op gerekend dat Bert Sybrands zou dwarsliggen,' zegt hij als hij weer kan praten.

'Wanneer ontdekte u dat er iets niet klopte?'

'Vrijwel meteen. U moet weten dat Cor Kneipert zichzelf nogal overschat. Terwijl hij de boel met boven en beneden regelde...'

'Met de commissaris der Koningin?'

Sybrands aarzelt even. Suzy houdt haar adem in: gaat hij de commissaris der Koningin erbij lappen?

'Na tien jaar gesteggel zou de provincie eindelijk een nieuwe waterzuiveringsinstallatie krijgen en ook nog voor een koopje: een bedrag dat tonnen lager lag dan de provinciale begroting. Dat vond ik vreemd, dus ik ging op onderzoek uit en ontdekte dat de betreffende aannemer een jaar eerder nog uitstel van be-taling had aangevraagd. Toen ik daar iets over zei, raakten ze in paniek. Ik werd meegenomen naar een restaurant en een bor-deel. Kneipert spiegelde me voor dat ik zonder een cent te in-vesteren een miljoen winst kon opstrijken als ik zou meewer-ken.'

Lucas seint naar Suzy, die een foto van Kneipert en Sybrands in Club Intiem uit haar map haalt en aan Sybrands laat zien. Sy-brands glimlacht. Anders dan Kneipert schrikt hij niet en er is op zijn gezicht geen spoor van schaamte te bekennen.

'Als hij me dat belachelijke bedrag niet had geboden, had ik het waarschijnlijk laten passeren, maar toen ik hoorde dat ze er een miljoen voor overhadden, begreep ik dat er iets goed fout zat. Ik wilde precies weten waaraan ik geacht werd mee te werken en dat heeft Kneipert me verteld: Meichenbeck, Dodewaard, opwerkingsfabriek. Hij vond het een briljant plan.'

Sybrands is nu zo bleek geworden, dat Suzy hem zijn zuurstofmasker aanreikt, dat hij dankbaar accepteert. In stilte wachten Lucas en Suzy tot hun orakel op krachten komt. Het geluid van een sleutel die in het voordeurslot wordt gestoken, maakt een einde aan de serene sfeer. Krachtige voetstappen naderen door de hal. In de deuropening verschijnt een knappe vrouw, die de gasten van haar man verbaasd opneemt. Ze stelt zich voor als mevrouw Sybrands, maar haar glimlach is koel; ze zit niet te wachten op mensen die haar man vermoeien. Nadat ze hen de hand heeft geschud, vraagt ze Lucas en Suzy in de keuken te wachten terwijl zij met haar man praat.

Als stoute schoolkinderen wachten Lucas en Suzy in de lege keuken. Ze durven niet te gaan zitten en proberen niet te luisteren naar de gedempte stemmen in de huiskamer. In de gang staan tassen met boodschappen.

'Gaat ze ons eruit gooien?' vraagt Suzy zachtjes.

Lucas gebaart dat hij het niet weet.

Na een paar minuten komt mevrouw Sybrands de gang in en pakt de tassen op. Terwijl ze die op het aanrecht zet, zegt ze: 'Mijn man zit op u te wachten.'

Suzy en Lucas lopen naar de huiskamer, waar Sybrands, bleker dan voorheen, net het zuurstofmasker op zit.

'Moet gaan afronden,' zegt hij buiten adem terwijl hij in de richting van de keuken gebaart. Lucas en Suzy glimlachen ten teken dat ze de situatie begrijpen.

'Ik zal proberen vragen te stellen waarop korte antwoorden mogelijk zijn,' zegt Lucas rustig. Sybrands knikt.

'Hebt u geprobeerd Wegman in diskrediet te brengen?'

Sybrands knikt: 'Was niet moeilijk. Zijn bedrijf was niet solvabel.'

'Was Kneipert ervan op de hoogte dat u dat deed?'

'Ze hebben het geraden, maar ik heb het nooit bevestigd.'

'Dat heeft ze er niet van weerhouden u te chanteren met de opnames in Club Intiem?'

Sybrands lacht hees: 'Nee.'

'Maar u hebt die meisjes niet aangeraakt en uw vrouw alles verteld.'

Verrast kijkt Sybrands Suzy aan. Hoe weet zij dat? Sybrands glimlacht: 'Correct.'

'Dus ze kregen geen grip op u?'

Trillend haalt Sybrands het kapje van zijn gezicht. Als Suzy wil protesteren, gebaart hij haar te zwijgen.

'Ze konden me een tijdje niet vinden omdat ik voor behandeling naar Boston was. Toen ik terugkwam, had het niet veel zin meer mij met de dood te bedreigen.'

'U bent bedreigd?'

'Onlangs. De dag voor ik jullie de bouwtekeningen stuurde.'

'Hebt u ons ook de dvd gestuurd die in Club Intiem is gemaakt?'

'Nee, dat moeten Wegman en Volosjin gedaan hebben. Om Cor onder druk te zetten. Hij is een paar dagen geleden langs geweest, en heeft me gesmeekt alles te ontkennen als jullie langs zouden komen.'

'Waarom doet u dat niet?' vraagt Suzy. Sybrands haalt een paar keer diep adem voor hij antwoordt: 'Ik ben mijn hele leven ambtenaar geweest. Een ambtenaar voert uit, volgt orders op, of hij het ermee eens is of niet. Dit is mijn laatste kans om een daad te stellen.'

Suzy heeft met Sybrands te doen. Ze begrijpt hem wel: de gewone man, die één keer buitengewoon wil zijn. Zoals haar vader. Maar die zal altijd gewoon blijven. Tot haar verbazing knijpt haar keel dicht van emotie, en springen de tranen haar in de ogen. Als ze merkt dat Lucas naar haar kijkt, knippert ze de tranen haastig weg.

Sybrands is weer enigszins op adem gekomen. 'Het lijkt moedig, maar het is laf. Ik heb niets meer te verliezen.'

'Hebt u aangifte gedaan van die bedreiging?' vraagt Lucas.

Suzy probeert haar emoties de baas te worden.

'Dat wil mijn vrouw niet. Ze is bang.'

'Terecht,' oordeelt Suzy.

Lucas blijft zakelijk: 'Hoe ging die bedreiging in zijn werk?'

'Ze hebben waarschijnlijk ons huis in de gaten gehouden. Mijn vrouw was net weg om boodschappen te doen toen de bel ging. Twee Russische vechtjassen drongen hier naar binnen en zetten me in mijn stoel. Toen hebben ze de morfinekraan dichtgedraaid,' zegt hij terwijl hij naar de infuuspomp op het tafeltje naast hem wijst. 'Tegelijkertijd werd mijn vrouw klemgereden op de N348. Ze hebben niets tegen haar gezegd, alleen haar telefoon en autosleutels afgepakt en een uurtje om haar auto gestaan op de oprit van een leegstaande boerderij. Pure intimidatie.'

Voor het eerst toont Sybrands iets anders dan droog cynisme, zijn ogen worden vochtig. Suzy onderdrukt de neiging zijn hand te pakken en kijkt Lucas aan. Is het zo niet genoeg? Lucas negeert haar.

'Hoe lang is dat geleden?'

'Dinsdag. Een dag voor Kneipert langskwam.'

'En wij op de redactie die dvd kregen toegestuurd. Ze hoopten dat wij dat op de voorpagina zouden gooien,' zegt Lucas. Sybrands knikt.

'Mag ik vragen hoe lang u al morfine gebruikt?'

'Ik ben nog helder genoeg om de administratie voor mijn vrouw te doen.'

'Hebt u foto's of film- of geluidsopnamen die dit verhaal kunnen ondersteunen?'

Sybrands schudt zijn hoofd: 'Behalve die bouwtekeningen heb ik niets. Iedereen was altijd erg voorzichtig.'

'Wie heeft de tekeningen verwisseld?'

'Cor Kneipert.'

'Is de commissaris der Koningin op de hoogte?'

Sybrands knippert met zijn ogen. 'Dat weet ik niet.'

Lucas gelooft hem niet en blijft hem recht aankijken. Sybrands pakt het zuurstofmasker.

'En de minister van Economische Zaken?'

Sybrands gebaart dat hij dat ook niet weet.

Suzy wil dat Lucas ophoudt, want Sybrands ziet inmiddels bijna groen van ellende. Voor Lucas een nieuwe vraag kan stellen, staat ze op. 'Fijn, meneer Sybrands, dank u wel voor de medewerking.'

Lucas kijkt haar verstoord aan en richt zich met een indringende blik tot Sybrands.

'Als wij nu opschrijven dat we uit betrouwbare bron...'

'Nee, nee, niets. Jullie moeten iemand anders vinden.'

'U weet heel goed dat er niemand anders is.'

'Ik moet mijn gezin beschermen.'

'Goed, we laten u erbuiten,' belooft Suzy.

Lucas staart haar woedend aan, maar ze negeert hem en buigt zich voorover om Sybrands een hand te geven.

'Het beste.'

Onder de ijskoude blik van mevrouw Sybrands verlaten ze het huis.

In de auto barst Lucas los: 'Wat flik jij nou! We hadden hem bijna om!'

'Welnee, die man gaat nooit akkoord. Ze hebben hem gemarteld en zijn vrouw bedreigd, en dan wil jij hem tentoonstellen als de man die heeft gepraat? Terwijl hij bijna doodgaat!'

'Die man is gefrustreerd, hij haat Kneipert. Hij wil één keer in zijn leven winnen, één keer vlammen en zijn morele gelijk halen.'

'Daar vergis je je in. Dat wil die vrouw niet, en hij houdt van haar.'

'Hij is afhankelijk van haar.'

'Godverdomme, wat ben jij cynisch! Ze zijn ik weet niet hoe lang bij elkaar en hij is ernstig ziek. Dan gebeurt er iets tussen twee mensen.'

'O, gaan ze dan opeens van elkaar houden? Doe niet zo belachelijk,' zegt Lucas.

'Waarom wil jij opeens wel publiceren, Lucas? Omdat je Volosjin hebt gezien? Ben je bang geworden?'

Lucas lacht cynisch en kijkt naar buiten.

'O, nee, het is nog veel erger. Jij wilt hem terugpakken! Omdat hij in een grijs verleden je vriendinnetje heeft afgepakt.'

'Hij heeft haar vermoord.'

'Dat geeft jou niet het recht om de familie Sybrands in de ellende te storten!'

'Sybrands heeft er zelf voor gekozen om met ons te praten.'

'Omdat hij dacht dat hij ons kon vertrouwen!'

Lucas kijkt vaag glimlachend naar buiten.

'Vertrouw nooit een journalist.'

'Oké, zo is het genoeg. Stop de auto.'

Lucas staart haar verbaasd aan, zonder vaart te minderen.

'Ik meen het! Zet die auto stil!'

Als Lucas niet reageert, opent ze het portier, dat meteen tegen een paaltje tikt en hard terugkomt.

'Au!' Suzy heeft haar hand bezeerd en wrijft erover met een pijnlijk vertrokken gezicht. Lucas kijkt er bezorgd naar.

'Ik wil er nog steeds uit, hoor!' roept ze.

Lucas stuurt de auto naar een parkeerplek. Als de auto stilstaat, wendt hij zich tot Suzy in een poging haar te kalmeren, maar Suzy is des duivels en heeft haar spullen al bij elkaar gepakt.

'Het is wel duidelijk dat onze opvattingen over journalistieke ethiek te veel uiteenlopen om nog verder samen te kunnen werken. Ik wens je veel succes.'

'Suzy, blijft nou gewoon zitten. Dan praten we erover.'

'Er valt niks meer te praten: jij wilt alleen maar Volosjin pakken, daar is het jou steeds om te doen geweest. Nou, je gaat je goddelijke gang maar. Ik ga lekker campingreportages op de Veluwe maken.'

Ze slaat de deur hard dicht en loopt langs de provinciale weg terug, zodat Lucas niet achter haar aan kan rijden. Lucas zucht. Hij overweegt achter haar aan te lopen, maar Suzy heeft haar duim al opgestoken in de hoop een lift te versieren en keurt hem geen blik waardig. Pissig stuurt Lucas de auto de weg op en rijdt terug naar Amsterdam.

Zestien

Tegen zessen begint Lucas zijn stuk te tikken. De voorlopige kop is: VERRIJKT URANIUM IN DODEWAARD. Jetze belt naar huis om te zeggen dat hij niet komt eten en bestelt pizza's. Dan overleg met de hoofdredacteur en de advocaat van de krant; die zagen Lucas langdurig door over zijn bronnen. Uiteindelijk is Lucas opgelucht als ze instemmen met 'zegsman op het provinciehuis'. Sybrands' naam is alleen bij hen bekend; misschien dat dat Suzy enigszins zal kalmeren. Hoe hij dat met Sybrands moet goedmaken, weet hij nog niet. Ze vinden diezelfde avond nog een kernfysicus die de bouwtekeningen bekijkt en Rinus' bevindingen bevestigt. Zijn naam mag wel genoemd worden. Als Lucas om kwart over elf de laatste wijzigingen doorvoert en Jetze een welverdiend biertje voor hem op het bureau zet, gaat zijn telefoon.

'Met Suzy.' Hij kan haar bijna niet verstaan, zo zacht praat ze. 'Sybrands ligt in het ziekenhuis. Het gaat heel slecht met hem.'

Lucas kijkt Jetze geschrokken aan. 'Sybrands ligt in het ziekenhuis.' Hij zet Suzy op de speaker.

'Waar ben je? Kun je niet wat harder praten?'

'Bij het ziekenhuis. Zijn vrouw is bij hem, maar die gorilla's van Volosjin lopen hier ook rond. Hoe ver ben jij met je stuk?'

Lucas aarzelt. Jetze bemoeit zich ermee.

'Dat is al naar de drukker.'

'Met Sybrands' naam?'

'Geanonimiseerd.'

'Shit! We mogen hem noemen! Dat heeft hij tegen me gezegd. En hij heeft ook gezegd dat de commissaris der Koningin overal van op de hoogte was. Hij heeft me...'

'Je moet daar weg, Suzy.'

Ze horen de ingesprektoon; de verbinding is verbroken. Lucas en Jetze kijken elkaar aan. Dan begint Jetze zijn jas aan te trekken.

'Ga jij Suzy halen?' vraagt Lucas.

'Tenzij je wilt dat ik jouw stuk afschrijf.'

'Wat doen we met de commissaris der Koningin?'

'Morgen.'

Lucas gaat achter zijn computer zitten: 'Geef me één minuut, dan ga ik zelf. Probeer intussen uit te zoeken in welk ziekenhuis Sybrands ligt.'

Jetze belt ziekenhuizen in de buurt van Arnhem, terwijl Lucas het artikel afmaakt en ondertekent met 'Lucas Grimbergen en Suzy Zomer'. De persen kunnen draaien. Jetze blijft op de krant met de nachtchef voor het geval er in een latere editie nog iets veranderd moet worden.

Lucas springt in zijn auto en rijdt zo snel mogelijk naar het Rijnstate Ziekenhuis in Arnhem. Onderweg belt hij Suzy iedere tien minuten, maar ze neemt niet op. Hoewel hij zich vaag herinnert dat ze 's middags een lege batterij had, groeit zijn paniek met de minuut. Wat als Suzy in handen van Sergej valt? Zou die zijn maffiastreken durven uithalen op Nederlands grondgebied? Lucas twijfelt geen moment. Alleen al vanwege de dingen die Volosjin Sybrands en Kneipert heeft aangedaan. Als hij slim is, kiest hij voor een snelle aftocht en laat hij zijn Nederlandse partners de klappen opvangen. Maar wat als hij denkt publicatie te kunnen voorkomen door Suzy iets aan te doen? Lucas denkt aan de foto's van verminkte vrouwen die Sergej hem in Moskou had gestuurd. De herinnering aan die beelden maakt hem zo ziek, dat hij de auto aan de kant moet zetten om zijn ingewanden te legen. Daarna rijdt hij met opeengeklemde kaken en een zure smaak in zijn mond verder richting Arnhem. Hij belt Jetze.

'Is er post voor mij gekomen, vandaag?'

'Euh, ik geloof het niet.'

'Kun je even kijken,' dringt Lucas aan. Het kan hem niet schelen dat hij opgefokt klinkt.

'Ik, eh, wat voor post bedoel je?'

'Foto's.'

'Ik sta nu bij je bureau, daar ligt niets. En in je postvak zit ook niets. Waar gaat het over?'

'Laat maar zitten. Ik bel je zodra ik Suzy heb gevonden.'

In het ziekenhuis hoort hij dat Sybrands geen bezoek meer ontvangt. Het is inmiddels na twaalven. Lucas doet navraag bij het personeel maar niemand heeft iets ongewoons meegemaakt op de afdeling.

'Ik zoek mijn collega. Een jonge vrouw, donkerblond haar in een knotje. Groen leren jack.'

'Een mooi meisje?' vraagt de verpleegkundige.

'Euh, ja, dat denk ik wel.'

'Die heeft een hele tijd bij meneer Sybrands gezeten, maar ze is weg.'

'Is ze alleen vertrokken?'

'Dat zou ik niet weten.'

'Waren er Russische mannen met leren jassen bij haar?'

De verpleegkundige schudt haar hoofd ten teken dat ze dat niet weet.

'Hebt u dat soort mannen gezien, vandaag?'

'Ik let niet zo op het bezoek. Tenzij ze vaak komen.'

'Deze mannen vallen op. Ze spreken slecht Engels.'

'Ik kan u niet helpen, meneer.'

Lucas bedankt de verpleegkundige en gaat in zijn auto zitten. Moet hij mevrouw Sybrands vragen of ze Suzy heeft gesproken? De kans dat ze hem te woord zal staan, is niet erg groot. Maar hoe kan hij Suzy anders vinden? Door Sergej te vinden, realiseert hij zich. Waar zit die man? In Keulen? Odessa? Moskou? Opeens wordt er hard tegen de autoruit getikt. Lucas kijkt geschrokken opzij en ziet een dikke hand met een zegelring. Twee lijfwachten van Volosjin staan naast zijn auto. De schrik en angst om Suzy maken Lucas woedend. Hij springt uit de auto en begint in het Russisch tegen de mannen uit te varen.

'Waar is ze? Waar is mijn collega? Wat hebben jullie met haar gedaan? Is ze bij Volosjin?'

De mannen zijn verbaasd dat hij Russisch spreekt en kijken elkaar lachend aan.

'Geef antwoord, godverdomme!'

'Rustig aan, rustig aan,' sussen ze. Hun listige lachjes maken Lucas des duivels.

'Ik wil Volosjin spreken. Bel hem op!'

De twee mannen kijken elkaar weer aan en dan pakt een van hen tergend langzaam zijn telefoon en toetst een nummer in. Zonder zijn blik van Lucas af te wenden zegt hij in het Russisch: 'De journalist wil je spreken.'

Als hij het gesprek heeft beëindigd, gebaart hij Lucas mee te komen.

'Ik kom met mijn eigen auto,' zegt Lucas vastberaden.

De krachtpatser haalt laconiek zijn schouders op en stapt in een grote zwarte auto. Lucas houdt de mannen in de gaten terwijl hij, zonder dat ze het kunnen zien, zijn telefoon pakt en Jetzes nummer intoetst. De mannen in de auto overleggen even en rijden de parkeerplaats af. Lucas moet flink gas geven om hen bij te houden en praat tegelijkertijd met Jetze.

'Ik heb niet veel tijd,' zegt hij gespannen. 'Ik ben op weg naar Volosjin. Waar Suzy waarschijnlijk ook is.'

'Wat ga je daar doen? Hoe weet je dat...'

'Suzy was niet in het ziekenhuis, dus dit is de enige mogelijkheid. Als ik straks bel, wil ik dat je reageert zoals je altijd zou doen als je een dergelijk verzoek bereikt.'

Lucas stuurt langs kronkelige wegen door de buitenwijken van Arnhem.

'Wat voor verzoek? Wat ben je van plan?'

'Ik ga een deal met Volosjin maken en jij gaat net doen alsof je aan zijn eisen tegemoet komt. In werkelijkheid doe jij niets en blijven de persen gewoon draaien. Oké?'

'Jezus, dit is...'

'Ik heb niet veel tijd, Jetze.'

'Ja, oké, ik beloof het.'

Lucas sluit het gesprek af en haalt zijn kleinste dictafoon en een rol tape tevoorschijn. Even later draait de auto voor hem het erf van een kapitale villa op. Lucas rijdt erachteraan en zet zijn auto zo neer dat hij weer makkelijk weg kan rijden. Hij laat de sleutels in het contact zitten en stapt uit. 'Is het daar?' vraagt hij de mannen kortaf.

Lucas krijgt geen reactie en wil naar binnen gaan, maar wordt – niet bepaald zachtzinnig – tegengehouden door de grootste van Volosjins lijfwachten.

'Wat nu weer!' schreeuwt hij kwaad. 'Jullie nemen me mee en nu mag ik niet naar binnen? Donder op, man.'

Lucas geeft de man een duw. Dat had hij beter niet kunnen doen. Met een snelle beweging pakt de Rus hem vast en zet hem met een klap tegen de muur. Hij kijkt hem woest aan.

'Hou je koest, vriend. Anders krijg je spijt.'

De deur gaat open en de mannen gebaren dat hij naar binnen mag. Zonder hen nog een blik waardig te keuren, loopt Lucas het huis in. Hij belandt in een ruime hal die nauwelijks verlicht is. Aan de wanden kan hij nog net de vage contouren onderscheiden van jachttrofeeën en schilderijen in barokke lijsten. Het is doodstil in de hal. Lucas hoort alleen zijn eigen, gejaagde ademhaling. Voor het eerst sinds hij de redactie verliet, laat zijn moed hem in de steek. Waar is hij in godsnaam aan begonnen? Stel dat Suzy hier inderdaad is, hoe denkt hij dan met haar weg te komen uit dit spookhuis?

In een hoek van de hal gaat een deur open. Lucas beseft dat er maar één uitweg is uit deze situatie en gaat de deur door. Hij komt in een schitterend ingerichte salon. Sergej zit bij de open haard.

Lucas loopt naar de stoel tegenover die van Sergej en gaat zitten. De mannen kijken elkaar aan; tien seconden, twintig, dertig. Dan wendt Sergej met een geamuseerde glimlach zijn blik af. Lucas blijft woedend naar hem kijken. De drang om Sergej iets aan te doen is enorm, maar hij houdt zich in vanwege Suzy. Na een paar minuten stilte heeft Sergej er kennelijk genoeg van.

'Wat is je probleem, journalist?'

'Ik wil Suzy spreken,' antwoordt Lucas even kernachtig.

'Dan moet je naar haar toe gaan. Ik weet niet waar ze is,' antwoordt Sergej losjes. Suzy lijkt hem niet te boeien, maar Lucas weet wel beter.

'Ik weet wat jij wilt, maar dit is niet de manier om je zin te krijgen.'

'Wat wil ik dan?'

'Dat ik het artikel over jouw gore wapenhandel terugtrek, maar daar is het te laat voor. Het wordt nu gedrukt en over een paar uur door het hele land verspreid. Het verbaast me eigenlijk dat jij hier nog zo rustig zit.'

'Mij vinden ze nooit.'

'Wij hebben alles gedocumenteerd, klootzak. Jij komt voor het eerst van je leven voor de rechter, om je te verantwoorden. En als je Suzy iets aandoet...'

'Hou toch op over dat huppelmeisje. Ik heb haar niets gedaan.'

'Zoals je Zina geen haar hebt gekrenkt, zeker!'

Sergej kijkt Lucas even scherp aan. Dan klopt hij een onzichtbaar vuiltje van de stoelleuning.

'Ja, Zina. Die heb ik ook niets gedaan.'

'Je liegt! Je hebt haar gewoon laten afknallen. Als je haar beter had laten beveiligen, had ze nu nog geleefd.'

Volosjins lichtblauwe ogen kijken Lucas onderzoekend aan.

'Wist je dat ze zwakke aderen in haar hoofd had?'

'Nee,' bromt Lucas. Zwakke aderen? Hoewel hij zou willen dat het anders was, zegt iets hem dat Sergej de waarheid spreekt.

'Toen we een jaar samen waren, werd er een aneurysma ontdekt bij haar hersenstam, midden in de hersenen. Inoperabel. We moesten wachten tot het knapte. Dansen op de vulkaan. Twee jaar en vijf maanden later barstte het open. In Boedapest.'

'Haar grootouders zeggen dat ze is doodgeschoten door mensen die jou moesten hebben.'

'In die periode probeerden ze mij een paar keer per jaar te vermoorden, maar het is nooit gelukt. Toen Zina die hersenbloeding kreeg, zaten we met vrienden op het terras van ons appartement.'

'Een sluipschutter.'

'Een zachte vaatwand.'

Lucas kijkt Sergej koppig aan, maar kan geen weerstand bieden aan diens oprechte verdriet. Dan knikt hij, ten teken dat Sergej verder moet vertellen.

'Ze kreeg opeens heel erge hoofdpijn en we wisten meteen wat het was. Ze wilde niet naar het ziekenhuis. Dat hadden we al vaak besproken. Ze wilde dat ik haar in mijn armen nam...'

Om zijn verdriet te maskeren, neemt Volosjin een slok uit het glas thee dat naast hem staat. Hij kijkt Lucas pas weer aan als hij zijn gevoelens onder controle heeft.

'Je wilt toch weten hoe het gegaan is?' vraagt hij kalm.

Lucas knikt.

'Ik heb haar in mijn armen genomen en we zijn op het terras gebleven. Zolang ze nog kon zien, keek ze naar de Donau. Ze raakte half verlamd en kon al snel ook niet meer praten. Haar gezicht werd blauw en ze raakte bewusteloos. Onze vrienden zijn de hele nacht bij ons gebleven. De volgende dag heb ik haar lichaam naar Moskou gebracht. Ze is begraven op...'

Lucas staat op en begint te ijsberen. Hij kan het niet meer aanhoren. Of zien. De oprechte liefde die Sergej tentoonspreidt, is niet te rijmen met het beeld dat hij al die jaren van hem heeft gehad. Sergej lijkt het te begrijpen.

'Wil je iets drinken? Of komen we meteen ter zake?'

'Waar is Suzy?'

'In Amsterdam,' antwoordt Sergej kalm.

Lucas gelooft er helemaal niets van.

'Hoe weet ik dat dat waar is?'

'Bel haar op.'

'Dat probeer ik al de hele avond, maar ze neemt niet op.'

'Misschien is ze bij haar vriendje en wil ze je niet spreken.'

'Klootzak!'

Lucas kan zich niet meer beheersen en trekt Sergej uit zijn stoel. Ze staan nu tegenover elkaar. Een lijfwacht komt naderbij, maar Sergej gebaart dat het niet nodig is; de man trekt zich terug in zijn hoek.

'Moet ik laten zien waartoe ik bereid ben om je dat stompzinnige artikel te laten terugtrekken?'

'Ik heb het gezien. In Omsk.'

Lucas gooit Sergej terug in zijn stoel.

'Omwille van Zina zal ik dit laten passeren. Maar mijn jongens zijn gewapend en jij weet hoe trefzeker ze kunnen zijn.'

'Als jullie mij neerschieten, staat het land op zijn kop.'

'Dat heeft ook niet mijn voorkeur. Een journalist van middelbare leeftijd met een onverwachte hartstilstand is daarentegen minder verdacht. Boria daar, weet alles van intraveneuze doping. Die kan een mooie ader vinden. Met een luchtbelletje is het zo gepiept.'

Lucas kijkt naar Boria, die hem eerder onzachtzinnig tegen de muur zette.

'De persen draaien al, Sergej. Ik kan de publicatie niet meer voorkomen.' Lucas kijkt op zijn horloge. 'De eerste editie is al op weg naar het vliegveld.'

'Bel je *chief editor*,' zegt Sergej koud.

Lucas kijkt hem aan. Hij haat hem.

'Waarom wilde je bij het gesprek met Galanos zijn?'

'Ik wilde zeker weten dat jij het was.'

'En als ik het niet was geweest?'

'Dan had ik me minder zorgen hoeven maken.'

'Heb ik je bezorgd gemaakt?'

'Je moet jezelf niet onderschatten. Wist je dat jij mij op het idee hebt gebracht in Nederland zaken te doen?'

Het ergert Lucas dat hij toch wil weten wat Sergej daarmee bedoelt.

'Jij zei dat Nederland net zo corrupt was als de rest van de wereld, als je het hier maar op de juiste manier zou aanpakken.'

'Dat kan ik me niet herinneren,' zegt Lucas. Naar waarheid. Hij walgt van het idee dat hij met Sergej ooit op vertrouwelijke voet heeft gestaan.

'En je had gelijk: uiteindelijk is iedereen chantabel, ze weten het soms alleen nog niet. Dan hebben ze wat uitleg nodig of een duwtje in de goede richting.'

Lucas gaat weer zitten en dwingt zichzelf zijn kalmte te herwinnen; het gaat nu om Suzy.

'Wie zijn je klanten eigenlijk?' vraagt hij na een tijdje.

'De hoogste bieder. Wij bieden topkwaliteit en gegarandeerde levering.'

Blijkbaar heeft hij het opscheppen niet verleerd, denkt Lucas grimmig.

'Heb je nog een centrale in bedrijf?'

'Ik heb altijd een alternatief plan.'

'Dus als morgen mijn stuk in de krant komt, vlieg jij naar Moskou...'

'Miami, ik heb behoefte aan wat zon.'

'Staat de andere centrale soms in Zuid-Amerika?'

'Bel je *chief editor*. Ik heb genoeg van je grapjes,' antwoordt Sergej kortaf.

'Je mag mij een belletje in mijn ader spuiten, Sergej. Ik geniet al heel lang niet meer van het leven.'

Waarom hij zo provocerend moet zijn, begrijpt Lucas zelf ook niet. Sergej staat op en knipt kwaad in zijn vingers. Boria komt naar hen toe.

'Ga dat grietje zoeken, we hebben haar nodig. En de vrouw van die kankerlijder.'

Lucas kijkt van Volosjin naar Boria. Hoorde hij dat goed? Moet Suzy gezocht worden?

Volosjin kijkt hem aan: 'We weten precies waar ze is. Jij blijft hier tot we haar hebben.'

Volosjin loopt naar de deur en Lucas is in tweestrijd. Klopt Volosjins verhaal? Is Suzy op vrije voeten? Dan is het zaak zelf een veilig heenkomen te zoeken. Maar wat als Suzy wel in handen van de Russen is? Volosjin staat bij de deur en kijkt nog een keer om. Lucas hakt de knoop door.

'Goed. Ik bel de krant. Maar dat doe ik buiten, zonder die jongens in de buurt.'

Sergej grijnst en gebaart dat Lucas naar buiten kan lopen. Sergej volgt hem door de hal naar het grindpad voor het huis. De lijfwachten kijken toe vanuit de deuropening. Lucas pakt zijn telefoon en belt Jetze.

'Jetze, Lucas hier. We hebben een probleempje met het stuk over Volosjin. We kunnen het niet publiceren.'

'Sorry?' antwoordt Jetze aarzelend.

'Het kan niet geplaatst worden. Je moet de eerste editie terughalen.'

Het is stil. Jetze heeft even nodig om te bedenken wat de gewenste respons is.

'Ja, verdomme zeg! Dat kan niet, dat weet je!'

Lucas verbergt zijn opluchting en doet z'n best om bang te klinken.

'Ze hebben me klem, man. Ze maken me af als het morgen verschijnt.'

Jetze zit helemaal in zijn rol en schreeuwt woedend: 'Je hebt toch je bronnen! Ze kunnen ons niets...'

'Ik bedoel dat ze me doodmaken, Jetze! Luister je wel?'

Een lange stilte. Lucas kijkt naar Volosjin, die hem scherp in de gaten houdt.

'Ik geef je Volosjin even. Hij spreekt Engels.'

Lucas geeft de telefoon aan Volosjin, die geen woord zegt. Na een seconde of dertig krijgt Lucas zijn telefoon terug. Hij hoort Jetze nog steeds praten.

'*Sir, could you please confirm that you heard what...*'

'Hij heeft het gehoord. Dank je wel.'

'O, wat gaat...'

Lucas breekt het gesprek af en kijkt naar Sergej, die duidelijk tevreden is met de gang van zaken. Hij is erin getrapt. Het kost Lucas geen moeite te doen alsof hij woedend is.

'Denk maar niet dat ik het opgeef.'

'Dat heeft Zina wel honderd keer over jou gezegd: Lucas geeft nooit op, die gaat door tot hij heeft gewonnen.' Hij glimlacht vals. 'Maar je hebt niet gewonnen. Zou ze dat jammer hebben gevonden?'

In een impuls heeft Lucas Sergej een kopstoot. Die raakt hem vol op zijn neus. Brullend van de pijn vliegt de Rus voorover. Lucas sprint naar zijn auto. Die start meteen en Lucas geeft gas. Het grind schiet alle kanten op terwijl hij wegrijdt. Sergej schreeuwt naar zijn lijfwachten, die in hun auto springen. Maar Lucas is al op de weg en geeft plankgas. Even later ziet hij de blauwe koplampen van zijn achtervolgers de weg op draaien.

Hij dooft zijn lichten en rijdt een oprijlaantje in, dat hij op de heenweg heeft gezien. Met een bonkend hart laat hij zich onderuitzakken. Enkele seconden later scheuren de wagens van Sergejs mannen voorbij. Nu heeft hij een paar minuten gewonnen. Lucas trekt zijn shirt omhoog, rukt het tape van zijn lijf en gooit dat uit het raam, samen met de dictafoon waarmee hij het gesprek heeft opgenomen. De USB-stick stopt hij in een dropdoosje in het dashboardkastje. Dan rijdt hij met een slakkengangetje terug naar de villa die hij met zweet in zijn handen passeert. Alles is daar kalm. Hij rijdt via kleine wegen naar het noorden en draait na een klein uur de A1 op, in de richting van Amsterdam. Al die tijd maalt het afscheid met Zina door zijn hoofd.

Ze had haar koffers gepakt. Alleen haar kleding en wat snuisterijen en herinneringen aan haar familie nam ze mee, de rest mocht hij houden. Lucas reageerde arrogant op haar – in zijn ogen misplaatste – vrijgevigheid en kon het niet laten zich minachtend uit te laten over Sergej en diens patserige levensstijl. Mocht ze zijn villa opnieuw inrichten? Met smakeloze meubels van Europese postorderbedrijven? Zina had zich voorgenomen alles van Lucas te verdragen, maar zijn opmerkingen over Sergej raakten haar.

'Jij zult het misschien nooit begrijpen, maar Sergej en ik houden van elkaar. Het gaat niet om het geld.'

'Wat kan hij je dan geven dat ik je niet geef?'

'Bij hem voel ik me thuis. Het spijt me. Het is niet eerlijk om dat tegen jou te zeggen, maar het is de waarheid. Door onze aderen stroomt Russisch bloed. Ik begrijp hem.'

'En mij niet?'

'Soms niet. Op sommige belangrijke momenten niet. We houden van elkaar en we zijn prachtig verliefd geweest, maar wij zijn wezenlijk verschillend. Onverenigbaar. Ik heb dat pas begrepen toen ik verliefd werd op Sergej.'

'Dus wij hadden nooit een relatie met elkaar moeten krijgen?'

'Ik heb geen spijt Loekaasj, jij hebt mij intens gelukkig gemaakt en daar ben ik je dankbaar voor.'

'Ga maar weg.'

Ze keek hem met grote verdrietige ogen aan. Ze begreep het, terwijl ze zojuist had beweerd dat ze hem nooit had begrepen. Hij haatte haar. Hij kon het niet aanvaarden. Hij wilde haar terug.

'Ga weg.'

'Ik heb je een brief geschreven...'

'Leg maar neer. Ga alsjeblieft weg.'

'Dit is misschien de laatste keer dat we elkaar zien. Kijk me alsjeblieft aan.'

Lucas keek Zina aan en zag in haar ogen de liefde die volgens haar niet kon bestaan. Hij sloeg haar vol in haar gezicht. Toen ging ze eindelijk weg. De brief verbrandde hij zonder hem te lezen.

Naarmate hij dichter bij Amsterdam komt, voelt hij zich lichter. Bevrijd, misschien wel. De ontmoeting met Sergej heeft de schaamte die hij al die jaren met zich meedroeg, verminderd. De gedachte dat Zina na die klap gelukkig is geweest en zelfs gelukkig is gestorven, verzacht de pijn. Tegelijk voelt Lucas een vreemde verbondenheid met Sergej, zijn aartsvijand, die hem wilde doden. Verbeeldde hij het zich of rook hij Zina's parfum toen hij Sergej die kopstoot gaf?

Zeventien

Terwijl ze langs de kant van de weg staat, piekert Suzy over de ruzie met Lucas: is ze onredelijk geweest? Ja. Heeft ze zich aangesteld? Zeker. Maar ze vindt nog steeds dat ze gelijk heeft; ze moeten Sybrands met rust laten.

Zo uitnodigend mogelijk steekt Suzy haar duim op naar passerende automobilisten. Na een half uur is er nog steeds niemand voor haar gestopt. Dan rijdt er een ambulance met gillende sirenes langs. Op de voorbank zit mevrouw Sybrands, die zich met een ontzet gezicht aan de stoelleuning vastklampt. Suzy begrijpt meteen wat er gebeurd moet zijn: Sybrands heeft na het gesprek met haar en Lucas een terugslag gekregen en wordt nu naar het ziekenhuis gebracht.

Hoewel Suzy weet dat mevrouw Sybrands haar waarschijnlijk vermoordt als ze haar ziet, wil ze met Sybrands praten, excuses aanbieden. Voor het te laat is! Ze steekt haar duim nog dringender omhoog, maar het duurt een vol uur voor een behulpzame vrachtwagenchauffeur haar eindelijk naar het dichtstbijzijnde ziekenhuis rijdt.

Suzy vraagt de portier waar Sybrands ligt, en kan nauwelijks het geduld opbrengen om rustig te wachten tot hij het heeft uitgezocht. Gelukkig is het net bezoekuur, zodat ze geen lastige vragen hoeft te beantwoorden. Met bonzend hart neemt ze de lift naar boven en sluipt de gang door naar Sybrands' kamer. Daar schuin tegenover staat een rijtje plastic kuipstoelen en een laag leestafeltje. Ze pakt een tijdschrift en gaat zitten. Terwijl ze doet alsof ze leest, houdt ze de kamerdeur in de gaten.

Net wanneer ze begint te vermoeden dat ze toch het verkeerde kamernummer heeft gekregen, komt mevrouw Sybrands telefonerend naar buiten. Ze wordt zo door haar verdriet in beslag genomen, dat ze Suzy niet ziet. Zodra ze weg is, glipt Suzy naar binnen.

Sybrands ligt meer dood dan levend in zijn bed, met een zuurstofslangetje in zijn neus. Hij glimlacht flauw als hij haar ziet.

'Meneer Sybrands, ik wil graag mijn excuses aanbieden voor vanmiddag. Mijn collega...'

Sybrands steekt een trillende hand op om haar tot zwijgen te brengen.

'Jullie mogen mij noemen.'

Suzy opent haar mond om te protesteren, maar Sybrands is nog niet klaar. 'Ik heb jullie niet alles verteld. De commissaris der Koningin is een partijvriendje van Kneipert. Hij heeft alles laten passeren. Daar heeft hij iets voor teruggekregen. Maar ik ben er nooit achter gekomen wat.' Na iedere zin hapt hij naar lucht, waardoor zijn spraak de cadans krijgt van een oude locomotief die maar niet op gang wil komen.

'Geld? Zat hij ook in Rocozi?' vraagt Suzy.

Sybrands schudt zijn hoofd. 'Niet via Rocozi. Misschien op een andere manier. Misschien is hem een mooi baantje beloofd. In ieder geval had híj de boel moeten controleren. En dat heeft hij niet gedaan.'

'Wat had hij dan precies moeten controleren?'

Sybrands' ogen vallen even dicht. Hij is uitgeput. Suzy heeft ontzettend met hem te doen en vraagt zich af of ze niet beter kan vertrekken. Maar dan gaan zijn ogen weer open.

'De eigenaren van Meichenbeck Medical; de deal met de gemeente Neder-Betuwe en Wegman. Hij heeft het allemaal laten lopen. Grove nalatigheid.'

De deur gaat open en Suzy draait zich geschrokken om. In de deuropening staat echter niet mevrouw Sybrands maar een verpleegkundige, die vriendelijk glimlacht.

'Ik kom zo wel even terug.'

'Ik ga al, hoor,' zegt Suzy zenuwachtig, maar Sybrands pakt Suzy's hand vast. Zijn vingers voelen ijskoud aan, alsof hij al dood is. Suzy trekt haar hand in een reflex terug.

'Ik heb alle relevante documenten op een server gezet. Daar kun je op inloggen via een website: www.bertsverjaardag.nl. Het wachtwoord is Stravinsky1. Met een hoofdletter.'

Suzy schrijft het voor de zekerheid toch maar even op.

'Dat is mijn politieke nalatenschap,' hijgt Sybrands. 'Doe ermee wat je goeddunkt.'

Suzy knikt zenuwachtig. Ze hoort alweer voetstappen in de gang.

'Ik zal u niet teleurstellen,' zegt ze plechtig.

Sybrands sluit glimlachend zijn ogen. Suzy weet even niet wat ze moet doen. Kan ze weg? Ze aait even over zijn koude, droge hand.

'Dag, meneer Sybrands. Het beste.'

Sybrands knikt zonder zijn ogen te openen en Suzy maakt zich uit de voeten. Net op tijd, want wanneer ze de gang uitloopt, ziet ze mevrouw Sybrands aankomen. Ze is samen met een jonge vrouw, haar dochter waarschijnlijk; beiden zien er zwaar aangeslagen uit. Suzy glipt de lift in en verlaat zo snel mogelijk het ziekenhuis.

Het is al donker en Suzy besluit de bus naar het station te pakken en dan de trein naar Amsterdam. Ze wil zo snel mogelijk naar de krant. Ze loopt naar de bushalte en wil net een sigaret opsteken, als ze een bekende zwarte auto ziet. Hij parkeert voor de deur van het ziekenhuis en de mannen van Volosjin stappen uit. Suzy hapt naar adem. Wat doen die hier? Ze verbergt zich achter een paar auto's en kijkt naar het tweetal dat naar de ingang van het ziekenhuis loopt. Zouden ze Sybrands gevolgd zijn? Misschien hielden ze zijn huis in de gaten. Maar waarom zijn ze dan nu pas hier? Zijn ze haar soms gevolgd? Suzy probeert zich te herinneren of ze de grote zwarte wagen heeft gezien toen ze stond te liften, maar ze was toen te kwaad om daarop te letten. Stom. Suzy ziet de mannen het ziekenhuis binnengaan en weet even helemaal niet meer wat ze moet doen. Erachteraan? De politie bellen? Ervandoor gaan?

Ze besluit de mannen in de gaten te houden en terwijl ze weer naar de ingang van het ziekenhuis loopt, belt ze Lucas. Die neemt meteen op en fluisterend brengt ze hem op de hoogte. Op de achtergrond hoort ze dat Jetze ook bij hem is. Net als ze Lucas wil vertellen over Sybrands' website, komen de mannen plotseling weer naar buiten. Suzy kan nergens heen en draait zich zo nonchalant mogelijk met haar rug naar hen toe. Dan merkt ze dat Lucas niet meer reageert op haar verhaal. Haar telefoon is uitgevallen! Verdomme! Lege batterij. Nu moet ze zich alleen zien te redden.

De mannen zijn naar hun auto gelopen en stappen in. Om niet op te vallen, loopt Suzy met een groepje mensen mee naar de bushalte. Terwijl ze Volosjins lijfwachten passeert, laat een van hen zijn blik over het groepje gaan. Met bonkend hart loopt Suzy door, haar ogen op de grond gericht. Heeft hij haar gezien? Ze verwacht ieder moment vastgegrepen te worden, maar tot haar grote opluchting hoort ze de portieren van de auto dichtslaan en de auto starten. Hij heeft haar niet herkend. Wat best vreemd is, want Suzy weet zeker dat hij een van de mannen is die haar en Lucas op het landje van Rinus hadden gezien. De auto verdwijnt de hoek om en twee minuten later arriveert de bus.

Op het station van Arnhem koopt Suzy een kaartje naar Amsterdam. Ze heeft geluk, haar trein vertrekt vrijwel meteen nadat ze is ingestapt. In de trein zoekt ze instinctief een rustig hoekje, want ze voelt zich nog steeds opgejaagd. Zag ze vanuit haar ooghoek die kerels instappen in de eersteklascoupé?

Na een paar minuten beseft ze hoe onverstandig het is om alleen in een hoekje te zitten. Ze moet zich juist tussen de mensen voegen, dan kunnen haar achtervolgers haar niets doen. Ze loopt de drukke coupé in en ziet tot haar schrik de twee kerels naderen.

Ze heeft het zich dus niet verbeeld! Ze zijn bij het ziekenhuis de hoek omgegaan en hebben toen natuurlijk gewacht tot de bus langskwam. Waarom hebben ze haar niet meteen gepakt? Suzy's hart gaat als een razende tekeer, maar ze dwingt zichzelf goed na te denken. Ze moet niet alleen zijn. Waar gaat ze zitten? Ze kiest voor een clubje jongens dat van een popconcert komt en niet meer helemaal nuchter is. Door enthousiast en meisjesachtig te vragen waar ze zijn geweest, weet ze hen in te palmen. Terwijl Volosjins lijfwachten schuin achter haar plaatsnemen, babbelt Suzy gezellig met de jongens. Tot Utrecht is ze veilig, want daar gaan de jongens naartoe. Maar wat dan? Ze leent de telefoon van een van de jongens en belt Elvira, maar krijgt haar voicemail. Floris dan. Die neemt gelukkig wel op. Haastig fluisterend legt ze hem uit wat er aan de hand is en vraagt of hij haar van het station in Amsterdam kan halen. Floris doet in eerste instantie lacherig.

'Wat is dit, Soes? Probeer je me jaloers te maken?'

'Nee,' zegt Suzy gejaagd. 'Ik had niet gedacht dat ik dit ooit hardop zou zeggen, maar het is een kwestie van leven of dood. Denk ik.'

De jongen naast haar kijkt haar verwonderd aan.

'Hoezo? Wie zit er achter je aan dan?' vraagt Floris.

'Een stel Russen. Gevaarlijke gasten. Ik leg het straks allemaal uit.'

'Hoe ken je die dan?'

'Werk. Kom je me nou halen of moet ik iemand anders bellen?'

'Nee, ik kom.'

'Met de auto.'

'*Jawohl.*'

'En neem iemand mee.'

'*Jawohl bis.*'

Het is even stil terwijl Suzy haar ergernis onderdrukt. Kan die jongen nooit eens normaal doen?

'Geen zorgen, Soes,' zegt Floris opeens heel kalm. 'Ik ben onderweg.' Ze is gerustgesteld. Als ze het gesprek heeft afgesloten, wil ze ook Lucas nog even bellen, maar de eigenaar van de telefoon vindt het nu wel mooi geweest. Bovendien rijden ze het station van Utrecht al binnen. De jongens stappen uit.

Na Utrecht gaat Suzy op zoek naar nieuw reisgezelschap. De mannen van Volosjin doen geen enkele moeite om te verbergen dat ze Suzy volgen en wandelen achter haar aan. Suzy aarzelt over twee vrouwen, een moeder en een dochter, die klinken alsof ze in Amsterdam thuishoren. Of moet ze kiezen voor die drie Surinaamse meiden, die onophoudelijk zitten te giebelen? Natuurlijk gaan die naar Amsterdam. Als Suzy ze aanspreekt doen de meiden in eerste instantie nuffig, maar zodra Suzy hen op gedempte toon heeft uitgelegd dat twee Russen haar lastigvallen, nemen ze haar op alsof zij hun zuster is. Ze geven haar een plekje bij het raam en werpen de Russen vuile blikken toe.

Suzy is dolblij met haar reddende engelen, maar ze kan zich nog steeds niet ontspannen. In haar hoofd buitelen de vragen over elkaar heen. Waar zou Lucas nu zijn? Zou hij niet doodongerust zijn na haar halverwege afgebroken telefoontje? En stel nou dat Floris zo meteen niet op haar staat te wachten, of dat hij bij de verkeerde trein staat?

Als de trein eindelijk Amsterdam Centraal binnenrolt, speurt ze ingespannen het perron af naar Floris. Na een paar seconden van angstige twijfel ziet ze hem samen met twee vrienden bij de roltrappen staan, en ze weet haar opluchting nauwelijks te verbergen. Ze stapt samen met de Surinaamse meiden de trein uit en loopt naar de roltrappen. De meiden volgen iedere beweging die ze maakt, als professionele lijfwachten. Suzy seint naar een van hen dat ze met Floris meegaat en krijgt een knipoog terug. Onverstoorbaar stappen haar reddende engelen op de roltrap en verdwijnen uit het zicht. Floris pakt Suzy's hand en rent met haar naar beneden.

'Die kerels lopen...'

'Ik heb ze allang gezien. Niet omkijken. We gaan hierheen,' zegt Floris zacht, terwijl hij haar meetrekt.

Geflankeerd door haar stoeremannenbrigade rent Suzy door de stationstunnel. Maar de twee Russen geven het niet op. Ze wurmen zich langs de andere passagiers over de roltrap naar beneden. Het is niet druk op het station en ze verliezen Suzy en de drie jongens geen moment uit het oog.

'Floris, hierin!' hijgt Suzy en ze duiken een zijgang in. Verwilderd kijkt ze om zich heen, naar de reclameborden en dienstregelingen aan de muur. Wat nu? Verder dan hier heeft ze niet gedacht. Dan ziet ze het bordje van de spoorwegpolitie.

'We gaan naar de politie,' zegt ze met een blik over haar schouder. Ze kan hun achtervolgers om de hoek zien verschijnen en begint weer te rennen, in de richting van de westelijke stationstunnel.

'En wat ga je ze dan vertellen?' werpt Floris tegen terwijl ze verder rennen. 'Ze hebben je niks gedaan en ze wachten gewoon tot je weer naar buiten komt.' Voordat Suzy kan protesteren, trekt hij haar mee naar buiten. 'Kom nou maar mee.'

Voor de deur gaan de twee vrienden van Floris zonder iets te zeggen een andere kant op. Het begint Suzy te dagen dat ze misschien een plan hebben, en ze besluit te doen wat Floris zegt. Zigzaggend tussen taxi's, verschrikt opkijkende dagjesmensen en rinkelende trams rennen Floris en Suzy over het stationsplein, naar het Victoria Hotel. Hijgend stappen ze het hotel-restaurant binnen, op de voet gevolgd door de mannen van Volosjin. Ze kiezen een tafeltje bij het raam en Floris bestelt koffie. De Russen gaan een paar meter verderop aan een tafeltje zitten en bestellen ook iets, terwijl een van hen druk telefoneert.

Suzy wordt steeds nerveuzer en staat al half op uit haar stoel. 'Floris, ik wil hier weg. Die kerel belt zijn baas. Straks zitten we hier als ratten in de val.'

'Blijf zitten,' zegt Floris terwijl hij haar dwingend aankijkt. 'Even geduld nog. Ik heb hierover nagedacht.'

Met een zucht gaat Suzy weer zitten. Gespannen kijken ze naar de passanten op het Damrak. Na een paar minuten loopt een van de mannen even weg. Floris springt meteen op, pakt Suzy's hand en trekt haar mee. De Rus die is achtergebleven staat ook op, maar komt niet in beweging. Kennelijk wil hij zijn maat niet achterlaten. Suzy en Floris haasten zich via de hoteluitgang naar buiten. Op de hoek van de Prins Hendrikkade stappen ze in een auto die daar al staat te wachten met Floris' vrienden erin.

'Ik weet niet waar je mee bezig bent, maar als dit de gevolgen zijn, houdt mijn hulp hier op,' briest Floris zodra ze in de auto zitten. Suzy ziet door de achterruit dat de Russen toch naar buiten zijn gekomen en nu proberen een taxi aan te houden.

'Help me alsjeblieft nog even met de website van Sybrands.'

'Wie?'

'Onze belangrijkste bron heeft alle documenten op een server gezet. Een server achter een website. Ik heb het wachtwoord, maar ik weet niet zeker of ik erop kom.'

'Zodat je nog meer mensen tegen je in het harnas kunt jagen?'

'Morgen komen Lucas en ik met de scoop van het jaar. Als we overmorgen ook nog kunnen schrijven dat de commissaris der Koningin erbij betrokken is, ben ik in één keer binnen!'

'Of dood.'

'Hé, als je me niet wilt helpen, prima!'

Floris kijkt stuurs uit het raam.

'Nou, goed,' bromt hij uiteindelijk. Suzy werpt hem een dankbare blik toe.

Na een wonderlijke rit door de binnenstad, waarbij hun chauffeur alle regels breekt om achtervolgende taxi's af te schudden, zetten Floris' vrienden hen af bij een voetgangerspoortje in de Albert Cuypstraat, waar een auto niet doorheen komt. Terwijl de vluchtauto met veel kabaal wegscheurt in de richting van de markt, lopen Suzy en Floris snel het poortje in. Ze slaan de hoek om en na een kleine honderd meter arriveren ze bij Floris' huis. De mannen van Volosjin zijn nergens te bekennen.

Boven kruipen ze meteen achter de computer. Floris tikt de

naam van de website in en onmiddellijk verschijnt een roze feesthoedje tegen een felgroene achtergrond, met daaronder de tekst: 'Berts verjaardag'. Het ziet er vreselijk knullig uit en is dus een perfecte dekmantel, denkt Suzy. Midden op het scherm staat een vakje waarin de cursor knippert.

'Wachtwoord?' vraagt Floris.

'Stravinsky1,' zegt Suzy gespannen.

Floris typt het wachtwoord in en er verschijnt een tweede scherm. Weer zien ze een vakje waarin een wachtwoord moet worden ingevoerd.

'En nu?' wil Floris weten.

Suzy staart beduusd naar het scherm.

'Ik heb maar één wachtwoord gekregen.'

'Oké, dan moeten we het raden. Wat heeft die man met Stravinsky?

'Geen idee. Ik vind hem meer een Mozart-type.'

'Je kunt je lelijk vergissen in dat soort dingen.'

'Misschien moeten we nog een keer Stravinsky1 intypen.'

Floris probeert het, maar er klinkt een piepje ten teken dat het niet goed is.

'Dat valt weer mee,' zegt Floris.

'Wat?' vraagt Suzy verward.

'Als we een beperkt aantal kansen zouden krijgen, zou hij dat nu melden. En dat doet hij niet.'

Suzy knikt. 'Prokofieff?'

Floris typt het in, maar er klinkt weer een piepje.

'Schönberg?'

Weer een piepje.

'We moeten wat gerichter zoeken,' vindt Floris en hij tikt Stravinsky in bij Wikipedia. 'Eerst maar even naar zijn oeuvre kijken. Pfff wat een hoop.' Snel leest Floris de titels voor: 'TARANTELLA; STORMWOLK; SCHERZO; PIANOSONATE; DE PADDENSTOELEN TREKKEN TEN STRIJDE...'

'Wat?' vraagt Suzy.

'DE PADDENSTOELEN TREKKEN TEN STRIJDE, niet gepubliceerd, 1904. Is dat iets?'

Suzy schudt haar hoofd. 'Maar ik ben benieuwd hoe het klinkt.'

Floris grijnst en gaat verder: PASTORALE; SCHERZO FANTASTIQUE; FEU D'ARTIFICE...'

'Dat is het!' roep Suzy geestdriftig. Ze trekt het toetsenbord naar zich toe en typt FEU D'ARTIFICE in. Er klinkt een piepje.

'Shit.'

Floris gaat onverstoorbaar verder: 'LE FAUNE ET LA BERGÈRE; DEUX MÉLODIES; CHANT FUNÈBRE...'

'Chant Funèbre! Begrafenislied! Sybrands zei dat dit zijn politieke nalatenschap was! Tik maar in!'

Floris tikt CHANT FUNÈBRE in en meteen zijn ze binnen op de server. Suzy slaakt een kreet van vreugde.

Floris grijnst: 'Ja ja, de één zijn dood is de ander zijn brood.'

Suzy's gezicht betrekt en haar gedachten gaan terug naar de doodzieke Sybrands, die zijn laatste krachten heeft gegeven om de waarheid aan het licht te brengen. Zou zijn vrouw nu naast zijn bed zitten? Zou hij nog leven?

'Wat wil je precies weten, Soes?'

Suzy concentreert zich en samen pluizen ze urenlang de gegevens op de website door: e-mails van gedeputeerden en de commissaris der Koningin, offertes van Wegman Werken, een nota van Club Intiem. Floris weet zelfs bouwtekeningen te openen met gekraakte architectensoftware.

'Dat jij dit kunt en er niets mee doet!'

'Ik heb er drie jaar heel goed van geleefd, maar het is zo saaaai. De hele dag systemen testen, fouten vinden. Die systemen zijn niet leuk, de fouten zijn niet leuk. Als ik het ooit nog eens ga doen, dan pak ik het crimineel aan.'

'Bluffer.'

Ze kijken elkaar aan. Suzy ziet dat Floris haar wil. Nog steeds. Zou hij verliefd op haar zijn? Ze zet de gedachte van zich af en kijkt op het scherm.

'Wow, dat mailtje daar is van een topambtenaar van het ministerie van Economische Zaken!'

Terwijl ze leest, wordt haar gezicht rood van opwinding: 'Dit is geweldig!' Suzy leest voor: '"Gezien de huidige situatie op de aandelenmarkten, is ieder alternatief voor het huidige beleid het onderzoeken waard."'

Suzy scrollt verder terwijl ze hardop nadenkt. 'En hoe ver waren we bereid te gaan, heren? Laat maar eens horen. Ha! Precies!' Triomfantelijk steekt ze haar vinger in de lucht. 'Luister: "Herexploitatie van de centrale Dodewaard behoort nadrukkelijk tot de mogelijkheden."'

Suzy geeft een mep op de tafel van opwinding. 'Dit betekent dat ze het vanaf het begin geweten hebben, tot de minister aan toe. Ze hebben met Kneipert gepraat, hij heeft het uitgelegd en ze hebben geantwoord: niet doen. We hebben ze! Printen, die handel!'

'Waarom? Ze hebben toch nee gezegd?'

'In de politiek draait het niet om doen maar om weten. Als je iets weet of kúnt weten of hád moeten weten, ben je verantwoordelijk.'

Suzy zoekt in haar jaszak naar haar telefoon, maar herinnert zich dan dat de batterij leeg is.

'Heb jij een oplader voor me?

Verbaasd trekt Floris een la met snoertjes open.

'Wie ga je bellen? Het is half vier.'

'Lucas. Hij moet dit weten.'

'Kan dat morgen niet?' vraagt Floris terwijl hij haar een oplader geeft.

'Nee.' Met een ongeduldig gebaar prikt Suzy de oplader in haar telefoon. Tot haar ergernis gaat het ding niet meteen aan.

'Dat duurt even,' zegt Floris geruststellend. 'Wij gaan een biertje drinken.' Hij pakt twee flesjes bier uit de ijskast en trekt een zak chips open. 'Of wil je naar huis?'

'Nee, dat is te link. Misschien weten ze wel waar ik woon.'

Floris kijkt haar aan met een flauwe glimlach om zijn lippen, alsof nog steeds niet tot hem doordringt in wat voor situatie ze zich bevindt.

Suzy checkt haar dode telefoon nog een keer en neemt geërgerd een slok bier. Even drinken ze in stilte, die slechts wordt doorbroken door het gezoef van de printer. Het bier maakt Suzy meteen duizelig, net als toen ze op haar veertiende voor het eerst bessenjenever dronk. Het zal de vermoeidheid wel zijn.

'Heb je iets met die Lucas?'

Verbaasd kijkt Suzy Floris aan. 'Nee.'

'Maar hij zou het wel willen, zeker?'

'Dat weet ik niet,' zegt Suzy zo nonchalant mogelijk.

'Ouwe viezerik.'

'Hoe weet jij dat, trouwens? Heb je met Elvira gepraat of zo?'

'Mag dat niet?'

'Nee.'

Suzy peinst. Wat ze ook doet, ze moet nu niet met Floris naar bed gaan. Hij wil iets van haar, hij wil alles met haar. En zij niet meer. Het besef is opeens verrassend helder: het is klaar, uit. Je moet geen verkering nemen met een man die voelt als een oude vriend. Dan sla je het belangrijkste over: de nieuwe, hete en verwarrende verliefdheidsroes.

'Lucas is...' Wat ging ze nou zeggen?

'Ja?' vraagt Floris. Wat heeft Elvira hem verteld? Ach, het doet er ook niet toe. Ze zet haar telefoon aan, maar die floept meteen weer uit. Kutding. Suzy staat op.

'Ik denk dat Lucas al slaapt. En dat moet ik ook gaan doen, want morgen wordt een drukke dag. Heb je een slaapzak of een dekentje voor me? Ik slaap wel op de bank.'

Floris is verrast door de omslag in sfeer.

'Weet je het zeker?' vraagt hij plagend.

Suzy kijkt hem onderzoekend aan. Verwacht hij dat ze hem zal zoenen of iets dergelijks?

'Ja.'

'Oké. Je mag in mijn bed,' biedt hij nog netjes aan.

'Je hebt wel genoeg voor me gedaan, vind ik.'

Floris haalt zijn schouders op, geeft haar een oude donzen slaapzak en vertrekt naar zijn slaapkamer.

Suzy kleedt zich uit tot op haar T-shirt en onderbroek en nestelt zich in de slaapzak op de bank. Ze voelt meteen dat ze niet kan slapen, maar ze doet toch haar ogen dicht. Achter de slaapkamerdeur hoort ze Floris na een paar minuten zacht snurken. Een kerkklok slaat vier keer.

Na een tijdje klinkt het sms-signaal van haar telefoon. Suzy schiet overeind en bekijkt de boodschap. Er staat: 'Goedemorgen Zomer, alles in orde?'

Suzy loopt naar de keuken en belt Lucas.

'Met mij,' zegt ze zachtjes. Wat klinkt dat intiem. Waarom zegt ze 'met mij'?

Lucas lacht zacht. 'Jij sliep niet.'

'Het ging niet. Waar ben je?'

'Op de A10. En jij?'

'Bij een vriend.'

'Goed zo.' Hij klinkt opgelucht. 'Heb je de krant al gezien?'

'Nee.'

'Zal ik er eentje ophalen bij de drukkerij?'

'Tof! Waar spreken we af?'

'Ik kom je wel ophalen. Zeg maar waar ik naartoe moet.'

Achttien

Een kwartier later pikt Lucas Suzy op voor de deur van Floris' huis. Ze heeft een ultrakort briefje achtergelaten op de eettafel: MOET AAN HET WERK. TNX.

In de auto bekijkt Suzy de voorpagina: VERRIJKT URANIUM IN DODEWAARD staat er boven het artikel, dat vijf kolommen beslaat en doorgaat op pagina drie. De subkop is ook niet mis: LOKALE BESTUURDERS PROFITEREN MEE. Terwijl Lucas haar in telegramstijl vertelt wat hij die avond heeft beleefd, gaat Suzy razendsnel door het stuk heen. Het is precies wat het wezen moet, en Lucas heeft een prachtige stijl. Het resultaat van het werk van de afgelopen weken gedrukt zien staan – met haar naam erboven – maakt haar licht in het hoofd. Als ze het uit heeft, kijkt ze hem stralend aan.

'Kan het ermee door?'

'Het is perfect.'

'Dat krijg je als de eindredactie maar tien minuten heeft om er-overheen te pissen,' grijnst Lucas.

Suzy glimlacht en kijkt naar buiten. Het wordt al licht, maar de straten zijn nog vochtig van de zomerse nachtlucht. Het zal nog uren duren voor de zon de klamme gevels droogt.

'Waar gaan we heen?'

'Niet naar mijn huis, niet naar jouw huis en niet naar de redac-tie, want daar is nu niemand.'

'Dus je rijdt zomaar wat rond?' lacht Suzy.

Lucas knikt.

'Misschien kunnen we ontbijten in een hotel,' stelt Suzy voor.

'Te vroeg.'

'Dan zit er maar één ding op,' besluit Suzy: 'Hier rechtsaf en dan de ring op.'

Ze rijden naar Blijburg, waar een of ander vaag knuffelfeest aan de gang is. Maar ze kunnen er koffie en iets te eten krijgen en de feestgangers zijn te lief om hen lastig te vallen. Ze zoeken een plekje in het zand, met uitzicht over het IJmeer, en drinken koffieverkeerd terwijl het gefoezel om hen heen vrolijk doorgaat.

Suzy vertelt Lucas wat ze heeft gevonden op de server van Sybrands en laat hem de prints zien. Terwijl ze hongerig in hun broodjes bijten, nemen ze hun strategie voor de komende dag door. Ze zijn het erover eens dat ze moeten proberen een spoeddebat of op zijn minst kamervragen te forceren over de betrokkenheid van de minister van Economische Zaken. Ze moeten dus zo snel mogelijk contact leggen met kamerleden en het zal, met al het bewijsmateriaal dat ze hebben, niet moeilijk zijn die te overtuigen.

'Wat heb jij eigenlijk met Volosjin besproken?' vraagt Suzy terwijl ze een aantekening maakt. Omdat Lucas niet meteen antwoordt, kijkt ze even opzij. Lucas laat zand door zijn handen glijden en kijkt haar niet aan.

'Hij heeft me verteld over de dag dat Zina stierf. Mijn ex.'

'De vrouw met wie hij later...'

Lucas knikt. 'Ze kreeg een hersenbloeding op een terras met uitzicht over de Donau. Ze is in zijn armen gestorven.'

'Dus hij heeft haar niet vermoord?'

'Nee, ze waren gelukkig samen.'

'Wat mooi.'

Ze zijn een tijdje stil. Dan staat Lucas op om nog een keer koffie te halen en Suzy laat zich achterovervallen in het zand. De ochtendzon streelt haar huid en het wordt stiller op het strand; iedereen is naar huis of in slaap gevallen. Ze kijkt nog even door haar oogharen naar een zoenend stelletje een eind verderop, en zakt dan weg in een diepe, droomloze slaap.

Als Suzy wakker wordt, kijkt ze in Lucas' gezicht. Hij strijkt met zijn vinger over haar wang.

'Het is half acht. We moeten maar naar de redactie, denk ik.'

Suzy richt haar hoofd op. Het strand is leeg. Ze laat zich weer vallen.

'Heb jij niet geslapen?'

'Ik heb op jou gepast.'

Hij kijkt haar glimlachend aan. Blij, ontspannen ook. Zo heeft ze hem nog nooit gezien. Hij haalt adem om iets te zeggen maar schudt dan zijn hoofd.

'Wat?'

'Niks. Onzin.'

'Ah toe, zeg nou gewoon een keer hardop wat je denkt. Wees eens niet bang om een fout te maken.'

'Ik vroeg me af of ik je een kus zou geven.'

Ondanks alles is Suzy verrast. Lucas maakt een wegwuivend gebaar. 'Zie je wel dat het niet gek is om af en toe iets in te slikken.'

Suzy komt overeind en kust Lucas. Ze kust hem en omhelst hem. En ze kussen elkaar. Heel voorzichtig houdt Lucas haar vast en zachtjes kust hij haar lippen en haar wangen en zelfs haar ogen. Hij glimlacht even en vraagt met zijn ogen of het zo goed is en dat is het. Dan doet Suzy haar ogen dicht en kust ze hem nog meer. Het golft en kolkt van emotie en lust; kriebel onder haar schedel en gevoelloze benen. Ze kijkt Lucas aan, die ook niet meer helemaal zichzelf is. Hij heeft een belachelijk blije blik in zijn ogen.

'We moeten stoppen,' zegt hij desondanks. Zijn stem is schor.

'Nog even,' fluistert Suzy en ze zoenen elkaar weer. Als Lucas Suzy op het zand wil neerleggen, rolt ze door en staat ze op.

'Tot zover maar, hè?' zegt ze, en ze loopt naar de auto. Lucas haalt haar in. 'Dit werkt alleen als we er niet meer aan denken,' zegt hij.

Suzy knikt. Ze herinnert zich vaag een psychologisch onderzoek uit de jaren zeventig. Daarbij werd mensen gevraagd gedurende vijf minuten niet aan een witte beer te denken. Het resultaat was dat de proefpersonen nog nooit zo veel aan een witte beer hadden gedacht als in die vijf minuten.

Op de redactie begint Lucas aan een stuk op basis van het gesprek met Sergej: NEDERLAND CORRUPT met als subkop: RUSSISCHE ZAKENMAN SPIN IN WEB. Als Suzy iets opvangt van de bandopname, luistert ze gefascineerd naar Lucas' Russisch. De taal is natuurlijk wonderschoon, en zijn stem lijkt iets hoger te klinken, melodieuzer ook. Opwindend, kortom. Maar aan een witte beer denkt ze niet.

Suzy maakt een indrukwekkende bellijst voor als om negen uur heel Nederland weer achter zijn bureautje kruipt. Vooral op het ministerie van Economische Zaken zal de telefoon roodgloeiend staan. En ze begint vast met de opzet van hun andere stuk: MINISTER VAN ECONOMISCHE ZAKEN OP DE HOOGTE VAN WANTOESTANDEN.

Als de collega's binnenkomen, worden ze van alle kanten gefeliciteerd. Samen lopen ze naar Jetze, die ook net binnen is. Het is opmerkelijk hoeveel collega's opeens 'hallo' zeggen wanneer Suzy langskomt. Ze is zichtbaar geworden!

Tijdens het gesprek met Jetze en de advocaat op het kantoor van de hoofdredacteur, slaat Lucas een ernstige toon aan: 'We moeten een aanklacht wegens bedreiging indienen tegen Sergej Volosjin. Die bedreiging heeft betrekking op ons allebei.'

Hoewel Suzy al sinds de avond daarvoor op de vlucht is voor de mannen van Volosjin, schrikt ze toch. Lucas kijkt haar aan.

'Het staat op band. Sorry dat ik dit niet eerder heb gezegd. Ik... Het kwam er niet van.'

Suzy knikt. Niet aan een witte beer denken.

'Suzy en ik moeten dus op een of andere manier beschermd worden. We zijn vannacht allebei niet thuis geweest en zo wilde ik het de komende weken houden. En het kan ook geen kwaad wat extra beveiliging voor de redactie te regelen, denk ik.'

Het is de hoofdredacteur meteen duidelijk hoe ernstig de situatie is. 'Wordt allemaal geregeld. Waar heb je je documenten en je tapes opgeslagen?'

'In een kluis,' antwoordt Lucas.

De hoofdredacteur knikt waarderend.

'Goed, dan de follow-up. Wat zijn jullie van plan?'

'Een stuk over Volosjin als het brein achter de provinciale bestuurders die over de schreef zijn gegaan en – ik hoop dat jullie hiermee akkoord gaan – een stuk over de betrokkenheid van de minister van Economische Zaken.'

'Dat is een geintje,' zegt Jetze ongelovig.

Lucas vertelt ze alles over de server van Sybrands. Hij ziet er vrolijk uit, vindt Suzy. Jong. Alsof hij vannacht heerlijk heeft geslapen.

'De vraag is, gaan we hiervoor kamerleden benaderen?' besluit Lucas.

'Ik ben al gebeld door drie fractievoorzitters,' zegt de hoofdredacteur.

In ieder ander geval zou Suzy dit de normale gang van zaken vinden, maar nu het haar eigen onderzoek betreft, is ze diep onder de indruk: zo belangrijk is het dus. Ook Lucas is ingenomen met deze mededeling.

'Zeg maar dat we beschikbaar zijn, ze mogen alles zien.'

In een tevreden stemming gaat het gezelschap uit elkaar.

Die ochtend doet Suzy samen met Lucas de zwaarste belsessie ooit. Ze worden plat gebeld door wanhopige voorlichters van de gemeente Neder-Betuwe en de provincie Gelderland, maar het blijkt onmogelijk om bij Economische Zaken iemand aan de lijn te krijgen. Iedereen is in vergadering. De hele dag.

'Het is daar dikke paniek,' zegt Suzy nadat ze heeft opgehangen.

'Oké, dan verspillen we daar geen tijd meer aan,' zegt Lucas en hij belt het hoofd voorlichting.

'Met Lucas Grimbergen nog een keer. Ik begrijp dat jullie het druk hebben, maar wij hebben ook een deadline. Als we om vier uur nog geen reactie hebben gekregen, noteren wij dat jullie niet wilden reageren.'

Aan Lucas' geërgerde gezicht te zien, wordt er aan de andere kant van de lijn hevig geprotesteerd. Hij blijft echter vriendelijk. 'U hebt mijn nummer. Succes.'

Ze schrijven hun stukken en dan, terwijl ze wachten op reacties, slaat de vermoeidheid toe. Suzy legt haar hoofd op het bureau en doet haar ogen dicht. Ze schrikt op van het sms-signaal van haar telefoon: Elvira! Suzy's hart gaat als een wilde tekeer; ze heeft haar vriendin niets verteld en straks staan de lijfwachten van Volosjin voor haar deur! Verdomme, waarom heeft ze daar niet eerder aan gedacht?

Tot haar grote opluchting sms't Elvira dat ze een lang weekend naar Londen is met een nieuwe vlam. 'Blijf maar wat langer weg, Vier. Je mag de bonnen bewaren, die kan ik wel declareren. Leg je later wel uit waarom,' sms't Suzy terug. Zo, dat is ook weer geregeld.

'Waar wil jij het liefst heen, vanavond?'

De vraag komt van Jetze, die ineens bij haar bureau staat. Suzy denkt even na: niet naar huis, niet naar Floris, niet naar haar moeder.

'Een hotel?'

Jetze knikt en kijkt dan naar Lucas, die in zijn ogen wrijft.

'Waar slaap jij?'

'Bij Renate,' antwoordt Lucas terwijl hij naar zijn scherm blijft kijken. Waar is de witte beer nou gebleven?

Aan het begin van de avond, als Suzy en Lucas alles hebben afgehandeld met kamerleden en politiebeschermers, mogen ze eindelijk weg. Suzy wordt door twee beveiligers naar een groot hotel aan de rand van de stad gebracht. Zodra ze alleen is in haar kamer laat ze het bad vollopen, maar wanneer ze erin ligt, voelt ze zich alleen. Elvira is niet meer te bereiken, die is natuurlijk met haar scharrel op stap in Londen. Floris wil ze niet spreken, omdat hij waarschijnlijk meteen over gisteravond begint te zeuren. Gisteravond, wat lijkt dat lang geleden. En gistermiddag, toen ze bij Sybrands thuis waren... Zou hij nog leven?

Ze moet het weten en stapt uit het bad. Bibberend, in een badjas van het hotel, belt ze het ziekenhuis. Sybrands is die nacht overleden, in bijzijn van zijn vrouw en zijn dochter. Arme Bert, nu heeft hij het artikel niet meer kunnen zien. Waarom begrijpt ze niet, maar zodra ze het gesprek heeft beëindigd, barst ze in tranen uit. Ze huilt om Sybrands dood alsof hij het liefste was dat ze bezat. Na een paar minuten houdt het huilen op, maar voelt ze zich leger dan leeg. Ze wil niet alleen zijn, ze wil dat Lucas voor haar kookt. Als haar telefoon gaat, neemt ze meteen op.

'Ja, hallo?'

'Met Renate. Waarom hebben ze je in dat hotel gestopt? Je komt toch wel eten?'

'Ja,' piept Suzy. En dan begint ze weer te huilen, maar nu van opluchting.

'Bel die beveiligers en zeg dat ze een beetje opschieten.'

Even later zit Suzy weer met de beveiligers in de auto. Huilen hoeft niet meer; ze gaat naar Lucas, witte beer of niet.

Zodra ze de deur van het smalle pandje in de Jordaan opendoet, zegt Renate: 'Die sufferd denkt er niet bij na dat het misschien niet zo gezellig is in je eentje in een hotel, na zo'n week. Kom binnen.'

Renates huis is een oase van intellectuele gezelligheid. Geen design of concept, maar wel boeken, gemakkelijke stoelen, lampjes en warme kleuren. Lucas staat te koken in de kleine woonkeuken en is duidelijk blij Suzy te zien. Renate dekt de tafel en vertrekt vervolgens naar boven om daar nog wat zaken in orde te brengen.

'Wat maak je?'

'Een bord met eten,' antwoordt Lucas grijnzend, terwijl hij met zijn gebruikelijke nonchalance met ingrediënten en gereedschap goochelt. Stoom stijgt op uit pannen, geuren komen vrij door de hete olie. Tien minuten lang zeggen ze helemaal niets. Dan draait Lucas de pitten uit; het is klaar.

Als een gezin zitten ze even later met zijn drieën aan tafel.

'Heerlijk,' vindt Renate. 'En vertel nou maar eens hoe jullie dat allemaal geflikt hebben.'

Suzy laat Lucas praten en geniet van zijn droogkomische relaas en Renates verontwaardiging over het gekonkel van de lagere overheden ten behoeve van hun eigen bankrekening.

'Maar goed,' besluit Renate na de koffie, 'ik heb een afspraak. Wassen jullie even af?' Voor ze het weten, is Renate verdwenen.

Er klinkt zachte muziek in de knusse woonkeuken. Lucas pakt Suzy's hand en danst met haar. Slow. Zijn kruidige lichaamsgeur windt haar op. Van een dans naar een zoen en van een zoen naar heel veel zoenen. Ze vinden een briefje van Renate. 'Ben uit logeren. Het bed is voor jullie opgemaakt. Ik zie jullie morgen wel weer.'

Verlegen lachend kijken ze elkaar aan.

'Als jij liever terug wilt naar het hotel...'

'Nee, gek. Natuurlijk niet.'

En dan komt de witte beer.